岁月皱纹

SUIYUE
ZHOUWEN

吴然——著

陕西新华出版传媒集团
陕西人民出版社

图书在版编目（CIP）数据

岁月皱纹 / 吴然著 . —西安：陕西人民出版社，
2020.9
ISBN 978-7-224-13743-9

Ⅰ. ①岁… Ⅱ. ①吴… Ⅲ. ①长篇小说 - 中国 - 当代
Ⅳ. ①I247.5

中国版本图书馆CIP数据核字（2020）第165365号

特别策划：小　木
责任编辑：朱媛美
封面设计：侣哲峰

岁月皱纹

作　　者　吴然
出版发行　陕西新华出版传媒集团　陕西人民出版社
（西安市北大街147号　邮编：710003）
印　　刷　西安市建明工贸有限责任公司
开　　本　787毫米 × 1092毫米　1/16
印　　张　17.5
字　　数　220千字
版　　次　2020年11月第1版
印　　次　2020年11月第1次印刷
书　　号　ISBN 978-7-224-13743-9
定　　价　46.00元

说不好青春何时一下子转化为记忆，或许703仅仅是诱因。

——作者题记

第一章

秋日上午的阳光突然跃过马路对面一幢高楼的屋顶，霎时洒在本被遮阴的马路上，恰好让踟蹰在路边的韩晓感到格外刺眼，他便不由自主地用手遮在眼眉上方，然后定睛看看路口的标志牌，这才确定要去的地方不远了。

惠忠北路是京北一条东西向街道。韩晓坚信，包括他自己在内，许多人很难记住它的具体位置究竟在哪里，至少韩晓自己每逢前往或途经，常常迷路。

在亚运村五平方公里范围内，这样的街道很多，不算主干道，路上双向通行各种车辆，路两侧布满小餐馆小商铺，倒也显得热闹喧嚣，但因鲜有标志性建筑而难以给人留下深刻印象。更主要的是，这些兴建时间并不久远且毗邻紧挨的街道名称过于相像或者十分接近，如同多胞胎面孔：惠新东桥、惠新西桥、惠忠里、惠忠路、安惠里、安慧桥、育惠里、惠忠北里，还有韩晓脚下的惠忠北路。

每次打车或乘公交车到这里，韩晓都要小心翼翼地提前查清站名。

大学中文系毕业的韩晓喜欢瞎琢磨。往好了说，就是喜欢动脑筋，想问题。相反，说成没事时强迫自己想入非非也不过分。韩晓每每到此找不着北，从不以为自己有路痴之嫌，却非常恼火地埋怨街道名字没有起好，而且固执地认为这种事情多半是有文化的懒人干的。

韩晓自认为半个文化人，富于自我批判精神，对文化懒人看得很透——有文化知识偏偏一知半解，又容易矫情，喜欢与众不同，想象着“惠”字富于人文色彩且内涵丰厚——惠及、恩惠、优惠加上实惠，一定招人待见，可就是不肯花费心思琢磨寻常人对地名的记忆习惯，以为有了核心雅字再加上方位词或者桥呀里呀之类的，好像就雅俗皆备，人人易知了。

五平方公里在偌大京城也就巴掌大地方，即使步行遛弯也不会花费许久时间，这么多名字相似的街道或街区如此密集地布排在一起，能区别开来并且牢牢记住还真不容易。

韩晓就想到前人为街道起名的绝妙：新街口附近的百花深处，地安门外大街的杏花天，前者是小街之名，后者是小巷之名，一律雅得如诗，却让人过目不忘；东郊崔各庄南头的奶子房，西郊圆明园西侧的骚子营干脆俗到家，想记不住都没可能。东城西城甚至宣武的胡同很多索性以序号排列，头条二条三条一溜展开，多少年来没人为此昏头或者迷路。

怪不得端木彦跟人谈生意一旦遇到不顺利就蹦出一句常备词儿：“别自以为是！自以为是跟着就是混账。”在韩晓看来，自以为是在本质上带有任性色彩，结果往往容易“坏事”。所以，韩晓觉得端木彦说得有道理。

端木彦是韩晓的哥们儿，打小一起长大。北京人称这种关系为“发小”。韩晓觉得这个称谓比较精准，有嚼头，发是胎毛、黄发，想想看这种关系起始于何处？不像东北话那么直白——一起光屁股长大。他自己是东北人，不存在地域文化歧视的问题。

韩晓此刻的“踟蹰”不光因为担心迷路，他实际上刚刚从拥挤不堪的公交车上硬生生地“闯”了下来，而他在车上的“遭遇”弄得他有些心猿意马，以至于他突然觉得今天是否应该去办那件与秦若梅商议了许久的事情有些犹豫不定。

韩晓吃罢早餐出门，原本打算打个十块钱起步的“面的”。像他这样的部委普通干部，虽然工资不高，但因为上班时间外出公干较多，有很多机会报销出租车票，只要别动辄打更高端的“夏利”车，费用尺度拿捏好，领导签字后，财务室的小姑娘一般都不会刁难，有时还会以点头方式回应一下报账者主动讨好的微笑。

当韩晓站在路边伸出左手准备“招车”时，顺便看了一眼戴在左手腕上的手表，发现距约定时间还早，于是，放下手来，暗自思忖，莫不如搭乘公交车磨蹭一下？

韩晓平常上班都是搭乘部里通勤车，就是那种被称为大巴的大轿车，夏有空调，冬有暖气，人皆有座。稍微留点心就能看到，一大早的交通高峰期，有很多这种被各类单位当作通勤车的大巴穿行在主干道上。张扬一点的还在车身外注明单位名称，引得过往的人们自主不自主地观望一眼。

一般人早起总会犯困，韩晓上车落座后会戴上耳机收听磁带随身听，一边闭目养神，一边欣赏流行歌曲，处在半梦半醒之间。那段日子里，韩晓常常被一首歌曲中“书上说有情人千里能共婵娟，可是我现在只想把你的手儿牵”的唱词所感动。其实他知道这两句歌词经不住推敲，它们之间没有什么逻辑关系，而且作为复句，转折得有些莫名其妙，但他还是被感动了。有一次，这段歌词好像刺疼了他的某根神经，竟然使他不自觉地落下泪来。因为大家差不多都是眯缝着眼睛，没人看见他在流泪。

像韩晓这样每日在通勤车舒适环境中奔忙于京城的人，对公交车人满为患只是有所耳闻，偶尔透过通勤车车窗目视公交车站密集人群拥挤上车，也如看景一般，并无切身感受。

韩晓踏上公交车的时候，乘客已然比肩继踵，彼此之间仅存转身活动空间。好在此时气温适宜，车窗开启，空气流通，车内气味并不浑浊。

虽然人挨人，但韩晓觉得车内尚未达到拥挤不堪的程度，他还可以自如地伸手握住车顶拉环，免得站立不稳。坐惯了通勤车的韩晓没有料到公交车刹车与启动造成的惯性那么明显，手握拉环竟然很费力气，一会儿胳膊便感酸困，只得换手。车在行进中晃动使他感到单手拉环并不能让身体稳定，便只好双手举起并拢握住拉环。

韩晓暗自想，自己双手举起的动作太像电影里鬼子兵的投降姿势。不过，他抬头一看，发现站立的乘客多数都在举起双手“投降”。他不禁一乐。哪承想这种状况并未持续多久，车至下站，不但没人下车，却猛然间又涌上更多人来。车厢内瞬间变得挨山塞海，谁也动弹不得。

让韩晓始料不及的是，一个约莫三十岁的漂亮女人被推挤到他的面前。女人比韩晓矮半头，被挤到他胸前的姿态很像朝着他“撞个满怀”。女人身上散发着玫瑰香水气味，清新、诱人，因为身贴身的缘故，原本淡淡的气味，在韩晓那里变得香气逼人，果真如同苏轼《洞仙歌》描写“冰肌玉骨”

美女那般“水殿风来暗香满”。

更要命的是，韩晓分明感到一种紧致饱满的“柔软”一下子紧贴在他的胸前。虽说隔着衣服，但女人身体的那种肉感和弹性，还是让与秦若梅分居一年的韩晓仿佛触电一般，顿时感到有些窒息。

韩晓知道，这种感觉的产生显然不是因为拥挤，而是由混杂着尴尬、窘迫的兴奋与紧张带来的——他在拼命抵抗着这种兴奋与紧张，尽力装出一副安心恬淡的样子，但似乎无济于事。韩晓喘着粗气，觉得自己的脸开始发烫，好像自己做错了什么。他甚至不敢抬头正视女人的双眼。

韩晓本能地想松开车顶拉环，将双手搁在胸前，以便身体接触时用双手“阻挡”或“防护”一下，但水泄不通的拥挤程度让他无法做到，不仅人挤人，而且人们举起的胳膊也紧紧地挨在一起。韩晓心想，此时把双手放下来的这个过程必然会触碰到女人的身体，弄不好很容易令人产生误解。

韩晓一直以来自视谦谦君子，待人温和，举止稳重，从来非礼勿视，自然也非礼勿动，与女人始终保持距离，有时这种保持到了“刻意”程度。

初三时男女生同桌，与韩晓同桌的女生赵萍萍早熟，原本单薄的身板不知何时变得丰腴起来，胸前也渐渐凸起。赵萍萍很早就喜欢韩晓的帅气和正气凛然的样子，每每上课就装作疲倦侧脸趴在桌上偷瞄韩晓。韩晓哪里是正义凛然，分明是不明就里，专注于听课而浑浑噩噩于其他，反倒是坐在侧后方的端木彦看出了端倪，在一次放学回家路上就拐弯抹角地告诉了韩晓。

“瞎说吧？”韩晓听得一愣，半明白半糊涂地表示了质疑。

“你不懂！赵萍萍开始发育了，不像其他女生，炸子鸡似的。发育的女生就会有想法。”同样是半大小子，端木彦对女人的认识明显早于韩晓。

自此，韩晓上课开始留心观察。待他意识到确实如此——赵萍萍几乎每次上课都会侧脸趴在桌上，当他的目光与赵萍萍看他的眼神对上的一刹那，赵萍萍竟然脸红了。

韩晓立时觉得好生别扭，这是哪儿跟哪儿的事呀？便将与赵萍萍相邻的胳膊肘撑在桌上，以手托腮，挡住自己的余光可能与女生直视的目光相遇。刚刚支起胳膊肘遮挡脸面的时候，韩晓没觉得怎样，可是频频支撑，且时间一久，韩晓的肘关节开始不舒服。好在两个月后全班调整了座位，赵萍萍被调到前排，韩晓方才解脱。

即便韩晓与秦若梅谈恋爱时，在公众场所也鲜有亲昵举动。有一次逛街，兴致盎然的秦若梅主动挽起韩晓的胳膊。本来很正常的动作居然让韩晓不甚习惯，顿时生出些许难为情之感，总以为这样会引起路人的关注。韩晓左顾右盼一圈后，竟假装从裤兜里掏东西而甩开秦若梅的手。

说起来，韩晓属于那种一次恋爱便修成正果的男人，好处是效率蛮高，省却了不少烦恼和无用的时光，但问题也客观存在——他真的缺少与异性近距离接触的体验。

端木彦历来对韩晓如此做派不以为然。

“装什么装？”端木彦总是不屑地说。他说这话的时候，头向后略仰，眯缝着眼睛看着韩晓，露出审视的样子，很像初学绘画的人在聚焦一幅画面。

“我这叫装吗？”韩晓常常表现出无辜的样子。

其实，韩晓眼睛的余光扫到了女人的面容，否则他无法知道这是一个漂亮女人。他在刹那间看到或者准确地说是感到了身旁那个女人在拥挤中露出无奈与哀怨的神情。他突然觉得那种状态下的女人需要男人的怜惜和保护，而不能像拥挤中的人们那样，无奈而又彼此漠视。韩晓好像第一次产生了一种巨大的驱动力和勇气，鼓起力量，猛然用后背和臀部拼命朝后顶去。

“别挤啦！别挤啦！”韩晓扭头冲着后面的人嚷道，声音不大却很果断。

韩晓借势紧贴着自己身体把高举的双手放了下来，然后用力向两边“扩充”，很像广播体操“扩胸运动”的力道与姿势。虽然少了支点，韩晓的身体随着车体行进时晃动而摇摆，但他和那个女人之间居然有了少许空间。他分明看到女人的神情变得轻松下来，甚至他似乎觉得女人还朝他露出微微笑意。

公交车就是一个非常局促的小世界，你在这里做不了什么伟大事业。韩晓心想，自己尽力了——为一个身处尴尬和委屈境地的女人，也只能这样了。韩晓长舒了一口气，感觉不再像刚才那么呼吸急促。不过韩晓发觉，自己内心却怦怦跳了起来。

韩晓有些吃惊，他和眼前这个陌生女人没有任何言语交流，甚至没有更多目光的对视，怎么会有如此感觉？那是一种通过意念传递的感觉，很温馨，很轻柔，很缥缈，似乎只能发生在陌生的异性之间。

韩晓已经很久没有这种感觉了。他其实很想留住这种感觉，慢慢地品味。

他忽然开始回想与秦若梅第一次约会的情景——

韩晓的思绪清晰而模糊，有些细节记忆犹新，譬如秦若梅最初“亮相”时带着笑容，是那种莞尔一笑的笑容，这让从未与女人有过约会的韩晓心里为之一动。韩晓之所以印象深刻，是因为他在那一时刻想到了秦观的诗句“香靥凝羞一笑开”，美不可言。但笑过之后呢，聊了什么？拉手了吗？韩晓能确定的是，肯定没有拥抱和接吻，其他的则完全想不起来了……

正在此时，公交车猛然刹车——车到站了，韩晓因为没有拽住车顶拉环，身不由己地随着惯性，倏忽一下子倒向女人怀中。韩晓身材明显高出女人许多，就像一扇大门倒下去，“铺天盖地”一般压在人家身上。身体被压得倾斜的女人自然没有倒下，那是因为她身后众人的支撑。

这让还在品味那种特殊感觉的韩晓登时清醒过来，他害臊得简直无地自容——他可是在公众场合扑在一个女人的身上，成何体统？他真担心漂亮女人回敬他一个耳光。趁着刹车后的反向惯性，韩晓赶紧站直身体，连忙说道“抱歉抱歉”，便慌不迭地侧身从女人身边挤了过去。他的余光似乎看到，那个身着淡蓝色碎花上衣的女人不但没有愠怒，反而以一种柔情的目光看着他。

韩晓觉得很奇怪，自己怎么会出现身心分离的情形，明明拼力地朝车下挤去，而注意力却牢牢地留在那个漂亮女人身上。

下车后的韩晓，站在公交车站台上没有动窝，望着绝尘而去的公交车，突然感到有些怅然若失，仿佛驶离的公交车带走了让他不舍却又说不清楚的某种东西。

法庭就在这条街上。

韩晓和秦若梅约定，在法庭通过判决方式结束他们十年的婚姻。

他们没有任何财产纠纷。

秦若梅因为拥有博士学位而在单位获分一套一居室人才专用住房。那也是韩晓调京后得以夫妻团聚的“家”，房子不大，但功能齐备，厨房、客厅和卫生间一应俱全。这间房子可以使用却没有产权。那个时候，这种性质的房屋很多。

久别相聚，旱逢甘霖，好像有一种力量在牵拉，韩晓每天都渴盼着下班。

他和秦若梅着实在那间小屋卿卿我我了一段日子。所以，韩晓对这间蜗居抱有感激之情。

后来的事情也算意外中的必然，秦若梅提出离婚后，韩晓便知道继续住在那里甚为不妥。

实际上韩晓和秦若梅已经一年多没有夫妻生活了。

团聚之初，他们睡觉时还共同盖一床大被子，缱绻缠绵的夫妻即使树缠藤一般相拥而眠，仍觉得离得还不够近，床铺自然显得宽大富裕。闹别扭之后，感觉恰恰相反，各自一个被窝，同床异梦，小心翼翼，便悔恨当初的床买小了，颇为不便。

韩晓想打地铺，无奈狭小的客厅勉强能安放一张餐桌，卧室空间太小——秦若梅睡觉的那一侧略有空间，却摆放了一张写字台，那是她进行科研写作的必备，而韩晓这一侧的宽度十分逼仄，仅能摆下一双拖鞋。

其实，韩晓本可以在部里排队分房，但前提是配偶单位没有分配住房。他们夫妻属于“双职工”，按说不在一个系统，貌似在分房时有空子可钻。但“分房”之网看似“恢恢”，但仍然疏而不漏。规定相当严格，分房时配偶需提供单位盖章的无房证明。所以，韩晓眼前作为“已婚者”，并不符合分房要求。尽管以后一旦恢复单身，会有无房之虞。

多亏端木彦出手相助——端木彦了解韩晓的情感过程以及与秦若梅相处的状况。一开始，端木彦坚决不同意韩晓从自己“小家”搬出去——韩晓知道端木彦岳母娘家在交道口北头条一处四合院里有一间闲置小屋。

“可以闹矛盾，但必须睡在一张床上。分居是离婚的序曲。”端木彦义正词严地说，“宁拆十座庙，不毁一桩婚。我帮你找房，等于帮你离婚，懂吗？”

终究是发小关系，架不住韩晓反复央求，端木彦便去说服岳母。几个回合，端木彦“拿下”老太太。那边一点头，韩晓便搬了过去。

他们也没有子女监护权的争夺。

韩晓和秦若梅不是丁克夫妇，身体也没有什么影响生育的毛病。当初，秦若梅为了考博和专业发展，一再推迟要孩子。其实在西安工作时，因为安全期计算失准，秦若梅曾经怀过一个孩子，原本他们打算干脆要了。谁也没有想到，秦若梅孕期三个月的时候，偏偏北京那边来了博士复试通知，所以秦若梅立刻下决心做了流产。

韩晓曾经力图劝阻，虽然他那时也还没有做父亲的强烈愿望，但他总觉得这是上苍意志，顺其自然也是好事。可是，对秦若梅来说，去京城读博的诱惑实在太大了。那时硕士同学聚会，基本话题都是考不考博，考到京城哪家院校。仿佛不到京城读博，大有落伍之势。

等到再度团聚，真正安定下来，诸事皆备，可以要孩子的时候，他们的婚姻却出了问题。

财产与子女皆无碍，这样的婚姻属于一拍两散的状况，按说，实在找不到法院判决的理由。

一年前，秦若梅提出先分居一段时间，等到确实无可挽回时再离婚。韩晓稍加犹豫后同意了。他理解现代社会办事都时兴留出“缓冲”环节的习惯，比如试用期、见习期等等，分居作为离婚的“缓冲”，或许是必要的。

韩晓对分居本身毫无异议，他们早已过了白天闹意见，晚上一亲热，次日便和好如初的阶段。现在闹了意见，睡几宿觉也不好使，因为已经过了“七年之痒”时段，不可能身体一碰，马上产生欲火难耐的情形了。

老话说，天上下雨地上流，小两口吵架不记仇。韩晓对那个阶段的日子记忆犹新。那时两个人都仗着年轻，火气大，几句话不对路子，就开始针尖对麦芒。也正因为年轻，身体的欲求就很强烈，越是“和谐”的夜晚，火气的消除也就越快。可是三十多岁之后，尤其是他们在北京重新团聚的几年之后，韩晓发现，仅仅靠夜色中的激情并不能真正化解矛盾。韩晓当下唯一的顾虑是，分居一年之后该怎么办。

韩晓过去从未想过离婚这种事情。他们在结婚时得到的都是“百年好合”“白头偕老”之类的祝福，从一开始就做好了过一辈子的准备。所以，韩晓从来不关心离婚有什么详细规定。

他不知道从哪里得知这样的信息：去民政局离婚需要提供单位介绍信。很久以后他才知道根本没有这样的规定。

可当时他正在为副处长转正而积极努力。在部委机关，正处既可以是虚职调研员，也可以是处长实职，后者的要求更高。很多时候不仅仅是工作能力达标即可，只要组织人事部门的人稍微有所“挑剔”，这事就可能“泡汤”。所以，他不想让单位知道他连夫妻关系都处理不好。万一他在部里为离婚之事开具介绍信，一旦传出去而影响自己职务晋升，似乎得不偿失。

副处级干部怎么也算半个“老机关”了。韩晓深知，在机关相对封闭的环境中，人事之间蝇营狗苟的琐碎杂务是极易传播的。就连司里办公室的打字员凌小云换了两任男朋友这种纯粹私事竟然也能成为人们饭后茶余的谈资。人家不过是个二十来岁的小姑娘，谈对象不成再谈怎么啦？韩晓心思极重，他觉得都快进入 21 世纪了，离婚本身并没有什么大不了的，但关键是这一步迈出让单位同事毫无察觉，却并不简单。

实际上，韩晓最担心的是让满头白发的伍司长失望。

说来话长。

韩晓的父母原本是东北国营重机厂职工。1964 年，随三线建设大军迁往秦岭脚下一家被称作 703 的大型国有工厂。703 实际上是信箱代称，写信寄往这家工厂时，地址须写明 703 信箱。时间久了，人们就习惯称其为 703 厂。

作为子弟，韩晓随迁的时候，刚刚赶上小学入学。一路成长走来——先是上小学和中学，然后上山下乡，都没有超出 703 厂半径五十公里的范围。

去农村插队的韩晓竟然考上大学，不仅令其他人吃惊，韩晓自己也很诧异。虽然 703 厂颇具规模，医院、学校、幼儿园无所不有，是那一带赫赫有名的“小社会”，但终究地处偏远，职工子弟学校的教育质量远远赶不上省城，甚至还不如县城中学。考上大学的韩晓成为 703 那批子弟的例外，他没有像其他一起插队的同学那样悉数顶替父辈回到 703 当工人，而在大学毕业后分配到省城西安，在省厅综合处当了国家干部。

那一年，伍司长去西安对口省厅出差调研，韩晓负责接待。

二十来岁的韩晓长相精神，瘦高个，充满朝气，每天不知疲倦地跟着伍司长跑前跑后，一手拎着包，另一只手则端着保温玻璃茶杯。手提包和保温杯是伍司长须臾离不开的两样随身品。伍司长习惯使用自己的玻璃保温杯，与他一起开会的人可以透过玻璃看见里面泡着的茶叶与枸杞。一旦伍司长在会议室或其他地方坐下，韩晓马上小心翼翼地将保温杯放在伍司长面前。

韩晓很机灵，他没有把“负责接待”简单地理解为“照顾”伍司长，他会择机给伍司长做些业务上的提示，毕竟伍司长是部委业务司的领导。有一件事情给伍司长留下深刻印象。调研即将结束时，按照省厅安排，伍司长要在省厅做一次即兴讲话，这就意味着伍司长无须准备讲话稿。

头一天在回招待所的路上，伍司长像是自言自语，也像是在问韩晓：“即兴发言是不是有些太随意？”

韩晓并未接话，但次日开会前，韩晓不吭不哈地把自己连夜加班写就的讲话稿放在了伍司长面前。

那时，伍司长刚刚到任不久，深感司里人事不畅，业务偏弱，便企望在有些省厅选些人才，调整和充实机关干部。他在好几个对口省厅相中了几个人，韩晓是他看上的人选之一。不过，外省司局级以下人员调京有诸多政策限制，最大难题是涉及户口迁移。

也是巧合，伍司长偶然得知，韩晓的妻子秦若梅心气甚高，拿到硕士学位后原本已经留在西安高校任教，却心有不甘，几年后又考博到了京城，毕业后硬是留在京城一家研究所工作。年轻夫妇便成了牛郎织女。伍司长熟稔政策，人才专长外加夫妻分居，且是博士配偶，完全符合进京条件，所以韩晓调京之事没费更多周折就办成了。

没承想结束分居也就三四年光景，韩晓与秦若梅便打定了离婚的主意。

韩晓知道，离婚之事定然辜负了伍司长为他调京而上下协调的良苦用心。所以，对韩晓来说，最好的结果就是暂时不声张，以后再找机会向伍司长解释。

于是，去法院起诉离婚便成了韩晓的首选。

“谁来起诉呢？”秦若梅问。

“当然是你。”韩晓说，“本来也是你提出来的。怎么说我也是一个国家机关副处长，我来起诉，人家法官会怎么看？”

秦若梅思忖了一下，说：“行吧！反正结果都一样。”

分居是秦若梅提出的，离婚也是秦若梅提出的，两次至关重要的动议，韩晓都算是被动应承者。换句话说，韩晓内心并没有觉得非走这一步不可。

韩晓是个传统的人，观念上偏保守。他觉得两口子拌嘴时提及离婚，常常是话赶话所致，置气因素占大头，争的是一时的语气高低。仔细分析，并未有什么原则问题。

韩晓哪里想到事情会发展到这一步，显然已经超出置气范畴。看来秦若梅去意已决。韩晓本以为提出去法院离婚，秦若梅至少会觉得有些惊讶——好说好商量，打什么官司呀？寻常人都会闪出这种念头。秦若梅竟然还是那么坚定，这让韩晓多少有些意外，也有点伤心。

其实，不去民政局而去法院，韩晓一开始只是想到别影响自己职务晋升，可是最终确定要去法院了断此事的时候，他还是觉得自己的想法有些鲁莽——“我怎么会去法院那样的地方呢？”

毕竟算个读书人，韩晓压根儿没有想过此生会与法院有所瓜葛的。

韩晓读大学时偏爱古典文学中的明清文学，尤其好读“三言二拍”。他想起凌濛初在《二刻拍案惊奇》卷十所言：“些小言词莫若休，不须经县与经州。衙头府底陪杯酒，赢得猫儿卖了牛。”这首口水诗等于告诉人们，有些事情私下议和最好，去法院也是得不偿失的。

不过眼下，无论陪杯酒，还是卖头牛，都无路可退了。

韩晓虽然有时记不清这条街的位置，不过他却清楚地记得这条街道上有一家名叫“女孩男孩”的餐厅。几年前，他刚调来北京的时候，端木彦请他在这家刚刚开张的餐厅吃过饭。他当时还觉得奇怪，北京的饭馆还有这样起名字的？

凭他早年来北京出差或旅游留下的印象，京城饭馆名字多数沾“居”：“龙海居”“十四居”“枣园居”“五方居”“海碗居”，最邪门的还有叫“傻子居”的。有一段时间，韩晓闲得无聊，曾经想认真统计一下京城究竟有多少名字和“居”字沾边的饭馆。虽然终未兑现，但他多少知晓了一些北京人常把饭馆做路标做地名的习性。

反过来说，居是居所，居所附近的饭馆容易让人当地名记住。

“嘁，瓜怂都知道，‘居’是饭馆，‘女孩男孩’是餐厅，饭馆和餐厅两码事！去饭馆是为填饱肚子，去餐厅是为消费。就像咱西安，去鼎兴春泡馍馆是吃饭，去西安饭庄是请客。”

端木彦突然用陕西关中话冲着满脸狐疑的韩晓嚷道，他口中的“瓜怂”是傻子之意。然后，端木彦口吻猛地转为京腔：“莫斯科餐厅，老莫，知道吗？你丫把老莫叫莫斯科居，那成什么啦？红菜汤和豆汁儿，不是一码事！”

和韩晓一样，端木彦也是东北支援三线建设的子弟。

秦岭脚下的703是个高墙围合起来的小社会，生产区、家属院、子弟学校、职工医院，应有尽有。和周边乡村郊野以及县城操关中话的人不同，韩晓和端木彦他们打小就说一种带有东北味的普通话，同时也谙熟关中话的奥妙与机趣，只不过后者更多地在调侃和打趣时使用。

韩晓大学毕业后不久，端木彦便从插队的农村回到703顶替父辈当了工人。没过多久，不知什么机缘，端木彦就在省城西安搭上北京来的几个人。这些人身世不凡，背景显赫，说一口地道的京腔。端木彦便离职在省城西安和他们一块儿做起了外贸生意。

同在西安，韩晓与端木彦见面的机会又多了起来。韩晓发现，没有多长时间，端木彦讲起话来居然满嘴京味儿。

“说话咋成这味儿了？”韩晓有些不解。

“天天和他们打联联[1]，习惯了。”端木彦满不在乎地说。

韩晓算得上703出众的“秀才”，讲话办事历来注意分寸的拿捏，但他与端木彦关系铁磁，对起话来就不分内外。他发现端木彦刻意模仿那几个北京来的人的说话腔调，明显在装腔作势，便用关中方言怼道：“碎怂撇啥京腔，有话好好说！”

碎怂在关中方言中意指“小家伙”，有嘲弄的意思。

“这不每天和他们瞎混在一起，近朱者赤嘛！”端木彦嘿嘿笑道。

“明明是近墨者黑。”韩晓也笑道。

和韩晓不同，端木彦灵活机敏，情商超高，从小就具备一种非常规的处世之道。说起来，端木彦的学习成绩可谓半月绣不出一朵花——真（针）差，却与各科老师相处很好——老师也分男女老少，竟然都喜欢他。年轻点的老师喜欢端木彦的乖巧，而年纪大的老师则觉得端木彦会来事儿，嘴甜。所以，端木彦不仅没受过批评，偶尔还获得表扬。

“这次考试，端木彦同学有进步！”很多任课老师在讲评中都会这么说。

经常同时受到表扬的韩晓就愤愤不平，成绩好与有进步怎么能相提并论？

最令人不可思议的是，小学六年级时全班推选先进，端木彦居然近乎以全票赢得“团结同学奖”。韩晓知道，所差那一票是他自己没有投。他并非对端木彦有意见，他是对设立这个奖项有意见，他觉得这个奖项明显就是专为端木彦设立的。

端木彦高票当选的原因很简单——703大院门前有一条马路有坡度，常

① 打联联，北京地方俗语，在一起瞎混的意思。第一个联读一声，第二个联轻读。

有拉人力车运货的在上坡时倍感吃力。端木彦不知找谁帮他做了一条带挂钩的半拃宽背带，就在上坡处挂在人力车车帮前方的铁环上，帮助拉车，直到车至平地。如此这般，端木彦每次能得到五分或一毛钱报酬。一个月下来，竟有两块钱“巨款”收入。

那时，家境好点儿的同学身上至多存有一两毛钱零花钱，仅够买几支冰棍而已，却已令人羡慕不已。暑假前评选先进，端木彦就用这笔钱给全班同学每人买了一支冰棍。

那一天放学后，教室里一片欢呼声。

包括韩晓在内，许多同学百思不得其解，端木彦为什么颇费周折地找人制作一条带挂钩的背带？在人力车后帮助推车，不是具备相同效果吗？

“没长脑子啊？”多年后，韩晓问及此事，端木彦呵呵笑着说，“帮人推车，那叫做好事，人家最多说声谢谢。”

这拨儿703职工子弟下乡插队后，韩晓和其他人须天天下地干农活，除草割麦，挖渠平地。最初的新鲜感消退后，这些人便觉出腰酸腿疼。而身高马大的端木彦不知通过何种渠道，如愿入选县篮球队，常常在县城集训或比赛，除了风风光光以及好吃好喝之外，多半时间居然合理地免除了“修理地球”之劳。

都是在703的院子里一起长大，发小自然很多，韩晓与端木彦能成为“铁磁”，最初因为端木彦对韩晓成绩优异的敬重。后来，韩晓发现，端木彦喜好时尚，观念新潮，而且不拽，对自己也有很大影响。两人有一种心心相印的感觉。而且韩晓发现，端木彦的人生轨迹似乎与自己始终如影随形——从703到省城西安，再从西安到北京。

北京是703子弟曾经的梦想。不过，真的也就是梦想。他们随父母从东北迁往秦岭的时候，需要在北京换乘火车，所以，每家人的墙壁上都挂着一张在天安门前的全家福合影。

韩晓隐隐约约地记得，当时在天安门前照相的人很多，队伍排成了长龙，大部分都是在此转车前往“三线”的家庭。端木彦他们家从旅社出来稍晚了一会儿，就排在队伍后面，轮到他们家照相时，天色已经渐黑。小时候，他们互相之间到各家串门玩，总拿端木彦家挂在墙上的那张合影说事儿，说那张照片曝光不足，至少没有韩晓他们家那张照片“明亮”。

那是他们年少时对北京唯一的记忆。

韩晓从没想过自己最终会调到北京工作，更没想到端木彦来北京“工作”的时间竟然比自己还早。韩晓承认端木彦在北京有事可做，但在很长一段时间里，他却不愿意把“做生意”之类的事情称为工作，因为“工作”是需要办理调动手续的。

当年端木彦在西安追求一个比他大两岁的国营商店女营业员时，就显示了一个没有大学学历的穷小子颇具长远眼光的潜质。

擅长打篮球的端木彦身材高大，鼻直口阔，气度不凡，虽说上学时成绩不好，却莫名其妙地好读闲杂书籍，张嘴闭口都是别人不甚明白的新潮术语，且乐此不疲地追赶时尚——

那时的时尚不过就是往身上裹一件人人向往的草绿色军装，而爹妈都是产业工人的端木彦，不知从哪儿搞到一件 20 世纪 50 年代部队授衔时的将校呢上衣，一年三季不离身，威风凛凛地骑着“永久牌”28 型自行车满大街兜风。知情的人羡煞他的那身行头——无褶、笔挺、厚实，尤其是紧扣的衣领里露出一圈雪白的衬领，硬是吸引了众多女孩子的目光。而不知情的人往往以为此人家庭背景不同寻常。

韩晓曾经调侃端木彦，瞧瞧人家看你的眼神，多像咱703周围的乡下人去省城西安，站在北大街与东大街拐角的邮电大楼下仰望钟楼，张着嘴，涎水欲滴，憨笑与羡慕中带着说不清的崇敬。

女营业员名叫高芹，据说父亲曾是七机部的局长，最早穿军装，大校军衔，行政十二级。60年代中期，说不好是受贬还是其他原因，举家来到西安。高芹说不上漂亮，看着顺眼而已，只是略胖，但不是后来人们用来赞美女人性感的那种丰满。多年后，端木彦有句准确的评价：就是脸盘儿和骨架大些罢了。

大脸盘儿的高芹还有一个显著特征，就是个儿高——身高一米七五。这在那个年代绝对是营养与遗传相结合的结果。这与身高一米八五的端木彦形成绝配。问题是端木彦家有两兄弟，还要给老家寄钱赡养爷爷奶奶，经济条件并不好，营养自然无从谈起。人们只好把端木彦的身材高大归结为“爸矮矮一个，妈矮矮一窝”的遗传原因上——端木彦的父亲中等个儿，而其母亲则与父亲身高相当。

当时国营商场的商品柜台把顾客和营业员分隔成两部分，身材高挑儿的高芹具有明显优势，半个身子都露在柜台之上，很容易赢得八方顾客的目光。

端木彦就是身穿将校呢在商店里闲逛的时候，一眼发现了柜台后面的高芹。其后的周折又是一则篇幅不甚短小的故事，但端木彦演绎得十分完满。

端木彦第一次去高芹家时，高局长已经病逝两年。给端木彦留下深刻印象的是高芹妈妈的纯正京腔和高傲神态，尤其是“我们家孩儿她舅舅还住在交道口北头条，那宅子有我一份”那句话透出的自信与强势，让端木彦从内心深处不相信家道中落会在这个家庭真正出现。

所以，端木彦作为工人后代，能成为高干女婿，在703大院内也一时传为美谈。远不像其他同学的婚配大事，大都在院内的小社会里“自我消化”。

当然，韩晓也是一个例外。

高芹的母亲年过七旬后终于忍受不了远离京城与娘家的不适，况且高芹爸爸去世多年，老太太对这里生无可恋，死活闹着重返北京，执意回到交道口老宅生活。

老太太的任性让独生女高芹苦恼不已。照顾寡居母亲本是天职，可高芹是国营商店营业员，那是一份正式工作，入职时带着“指标”，没有理由当然不能随便调动，更不用说调往北京。好在经过几年交往，高芹嫁给了端木彦，责任自然也就转移到丈夫肩上。

端木彦知道高芹母女完全不符合回京条件——无论高局长在世与否，所以毅然决然让老婆辞职——那可是顶破天的大事，工作都是国家安排的，每人一岗，且与身份相关。没了工作，也就失去了身份。

端木彦通过“打联联”的北京哥们儿，在他们公司总部为高芹谋到一份无需“指标”约束的工作，也就是说，无须通过劳动局开具调函，上一天班算一天钱。一开始，高芹并不情愿，她在西安就知道，那种没有“指标”的工作就是“临时工”，无论在人们观念中还是在实际生活中，是低人一头的。

端木彦顿时火冒三丈，“我有指标吗？我低人一头吗？我挣得少吗？”

为了回京照顾母亲，也因为那里的工资竟然比国营商店营业员，甚至比国家干部韩晓高出数倍，高芹还是离开了西安。

端木彦当然无须调动工作，只是做外贸生意时多跑几趟西安而已。

其实真正让韩晓纳闷儿的不是“女孩男孩”餐厅的新奇名字，也不是这家餐厅搞出了什么特色菜肴，而是这家餐厅的美女尤其多。

美女不是服务员，而是来消费的顾客，是那些衣着光鲜、靓丽可人的女“上帝”。最奇怪的是，就餐者常常男女不对等，女多男少。虽说也有成双成对来的，更多的则是独自用餐的美女。像端木彦与韩晓两个男人相对而坐的，属于餐厅里的少见景致。韩晓之后又来验证过几次，发现每每如此。

端木彦一副不屑的神情，一边剔牙一边说：“哥们儿土了吧？看仔细喽，都是三张以上的，充其量算是漂亮女人，装扮时尚为的就是盖住岁月痕迹。”

端木彦抬手指指窗外，喋喋不休地向韩晓解释。

这地方高档公寓鳞次栉比，亚运会时盖的，买得起的都是外企或搞国际贸易的高级白领，男的成年累月在世界各地飞来飞去，便把不愁钱花却无事可做的女人“搁置”在这些条件不错的地方。

“这一片儿地界算是京城闲妇扎堆的地方。”端木彦说。

韩晓就是在那家餐厅吃饭时第一次听说“公寓”这个概念。不过，在之后很长一段时间里，韩晓一直弄不懂公寓和住房有什么区别——他不好意思再打听，免得端木彦逮住机会嘲弄自己孤陋寡闻。

韩晓暗自想，公寓可能就是达到酒店标准的住房吧。

韩晓清楚地记得，端木彦说话的时候眼睛紧盯着斜对面一位正优雅地往嘴里送着不知何种美食的靓丽女人。韩晓分明看见端木彦一瞬间停止了咀嚼，眼光发直，然后使劲地吞咽了一下口水。韩晓转头望去，这才发现那位女食客明眸皓齿、肤色白皙、胸部丰满而身材有型。

事实上也就是从那天起，端木彦和那位女人有了故事。

韩晓很久以后才知道，端木彦和那位女人搭上，最初竟然与自己对端木彦的称呼有关。

端木是复姓，703的职工都习惯于把端木彦的父亲简称为端木。端木彦是下一辈，自然不好同样简称，所以从小就被人们省掉复姓而叫作“彦儿”。在秦岭脚下703厂区长大的那批同学——那批东北人的后裔，都这么称呼端木彦。

韩晓读了中文系才意识到，“彦儿”的称呼很有意思。普通话念“彦”常常误读成第二声，发音为“严”，反倒是东北方言却以第四声也就是“去声”，读出了“彦”的正确发音，与“燕”同音。有趣的是，东北话单独念“燕”一类字，通常都带儿化习惯，“彦”于是就成了“彦儿”。

斜对面独自就餐的那位美女觉得好奇，两位边吃边聊的大老爷们儿，怎么会冒出一女孩名字“燕儿”？美女便数度几番朝这边打量。也是机缘巧合，端木彦此时“偷瞄”的目光就与美女的一次“打量”恰好对接上了。

美女顿时显得有些不好意思，露出些许尴尬神情，端木彦却哈哈笑了起来。这似乎符合男人女人不同的心理状态，女人会害羞，男人则更加放肆。倘若此时男女的表现相反，人们反倒觉得异常。

正与端木彦聊天的韩晓不由得一怔，相对而坐的端木彦何以这般？韩晓感到莫名其妙，他们所聊内容不至于让端木彦如此大笑呀？

也就是从那天起，“女孩男孩”餐厅的美女顾客申曼，渐渐转身成为北京可心文化传媒公司与端木彦故事中的女主角。

“你来了？”一个女人的声音从韩晓身后传来。

韩晓的遐想被打断了。

韩晓一听就知道，那是他的妻子秦若梅。他们已经很久没见面了，尽管身旁街道上车水马龙，喧闹呼噪，但他依然听得很真切，他对这个声音的熟知程度铭心刻骨。

韩晓和秦若梅的相识源自一次通电话。

当时的秦若梅是西安一所大学的助教。她在做一个社会学课题时需要向政府相关部门了解这方面政策，便打电话咨询。接电话的正巧是韩晓。

以往省厅并不经常受理此类电话。不是不该受理，而是没有合适人选担负此项工作。韩晓是恢复高考后首届毕业生，被认为学识扎实，政策分寸掌握准确，所以，后来一旦遇到这类咨询政策问题的社会电话，处长就安排韩晓接电话应对。

偏偏秦若梅心细如发，问得格外细致，韩晓感到此次来电并不容易轻松随意便可“打发”，于是，通话时间就明显长于以往。

没承想韩晓在对话中渐渐被对方的声音所吸引——那种声音不似一般女声尖细的清脆，却透出一种委婉的深沉，很像女中音厚实、圆润的音色。怪不得在与秦若梅通电话时，韩晓脑海中马上闪现出了徐小凤的身影。

徐小凤是韩晓花费两个月工资购买的“砖头”卡式录放机里的重要角色，当别人纷纷痴迷于邓丽君甜美、柔和、纯净的音色时，他却被徐小凤低沉磁性的声线所吸引，而徐小凤那段“夜色茫茫照四周，天边新月如钩”之唱词也如同幻听一般常常萦绕耳畔。

与端木彦相比，韩晓的性格更加内敛含蓄。他读大学时翻阅过心理学著作，便认定自己这类人的情感特质带有伤感因素，而女中音在本质上更适合于表达伤感。韩晓觉得这种理论简直说到他的心坎里。

韩晓鬼使神差地与秦若梅联系起来。

打电话是他们最初唯一的联系方式。而那时的座机电话是稀缺品，除了够级别的干部家庭可以安装使用之外，所有能够安放电话的地方几乎都在办公室。韩晓便只有两个选择：利用上班时间，或者跑到街头小卖部打公用电话。

渐渐地，韩晓发现，办公室和小卖部均有不便之处。

办公室毕竟人多，通电话只能说些与秦若梅业务相关的事情，次数多了，重复的内容就容易露出破绽。后来，韩晓就找理由周末加班，以便借机打电话。好在单身宿舍与省厅院子一墙之隔。可是时间一久，看门的老头就会多言多语地表示问候——

"韩晓，又加班了？辛苦呀！"多虑的韩晓就担心老头传话，引起处里同事们生疑。

而小卖部的公用电话并不适合聊天，不仅收费，而且后面排队的人会因不耐烦而不断催促。最麻烦的是，韩晓需要先与秦若梅约好下次通话的时间地点，否则电话无从打起。

深秋的时光就这样延宕了两个月，转眼到了隆冬。

以往周末，韩晓常常会搭乘长途客车回 703，看望父母或者会会同学。自从和秦若梅有了电话联系，韩晓几乎没再回去，生怕错过每一次机会。老话说，娶了媳妇忘了娘。其实不尽然，假如儿子与父母同住，媳妇娶进家门，与娘同在一个屋檐下，不存在忘娘的问题。说起来，处男女朋友的时候，最容易耽误与爹娘见面的时间。

荷尔蒙催的，谁都难免。

那个周末下起了大雪，在宿舍休息的韩晓感到有些莫名的焦虑与躁动，回家还是找个地方给秦若梅打电话？韩晓有些犹豫不决。大雪纷飞，乘坐长途客车或许不够安全。而打电话呢？韩晓记得秦若梅说过，她家楼下不远处有传达室，她常使用那里的电话，值班老头对她也不错，有来电找她，老头也愿意传唤。

韩晓正在胡思乱想，忽然“嘭嘭嘭”传来敲门声。

韩晓想当然地以为是端木彦找他胡谝[①]，因为这期间他曾经暗示端木彦，他通过电话“相中”了一个姑娘，感觉很好，至今未曾谋面，不知下一步该如何是好。在韩晓看来，端木彦算是过来之人，与高芹交往了数年，而且从小至今，他对这方面的事情好像也知道得比较多。韩晓迫切希望端木彦帮他出出主意。

韩晓打开门，一阵凉风伴随着一股清香之气扑面而来。他一下子愣住了，哪里有端木彦的身影？只见一个高挑的年轻女人站在面前，绒毛围巾包裹着她的头和脖子。韩晓还在发愣的时候，年轻女人一边解开围巾，抖落着上面的雪花，一边冲着他莞尔一笑。

“韩晓吗？我是秦若梅。”

韩晓转过身来，正要与秦若梅打招呼，却被眼前看到的惊住了——秦若梅略施粉黛，淡淡的腮红恰好衬托了一种焕发的朝气，身着浅紫色上装，领沿镶着一指宽白边，双手握着绿色小提包并且自然垂在身前，面色丝毫没有要去法院判决离婚的严峻，却带着一丝浅浅的微笑，看上去很像——日本电影里的淑女。

已经三十五岁的秦若梅身上似乎没有留下岁月痕迹，略瘦的涤纶棉裤子很显腿形，甚至纤细腰肢和圆润后臀的线条都十分明显。更让韩晓没想

① 谝，陕西关中方言，闲聊。

到的是，秦若梅身上的香水气味，竟然与公交车上那个女人一样，是淡淡的玫瑰香味，而在韩晓印象中，秦若梅过去使用茉莉花香型的香水。

今天怎么啦？香港有撞衫一说，我遇到的这两个女人难道因我而“撞香”吗？韩晓想。

韩晓有些恍惚。他不知道眼前这位即将成为前妻的女人究竟是来与自己约会，还是去“了断”婚姻，因为他很少看到秦若梅如此装扮。

其实，韩晓已经习惯于秦若梅素面朝天——秦若梅留京后变成社科类研究员，不像在大学当老师那样常常去学校上课，除了每周去研究所一两次开会或收取邮件外，通常在家里做课题研究。韩晓是国家机关干部，每日上班，有时还要去外省出差，两人日常交集并不多。偶尔节假日他们上街或去郊外游玩，也是便装在身。

韩晓也觉得纳闷儿，今天显得格外艳丽的秦若梅向他打招呼那一瞬间的定格，居然让他感到了些许温情与美好，而刚才公交车上的“香艳”邂逅，似乎也改变了他对女人的看法。他仿佛看到了与自己热恋时光的秦若梅。虽说两人几乎同时暗生情愫，但秦若梅好像更放得开一些，不仅主动登门相见，而且熟络之后，也是秦若梅首先亲吻了韩晓的前额。

韩晓清楚地记得，他第一次揽住秦若梅腰肢的时候，秦若梅笑着说自己“长相中上，身材一流”。而给韩晓留下深刻印象的是，他的手揽在秦若梅腰上，却明显感到有所依托——那正是秦若梅腰身和翘臀之间的曲线。

“发什么愣呀？”看到韩晓半晌没有反应，秦若梅催促道，“咱们走吧！”

“打扮得这么漂亮，我差点认不出来了。”韩晓猛然回过神来，赶紧答道。韩晓说罢这句话，自己都觉得很奇怪，竟然能用这种打趣的口吻和秦若梅说话。

“是吗？能得到你的赞美，真不容易！谢谢啦！”秦若梅也感到有些意外，没人比她更了解韩晓，平时很刻板，难得开玩笑或者说些活跃气氛的话。

“我说的是真的。”韩晓有些尴尬，不自觉地低下头，嗫嗫嚅嚅地说，声音明显变小。

“夫妻一场，十年了。你能觉得我漂亮，我还是很高兴的。”秦若梅眼睛有些湿润。她忽然挽住韩晓的胳膊，说：“咱们都是读过书的人，都什么年代了，好合好散。既然商量好了，咱就高高兴兴地去。走吧！”

第二章

前几天突如其来的第一场秋雨，只消片刻就扫除了持续闷热湿暑的天气，而后便开始风和日丽，气候宜人。一下子透过气来，人们马上就感到神清气爽，轻松不少，哪怕抑郁寡欢者。

韩晓可能是个例外。

从性格上说，韩晓只是有些内向而并非抑郁寡欢。他大学快毕业时不知听谁随嘴说了一句，抑郁可能与性格内向有所关联。敏感的他就惴惴不安起来，便在学校图书馆悄悄找来美国杜克大学庄教授开发的《抑郁自评量表》做自我测评，结果发现自己与那里面提到的二十项指标相距甚远，诸如闷闷不乐、情绪低沉、睡眠不好，以及无缘无故地感到疲劳等，他在自评表设定的四个时间等级中——没有、少量、相当多、绝大多数，都没有发现这些症状。

尤其是韩晓按照“我与异性密切接触时和以往一样感到愉快”这一项进行自我评定，觉得自己十分正常。他为此寻找了许多佐证，譬如，夏天乘坐部里通勤车上班，车窗外时常会闪现骑车或行走的美女，她们飘逸的长发、亮丽的裙装，特别是穿短裙露出的白皙的长腿都会让自己不由自主地多看几眼，虽然他在观望时尽量不让旁边的人察觉——这与他的信念相关，他更愿意在众人面前保持正人君子的形象。但爱美之心，人皆有之，与道德无关，说明自己性心理没有障碍，推而言之，他也没有抑郁倾向。

虽然韩晓与秦若梅很久没有肉体上的亲密接触，但那是闹别扭、有矛盾的结果，不等于他不可以或者不愿意。韩晓记得从家里搬出之前，因为居住空间逼仄缘故，冷战中的两人仍然不得不同床共枕。夜里偶尔醒来，看到秦若梅入睡时安静的面庞和起伏的胸脯，韩晓还会产生些微心动——入睡则安静，安静则天下太平，“静女其姝，俟我于城隅”，安静的女人何其漂亮啊，连《诗经》都这么说。

韩晓想，都说七年之痒常常使得夫妻情欲进入倦怠期，进而影响婚姻关系的稳定，可是他与秦若梅结婚已经十年，却依然潜存着如此心理，说明自己不仅正常，某种程度上或许还强于常人，至少强于端木彦，因为彦儿经常说他和高芹已经变成亲人，肌肤之亲时已无激情和兴奋感觉，如若左右手互摸。

秋风拂面，阳光和煦，但韩晓并不快乐，因为他的婚姻即将走到尽头。

尤其是今天的秦若梅，衣着光鲜甚至算得上艳丽，像是去相亲或者领取结婚证，而且居然挽着他的胳膊，哪里有去法院办理离婚的样子！

这很让韩晓添堵，他觉得这完全不符合逻辑，即便他们可以不像其他准备分手的夫妻那样怒火中烧、哭天抹泪、怨气冲天，但起码不该这样显得若无其事吧？这已经无法用荒唐来形容，简直到了荒诞的程度，而且是约瑟夫·海勒笔下那种看上去正儿八经实际上无可奈何的荒诞，带有鲜明的形而上色彩。

公交车站离法庭不算很远，步行不足一公里。

韩晓表面上配合着秦若梅的要求——她要挽住他的胳膊，韩晓便将左手插进裤兜使胳臂弯出一点弧度，装出你轻松我也潇洒的神情，心里却盘算着还有无中止这件事情的可能。

韩晓知道，兹事体大，与以往吵架、分居等带有置气成分的行为不同，一旦流程走完，他们的生活就要彻底改写，他和秦若梅就会成为路人。韩晓了解秦若梅，她不是那种做不成夫妻还可以做朋友的女人。事实上，他们之间的事情之所以演进到今天，都是按照她的意志进行的。

回首往事，韩晓感到有些后悔。他不该结婚以来一味迁就秦若梅，也不该在这件事情上先是点出问题所在，而后又显得不够硬气。事已至此，还能有什么办法让此事“叫停”呢？

看来，韩晓只能说出自己最不情愿说的软话——

“也许那件事情是我错怪了你。”

这句话在韩晓内心酝酿了许久。

对韩晓来说，说这句话要迈过两道坎——

第一道坎，内向的韩晓对于自己认为正确而秦若梅反对的事情，断不会在语言上表示“服软”，但在生活中可以默认。

第二道坎，“离婚”的导火索并非源自天长日久造成的婚姻生活的寡淡，而是韩晓以为，秦若梅似乎对同单位那位负责科研工作的副所长李东明产生了非同寻常的“兴趣”——韩晓知道自己的猜测有些捕风捉影，所谓佐证只不过是秦若梅传呼机上经常出现两个需要回复的电话号码，一个被证实是李副所长办公室的号码，另一个号码则不清楚，而秦若梅常常晚上回复后一个电话。韩晓觉得那个电话号码也是李副所长传来的。

对韩晓来说，要迈过这两个坎，都需要亮出不同的自己，而他寻常恰恰愿意“隐没”自己，附和他人。

“你丫腻腻歪歪，就是太肉！宠爱这种事有讲究，要想在生活中一直由着她，很多事情就要由不得她！腰以上行，腰以下属于原则，必须拎清楚。要不，你丫就白忙。”端木彦为此用京腔指摘韩晓。

韩晓不得不承认，端木彦的“世俗”逻辑有时一针见血，抓“理”很准。以“腰”为界限，让复杂的事情一下子简单起来。韩晓就想，人们常说“书中自有黄金屋”，而端木彦的“颜如玉”来自何处呢？

内心敬佩不等于嘴上肯服软，韩晓以偷换概念的方式表现出非常讨厌端木彦假模假式说京腔。韩晓想，你端木彦明明生在东北，长在秦岭，却偏偏把自己当成京城老油条，做生意与人交往想不同凡响也就罢了，犯不上跟我这样假屎臭文，便故意用“秦腔”回怼：

“你怂胡说啥？ ŋè（我）几时由着她？ ŋè（我）那叫宽厚！”

ŋè 的发音接近“饿”，区别在于发音时上腭与咽部前区紧贴，气流不通畅，得用力，所以很特别，包括韩晓在内，客居秦岭且熟知关中话的人似乎都喜欢在特殊时刻使用“ηè”，来造成语言上的特殊效果。

一年多前的一天，韩晓从广东出差回京，到家已是掌灯时分。虽说在火车上咣咣当当晃了一天一夜有些疲倦，可毕竟外出十天半月，与天天厮守互相观望的感觉明显不同，看到身穿睡衣、头发蓬松的秦若梅，韩晓内心涌起一股冲动，便渴望与她温存一番。

韩晓兴冲冲地从行李箱中拿出两件稀缺物品——他把一摞女人用的肉色长筒丝袜递给秦若梅，而将纸皮包的“十块妆”力士香皂撕开小口，取出一块，其余放进柜子里。

“十块妆”的字样让韩晓印象深刻，明明是“装”，偏偏写成“妆”，细究似乎又不无道理。

这两件物品是省厅的人协助办理边防证后，陪同他们去深圳沙头角买的。韩晓清楚地记得，他在中英街香港一侧小商铺挑选这两件东西的时候，正巧看到香港警察从身后的街道上走过，心里有一种别样之感。

正当秦若梅反复端详长筒丝袜，嘴里自言自语地念叨着“这怎么穿出去”的时候，韩晓已经主动铺好被褥，并匆匆去卫生间洗漱。不一会儿，韩晓身穿睡衣，带着满身力士香皂气味来到秦若梅身后。秦若梅一回头，看到韩晓眼睛发亮，便心领神会，低头抿嘴一笑。

临界锡婚的夫妻，一般说来都会形成相当的默契，只是秦若梅和韩晓的婚龄有折扣，几年的分居导致了些许生分，好在团聚后再度磨合又渐和谐。秦若梅放下手中长筒丝袜，随手关掉台灯，便与韩晓共卧枕榻。

正在此时，突然一阵清脆的嘀嘀声音响了起来——秦若梅的传呼机响了。

韩晓不由得一怔，本能地搂紧秦若梅腰肢。

韩晓这个动作既是条件反射，又分明带有让她无须理会的意思。

可是偏偏嘀嘀声响个不停，在寂静的卧室中显得格外刺耳。韩晓不得不松开手，秦若梅借势侧身拿起传呼机，黑暗中传呼机的亮度格外醒目，秦若梅看到了显示的号码，就说：

“我还是去回个电话为好！”

秦若梅打开台灯，再度穿衣，眼神似乎带着歉意地看了韩晓一眼，离开卧室，推门出去。

韩晓知道，他们家路口有一处公用电话，秦若梅此去一个来回，怎么着也需要十多分钟，加上通话时间，起码搭进去半个小时。

韩晓独自躺在床上，一时不知做什么才好，就呆呆地望着天花板，忽然间觉得自己十分无助与无聊——生活中怎么会有这么多与自己意愿相悖的意外之事呢？简直如同三伏天的雨，说来就来，不受驾控，自己还不得不肉袒面缚。

韩晓的脑海中闪现出这次出差的情景。

原本一路顺利，省厅对他们一行的工作评价甚高，伍司长自然感觉惬意。这位任职五年的老司长，据说已被列入提拔对象。没想到最后一次会议上发言，伍司长竟然出了一点小岔子，把“棘手”错念成“辣手”。这倒也没什么，汉语本是表音文字，没念错过字的人凤毛麟角，即使中文系毕业的人咬文嚼字，也保不齐马失前蹄。照例是一阵热烈的掌声，之后散会。众人在礼节性的致谢笑谈中相伴着去招待所餐叙话别。

也不知哪位好事者，在餐叙中借着酒兴提示伍司长讲话中有“念错”之处。当时满面笑容的伍司长虽未发作，但脸色顿时变得不甚好看。结果在返程路上，韩晓便被伍司长从“硬卧”唤到“软卧”车厢谈话，说写材料不能总是从自己熟悉角度下笔，还要兼顾领导的习惯。

伍司长未明说问题何在，但韩晓知道，焦点在于——你为什么不在生僻用词后面注音或使用其他词汇？

韩晓深感委屈，“棘手”算生僻用词吗？

和出差遇到的这点小意外相比，此刻的韩晓更觉委屈。回复电话比久别胜新婚的夫妻欢愉更重要吗？说不定一次缱绻缠绵会消除或缓解这次“意外”带来的郁闷呢！

等秦若梅从外面回来，再度上床躺下的时候，思绪发散了许久的韩晓已经失去了意欲求欢的兴致。

之后两人的所有龃龉莫不因此而生。

“谁呀？这么晚了让你回电话？”韩晓忍不住问道。

“李所长，课题的事儿。”秦若梅说。

“那位副所长吧？”韩晓故意强调了一下，然后问，“什么大不了的事，白天不能说吗？”

“其中一段文字需要做少量修改，他担心明天会忘记，就赶紧提醒我一下。怎么啦？”

秦若梅对韩晓的质疑有些不满。很多时候，质疑带有不信任的成分。换句话说，质疑算不了什么，而不信任才是关键所在。秦若梅感到恼火，韩晓过去对她从不质疑，即使当年她为考博复试而决定做人流，他也只是略略迟疑了一下。

韩晓天马行空的走神并没有影响两人行进的步伐。

他们终于来到法庭门口。

让韩晓意外的是，法庭大门紧闭，门上清楚地标明，周日休息。韩晓压根儿没有想到，法院的作息时间与行政事业单位完全一致。

韩晓记得，今天来法庭的日子是秦若梅选定的——

“咱们星期天去办吧！知道你平时忙，请假的理由也不好明说。”

自从自己主动提出去法院办理离婚以来，韩晓就琢磨选择休息日还是工作日。如果是后者，他将以什么理由向司里请假？当然，很多时候请假无须说明理由，在请假单上注明“有事”即可。但保不住分管人事工作的领导有时会进一步询问。韩晓最担心的是，万一伍司长临时有事找他怎么办。有时在裉节儿上，伍司长得知他请假，总会了解一下请假原委。

总不能胡乱编个理由吧？

韩晓没有撒谎的习惯，说假话会让自己心慌——在这点上，韩晓绝对相信测谎仪的科学与准确性。所以，当秦若梅提出周日去法庭的想法时，韩晓立刻表示同意。他多少还因此对秦若梅的理解心存感激。这样一来，他可以神不知鬼不觉地了断此事，不会引起任何人的注意。

折腾了这么久，眼看到了“临门一脚”的阶段，韩晓突然意识到，原来自己并不想真正离婚。

真是鬼使神差一般，韩晓此刻开始不断回想起秦若梅以往表现出的各种“好”——知书达理，聪慧伶俐，时有的温情，偶尔的俏皮。还有，最重要的是，在与他亲热时，秦若梅会突然迸发出激情。韩晓深知，妻子的这种激情极为难得，反过来可以引领他抵达忘我境界，韩晓因此曾经不能自制地喊出“你永远都是我的”这样忘乎所以的话语。虽然他记不清这是哪一年的事情了。

法庭周日休息，这让韩晓松了一口气。

韩晓知道，离婚进程在今天可以暂停了。对自己来说，至少阶段性的目标业已实现。他看了秦若梅一眼，支支吾吾地说：“下周司里很忙，恐怕很难请假。”

韩晓貌似镇静而实际上却魂不守舍地张望着法庭大门上张贴的作息时间表，秦若梅则另一番表现，她根本没看法庭大门上的作息时间表，而是一直死死地盯住韩晓的眼睛，刚才显得轻松甚至略带微笑的表情变得严肃起来。

和整天在机关忙得不可开交的韩晓不同，秦若梅无须坐班，从事研究不仅能自由支配时间，也习惯于凡事做细致功课。她实际上一开始就搞清楚法院周日并不办公。之所以把日子选在今天，秦若梅是有意为之。她与韩晓不谋而合的是，不想离婚。至少她还没有想清楚，是不是应该与韩晓分手。

和韩晓刚分居的时候，秦若梅有一种放松之感。

读书读到博士，不好说学问必定见长，但儒生的沉稳与练达总会取代年少时的单纯。女博士秦若梅或许是个例外，少女时代养成的浪漫情怀居然伴随始终。这与她生长的环境有关。

秦若梅的父母原本是上海一所大学的老师，20 世纪 50 年代随学校内迁至西安。虽在西北，学校却极富江南色彩，小桥流水、亭台楼阁映衬着歇山屋顶与红砖清水墙，最初还有一座湖面宽阔的公园。秦若梅小时候在学校教工食堂每天早餐竟能吃到柴爿馄饨。

韩晓常说，秦若梅是在西安出生的上海大家闺秀。

内向且内秀的韩晓终究在生活方式上属于不善沟通、刻板保守的那一款，尽管秦若梅的父母认为他们两人互补的性格有助于“过日子”——上海人虽然在生活方式上追求浪漫，但生活态度却很务实。后来，韩晓经常说他们两人的专业选错了——都说学文学的容易浪漫，可偏偏社会学博士秦若梅如此这般，而学中文的韩晓却完全相反。

性格上的互补在平静的日常生活中果真还能发挥作用。秦若梅使韩晓的生活更有情趣，而韩晓让秦若梅感到了安定与踏实。但性格上的互补并非万能，有时也会显得脆弱，关键时刻容易经不住某些具体事情的冲击，因为性格差异会造成对事情完全不同的理解。

秦若梅心里明白，李东明副所长对自己确实心存“意思”。

这位巴黎第八大学留学归来的已婚博士多次向秦若梅表明，他很喜欢她身上那种独特气质。想来也是，未曾生育的秦若梅正当女人最成熟的年华，圆润、丰腴，又不失身形，而学养又赋予她其他女人鲜有的韵味。

中等身材的李东明总是西装革履，头发一丝不苟地倒向一边，梳得溜光水滑。秦若梅最初觉得这种发型好生奇怪，身边的男人没这么梳头的。她也只是小时候在天马电影制片厂拍摄的旧上海题材电影中见过，这种人要么是公子哥，要么是小开，玩伴们常常打趣说这种发型苍蝇落下都打滑。

由于常年穿内置增高皮鞋，李东明不得不挺胸抬头，反而显出挺拔的样子。每逢秦若梅来办公室汇报课题进展情况，李东明都会倏然立身，一边夸赞着秦若梅的气质超群，一边面带微笑、彬彬有礼地主动拉扶椅子，请她坐下。

与别人见面，李东明顶多说句“你好”，但见到秦若梅则是满脸堆笑，退后趋前，时不时还撇一句法式洋腔“绷如（bonjour）”。

殷勤历来是客气与礼貌过头的产物，李东明并不掩饰。李东明每次朝秦若梅点头弓腰时，身上就会飘来一股男用法国香水味。有时李东明给秦若梅送书或其他资料时还会在其中夹入玫瑰干花作为书签，则更见不一般的意味。

只是李东明的“意思”有些特别——既没有揽腰、搂抱、扶肩这类身体接触上的过分动作，也没有超出优雅言语范畴上的暧昧暗示。按照李东明自己的说法，他还因国情缘故，省略了“必租”之举——就是法国男女相见时的拥吻，同时发出“啵”的声音，法语称其为“bizoux”。

这也是秦若梅愿意享受这种感觉的重要缘由。

这有什么呀？形输色授，情调罢了，不掩饰自己的情感，又将男女交往的分寸拿捏得很好。这一切不过就是李东明从法兰西顺便带回来的奔放与浪漫而已，与龌龊和暧昧是两重天地。

“他的行为就是龌龊的表现。”韩晓愤愤地说。

“他真的没有过分举动，只不过与寻常人观念不同而已，用不着小题大做。”秦若梅冷冷地说。

秦若梅与韩晓分居之前，两人爆发了结婚以来第一次激烈冲突，话题紧紧围绕李东明的做派展开。

韩晓从家里搬出去的当天晚上，李东明果然又发来传呼，秦若梅却犹豫起来。按说韩晓不在跟前，少了心理约束，可以按照自己意愿决定是否回复。她忽然觉得眼前发生的一切有些莫名其妙，自己目前遇到的两件事情既没有逻辑上的必然，也没有情感上的因果，而且即使自己次日回复电话或者面谈，对所说事情并无影响。想到恰恰因此引发了与韩晓的矛盾，秦若梅心里便生出些许遗憾与懊丧。

秦若梅第二天去所里参加例行会议。

会议结束之后，秦若梅专门来到李东明办公室。她想委婉地告诉李东明，自己与丈夫的关系出了一些问题。她的本意是想与李东明一起检视一下事情本身有否欠妥之处。但秦若梅有些犹豫，她不知道如何表达，因为她实在找不到两件事情的内在联系。

没承想，李东明居然不像往日那般婉转含蓄，一看秦若梅进来，立即喜形于色，冲上来张开双臂，秦若梅有些诧异，本能地躲闪开来。李东明并不觉得尴尬，夸张地做了一个耸肩动作，说：

“若梅，坦白说，我每天都想见到你的身影，听到你的声音，闻到你的气息，这种念头简直无法遏制！你实在太迷人了！”

秦若梅大吃一惊，问：“每天让我回复电话也有这个原因吗？”

李东明说：“O mon dieu！我的上帝呀，你竟然能够理解我！”

秦若梅当时便怔住了。

“请原谅我的鲁莽，我无法控制自己啊！”李东明向两侧伸开双臂，情绪似乎有些激动。

“我和韩晓分居了。”秦若梅冷静地说。她终于找到了可以告诉李东明的理由。

“是吗？”李东明惊讶得睁大了眼睛，整个人的动作马上变得僵硬起来，甚至他伸开的双臂都没有收回来。

“是的。”秦若梅也确定地点点头。

秦若梅的内心突然涌起一阵内疚之感。韩晓离家出走，固然也有他执拗和倔强的因素，难免也包含了男人本能的嫉妒，但多少是蒙受了委屈的，至少他对李东明行为的判断并不离谱。

那一天，或许是秦若梅成长的一个分水岭。她不再以信任的目光看待留洋者从国外带来的浪漫与优雅。很多时候，那种舶来的浪漫和优雅与“native sons”——“土鳖们”在女人面前拙劣的表现没有本质区别，不过是追求女人的手段而已，目的很直接、很单纯——“get”或“take”，那是秦若梅读研学英语时男同学们对男女之事逗乐中的玩笑心得。

秦若梅想，那个在宠爱中长大的小姑娘始终有一份浪漫的情怀，只是，她不该再是个小姑娘了。

有趣的是，自从那天秦若梅把与韩晓分居的消息告诉李东明后，无论白天还是晚上，李东明的传呼再无发来。即使秦若梅去研究所办理业务事项，李东明也都尽可能躲避不见，他们之间剩下的业务联系仅仅凭借研究所内部行文的批件传递。

韩晓的内敛，秦若梅的高傲，使得两人在分居一年的时光中始终寻找不到重新沟通的机会，而单调与无聊的单身日子，以及想象中的误解，终于把他们推到了法院门口。

尽管韩晓缺少浪漫气质，生活中很少说些传情达意的贴心话语，一心一意想在机关有所作为并获得职级擢升，但他对秦若梅始终用情专一。秦若梅知道，韩晓的发小端木彦就不是这样。还是在西安工作的时候，他们两家就经常相聚，秦若梅凭着女人的直觉以及韩晓只言片语的讲述，坚信端木彦从来不缺少女人。每当想到这些，秦若梅就觉得韩晓应该被归入“合格”丈夫的行列。过去，秦若梅一直不理解母亲反复强调“过日子”的含义，不理解母亲为何那么喜欢和信赖韩晓这个女婿……

秦若梅下决心把姿态放低，先表示出“挽回”的意思。因为她太了解韩晓，指望他张口，不知道能拖到何时。

“韩晓，带我去你住的地方看看，好吗？”秦若梅一直看着韩晓的眼睛，冷不丁地说。

韩晓愣住了，他有些不相信自己的耳朵。他看着秦若梅略显咄咄逼人的眼光，一时不知道如何回答才好。

“不方便吗？”秦若梅有点步步紧盯的意思，但语调却很温和，还稍稍带有谐谑之意。

“怎么会呢？”韩晓在片刻懵懂之后，猛然意识到情势可能出现了巨大逆转，说不定在暂停离婚进程的基础上，还能再向前推进一步。韩晓不由得喜从心来。“你愿意光临寒舍，我可是受宠若惊呀！”

韩晓刚刚说完这句话，便觉得懊悔，他怎么会选择“你”这样的人称代词呢？他们在以往的生活中，绝少使用人称代词，除非吵架，自称和称呼时都是使用“老公”和“老婆”。

好在秦若梅并未在意，韩晓似乎又看到了秦若梅眼中流露出的那种亮光。那是她第一次与韩晓相见时眼神中曾经出现的亮光，包含着欣喜、激动与期待。

没有了刚才惴惴不安的心绪，韩晓开始仔细端详已经三十五岁的秦若梅，感觉她今天充满魅力。

而在秦若梅看来，韩晓还是那样略显拙朴、稍嫌厚道，聪明而不机敏，认真却又死板。她知道，韩晓永远想不到她今天的衣着、妆容，甚至香水都是刻意所为。秦若梅想起母亲当年反复对她的叮嘱：“你那么活泼，那么要强，找这样的男人才靠得住。”

又是秦若梅主动伸出双手，挽住了韩晓的臂膀。韩晓咧嘴笑笑，两人对视了一眼，便向路边走去。

韩晓兴奋地伸出右手，在放过了几辆疾驶而来的“面的”后，果断地向一辆“夏利”挥了挥手。

交道口大街的车流并不密集，但骑自行车的人却很多。红绿灯处，常有骑车人与汽车抢道，加上行色匆匆的过街行人，所以马路上显得蛮拥堵。但从大街向东拐进胡同，却是另一番天地。这里僻静许多，除了路口有一处香烟售卖摊，偶尔可见三两个人在胡同里穿行。

高芹娘家的老宅就在这条胡同，是一座三进院。

北京四合院很规制，所谓三进院，不算进大门的影壁墙，至少还得有两座山墙区隔。

院里房子很多，高芹舅舅在最里面院落占据多半。其余三间朝东厢房归高芹妈。老太太给了高芹小两口一间住房，但端木彦很少回来住。他在京伦饭店公寓楼有长年包房，说是为公司洽谈业务方便。

说起来，高芹姥爷是旗人，有些积蓄。不知怎么就结识了几个早先在醇亲王府上唱昆曲的高阳民间艺人，又通过他们与白洋淀布商建立了布匹生意联系，一来二去整发达了，就买下了整个院子。

老爷子后来生意折损，就把头院和二院房子都卖了。

卖房子时北京还叫北平，刚刚光复不久，没有大户接手，只好卖给散户，所以院子住户就显得有些零乱。赶巧当年有个买家看上头院一间房子，马上成交时突然变卦，因而未能脱手，因而头院卖得不齐整，落下一个单间。这间房子后来归了高芹妈。

韩晓住的正是这间位于头院的小房子。

院里住户杂乱，也是端木彦不愿回来住的原因之一。

端木彦在西安时常听高芹妈说起他们家在交道口的老宅子，几进院什么的。院里有棵古槐，三人抱不过来。还说有一个郎姓王爷跟他们家是隔得不远的街坊。老太太说，那王爷早先不姓郎，而姓钮祜禄。

端木彦当时听得一愣一愣的，对这宅子特别向往。

后来端木彦果真随着高芹母女来到北京。住进院子，才发现满不是那么回事。且不说院里杂乱无章，到处堆着蜂窝煤和大白菜，就是冬天撒泡尿还得出去上公厕。早年有些大杂院住户，吃水需要从公共水房去挑。

端木彦就想，我们 703 家属院的住房面积小，又在山脚下，出了围墙就是黄土路，遇上“解放牌”大卡车驶过，尘土能卷起一大片，每当同学们结伴外出遇到这种情况，韩晓都会顺嘴朗诵李白的一首古风“大车扬飞尘，亭午暗阡陌”。但不管怎么说，咱那里家家户户都有厕所和水龙头呀。

端木彦所在公司那几个有身份的人，虽然都一水儿说着京腔，但没一个家在四九城胡同里的，不是西郊那边大院的，就是复兴路旁大楼的。所以端木彦特别忌讳别人说他住在大杂院，很没面子。

后来，端木彦索性要求总公司在一家京伦饭店附设的公寓里租下一间“宿办一体”的房子，就像当年北京的哥们儿在西安时那样，只是偶尔回四合院看看高芹和岳母。

端木彦的父亲是厂子里的八级钳工，人称“端老八”，技术上没得说。端木家族史上既没有做官的，也没有经商发财的，起码百十年以上都是平头百姓。偏偏端木彦不同凡响，刚刚“出道”就与京城来的那几个人打交道，一下子就奠定了起手高、见识多的基础，所以身上居然养成了某种“贵气”。

端木彦今天回四合院，不是因为周末休息，他做生意没有休息日的概念。端木彦想趁周日韩晓不上班，和他说说成立文化传媒公司的事情。端木彦一直有这样的打算。

韩晓在大学学的是中文，好像与文化比较接近，在关涉“学识”方面，端木彦历来真心敬佩韩晓。

端木彦想单干，也是到北京后才动的念头。公司里那几个哥们儿虽然背景深、路子野，对他也不错，可他懂得一个道理，一个老爷们儿要想干成大事，不能总跟着人家当碎催[①]。

端木彦最在意的是，他自己人高马大，和那几个哥们儿一起与港商谈生意，却常常被误认为保镖。更要命的是，每次和港商喝酒，对方老板一旦不胜酒力，就让跟班马仔替酒，而端木彦这边当然没有马仔，可替酒的事常常由端木彦担当。

端木彦进院子后先经过韩晓的房子，敲门没人应，隔着窗户往里看，发现里面拉着窗帘，黑着灯，分明屋里没人，便觉得好生奇怪。他知道韩晓在北京没什么亲戚可以走动，除非出差或者加班，一般习惯“宅”在屋内。

“星期天不在屋歇着，干吗去了？”端木彦念叨道。

说罢便直奔后院高芹妈的屋子而去。

端木彦成年累月在外面折腾，不怎么回家，按说高芹和高芹妈应该有所不满。高芹倒是习惯了端木彦的做派，在西安那会儿就如此这般。除了端木彦追她以及刚结婚那阵儿常在一起腻着以外，无论“跑单帮”，还是与北京这伙人搭班做生意，端木彦都是来无影去无踪，毫无规律。

好在端木彦挣得多，抛去应酬开销，多数交给家用，高芹渐渐也就习以为常。到北京后，高芹在总公司当出纳，端木彦则在底下公司跑业务，根本不在一起上班。

---

① 碎催，北京土语，指跑腿、跟班之人。

高芹妈一开始觉得端木彦“不着调”，说他没有过日子的样子。说来也是，高芹妈见过的上班人，都是早出晚归正常单位的作息安排。谁也没有想到，没过多久，老太太就不说什么了。端木彦的经验做法是，寻常不回家，回家不空手。每次一甩手，就是三五百，伴随着的，还有端木彦的贴心问候：“妈，您看着喜欢的买。我自己乱买，您又说我不会过日子！”

高芹妈的退休工资才几十块钱，哪见过这么多钱？

一进屋，端木彦看见高芹母女坐在方桌两旁说话，就顺手拿出一只锦缎饰面的小方盒递给高芹，说：

“刚从香港带回来的电子表，坤表型。”

高芹毕竟是干部子女，见过些世面，不是那种见物则喜或者见钱眼开的女人，并没有伸手接那物品，依旧坐在椅子上，手里织着毛线活，表情也是不冷不热的。

端木彦主动打开盒子，取出手表。

没承想这手表的外形一下子吸引了高芹母女的目光——居然像金表那样熠熠闪亮，表链也是镀金的，看上去时尚而华贵。

“样子挺不错的，”倒是高芹妈先开了口，“你爸那时给我买过一块坤表，英纳格的，表盘比这个还大点儿。”

“妈，您那块表多值钱呀！这表跟你那块不能比。这表唯一的优点也就是准，不用上弦，时髦好玩一点儿。您要是喜欢，我下次再给您买一块。”

端木彦说着，从西装内侧口袋里掏出一个厚厚的信封，塞到高芹妈手上。那时，十元钱钞票算大面额，使用起来不方便，端木彦一般情况下在信封里装的都是五元钞票。

“这五百块孝敬您！”端木彦说话的京腔味越来越浓。

端木彦在西安那会儿与高芹妈说话，就喜欢用这种京腔口吻，老太太正经是“老北京”，听到这腔调，就觉得亲切。

端木彦在外面说京腔，很多时候是为了赶时髦，显“气度”，装门面，而跟自己岳母这么说话则显然有套近乎的意思。他知道高芹妈最初看不上自己，觉得两家门不当户不对。

端木彦有一种强烈的反叛心理和征服欲望——你越是看不上我，我越是要对你好，以此证明自己的不凡。

其实，端木彦对高芹和岳母的出手大方，不仅有征服与证明的意味，还有补偿的成分。

和韩晓与秦若梅的婚姻不同——他们毕竟属于彼此相中、恋爱成婚的。两家虽有差异，不过在于地域和文化——吃米与吃面、工人与老师的差别而已，况且韩晓的父亲后来当上工厂的行政科副科长，而韩晓本人读过大学，做了国家干部，也算缩短了差距。

端木彦与高芹则不同，与其说端木彦相中了高芹本人，不如说相中了她的出身。虽说高芹父亲去世较早，但老爷子终究是十二级高干，脱军装之前还扛着大校肩牌，人走势在，家里住的还是四间卧室的大房子——端木彦在 703 只见过三间卧室的房子，那是他的同学家，同学的父亲是 703 的厂长。而寡居的高芹母亲依旧气度不凡，这倒不完全因为她是高干家属，人家本身就是京城旗人血统的大户人家后代。

端木彦追求高芹的时候，赶巧高芹刚刚交了一个男朋友，那人在一家医院的化验室当检验员。据说，当时两人关系尚未敲定。于是，端木彦对高芹采取了狂轰滥炸和死缠烂打的追求手段，包括在高芹工作的百货商店门口，和那个等着高芹下班的男友打了一架。

严格说来，那不叫打架。

之前，端木彦做了一番侦察，了解到那位男友每天会在高芹下班时间接她。百货商店下班时间通常晚于一般单位。也就是说，当检验员到达商店门口时，天色基本就黑了。

端木彦为此专门回了一趟 703，唤来三五个当年能打架的同学。按照端木彦的要求，大家统统骑着也不知他从哪儿借来的 28 型飞鸽牌自行车，呼呼啦啦地赶到现场，一下子把那位检验员围了起来。

所有人都没有动手，只有端木彦拎着自行车专用钢丝锁，冲着自己的竞争对手说：

“咋个样？ ŋè（我）把你打一回，还是你自己走？”

端木彦在这个问题上丝毫不拽，直接使用最接地气的关中方言警告对方，虽然不那么洋气，甚至土气十足，但却霸气彰显。

那位检验员男友也是高个儿，但偏瘦，没有端木彦壮实，面色白净，上过卫校，戴着眼镜，一看就是个每天穿着白大褂上班的文弱书生。他哪里见过这种阵势？只见他脸涨得通红，一句话没说出来，只是怔怔地看了看端木彦，便低下头，然后猛然一转身，找了一个缝隙钻了出去，很快就淹没在路灯照耀下的人群中。

韩晓也是被端木彦唤来助威的同学之一。他那时大学毕业，刚刚分配到省厅工作。自小到大，他对打架这种事情从来都避之唯恐不及，属于动口不动手的谦谦君子，但又顾及端木彦的面子，不得不来，就说：

“我现在是机关干部，恐怕要注意影响。”

端木彦说：“没打算让你上手，你离得远点儿看着，算是见证。”

所以，韩晓在远处目睹了这一切，只是他完全没有听见端木彦当时说了什么，像是看了一场表现远景场面的默片电影。

“我这叫不战而驱人。”端木彦事后扬扬得意地对韩晓说，“还没打，就把人赶走了。”

“看书就好好看，那叫不战而屈人之兵。《孙子兵法》中的战法之一，意思是说不用双方交锋，便使敌军屈服。”韩晓笑着纠正道。

“就是沃（那）意思嘛，还没打，沃（那）怂就跑了。”端木彦辩解道。

对端木彦，高芹谈不上有多么爱，但她承认，她最终还是被端木彦的执着所感动。其实，高芹心中有一个重要条件，许多人都不符合——男方的身高必须高于她，一般高都不行。在那个年月，一米七五的高芹实在太高了，几乎算得上鹤立鸡群。说实话，她那个身高条件，找到合适的对象，着实不容易。

偏偏高芹不肯降低标准。她觉得，夫妇俩走在大街上，有一定身高差，在外人看来，才显得般配。端木彦在这点上占有绝对优势，生生高出半个头。

两人相处了一段时间后，在端木彦的软磨硬缠下，高芹半推半就地与端木彦偷吃了禁果。

为此，端木彦煞费苦心——去高芹家显然不行，虽说她在家有自己独立住房，可万一被她妈发现，他俩的事就算彻底黄了。老太太是正儿八经的旗人，礼数多得不得了，未行结婚大礼而偷摸上床，那可是坏了天大的规矩。

去自己的住地也不方便。房子是北京哥们儿向小明租的酒店公寓，人家寻常不住，天天泡在各处大酒店。端木彦相当于帮人家看房子。说不好人家什么时候临时回来，一旦撞上，自己倒没什么，哥们儿之间对视一笑即可，但高芹脸上肯定挂不住。

去酒店或旅馆更不行。男女同住一间房需要提供结婚证的——嘁，我要是有结婚证，用得着这么折腾吗？端木彦想。

端木彦苦思冥想后瞬间脑洞大开，他狠狠拍了一下自己大腿，我咋这么瓜怂，竟然把自己发小韩晓给忘了？

韩晓到省厅工作后，很快分配到一间独立使用的单身宿舍，与省厅办公区一墙之隔。端木彦经常去韩晓宿舍喝啤酒聊天，也借着酒劲聊过女人，高矮胖瘦，白黑香臭，包括未来老婆的标准。聊这种话题，端木彦是强项，韩晓只有听的份儿，偶尔插科打诨一下而已。

“借用你宿舍一天，我和高芹实在没地方去。”端木彦对韩晓说。

韩晓脑海中闪过的不是一对恋人可能在这间小屋如胶似漆的画面，而是五个 W——When、Why、What、Who、Where——中文系写作课教学当中必提的时间、起因、事件、人物、地点五个要素。

在韩晓看来，端木彦这家伙够厉害，言简意赅，一语中的，没上大学实在可惜。因为他的口气中几乎没有商量成分，话不多，但时间、地点、原因和人物都十分明确。尽管端木彦没有说“事件”，但实际上那个要素被省略了，完全可以用想象去弥补：交谈、拥抱、接吻，然后……

韩晓的同意为端木彦与高芹从青年向成人迈进提供了条件。

可惜的是，在外人看来端木彦与高芹身材上的般配，在韩晓宿舍中并没有顺利转化为男女热恋中应该有的默契，或者说其他方面的“般配”。

原因不完全归咎于韩晓宿舍中只有一张单人床，而是端木彦在所有前置环节与流程都做完之后，发现自己对高芹过于高攀与敬重的心理，影响了自身本能的发挥——折腾了许久都不行。当然，两个初尝禁果的人也不晓得如何彼此帮衬与配合，以为凭着一腔热血即可抵达人生快慰的顶峰。

从上午到下午，他们想尽了办法，可是一到关键时刻就会功亏一篑。端木彦满头是汗，高芹则钗横鬓乱，唯一让两人感到欣慰的是，他们都没有彼此抱怨。这可能与两人的性格相关，端木彦自尊心极强，属于那种死要面子活受罪的人。高芹的高冷也让她在这种事情上无法完全放下身段，这种事情总是绷着肯定不行。

虽然最终勉强完成了全部过程——这个过程的完成指的是端木彦，他若未完成，说不定还要折腾多久，但在端木彦内心却留下了很重的阴影。

端木彦觉得这种事情一点都不美好，至少与他的想象相距甚远。

端木彦和高芹相处了许久，两人都没有提结婚之事，以至于事情最后出现了反转，高芹妈开始催婚，他们才正式登记。

头脚领了结婚证，端木彦紧跟着就回秦岭脚下的 703 请了几桌客，算是让高芹认了公婆。端老八夫妇觉得挺有面子，儿子娶了高干女儿做儿媳妇，在厂子里引起了不小轰动。

在父母催促下，端木彦带着高芹在 703 院子里走了一遭，逢人便打个招呼，相当于广而告之——这对端木彦很重要，因为他不像其他同学，大都在厂子里上班、结婚、生子，同学之间互相婚配的很多，他是在省城西安做事的——做公司经营之类的事情。他在生活上发生了什么大事，别人很难知道。

端木彦的虚荣心得到了满足，尤其是高芹的身高让端木彦当年那些女同学感受极为复杂——羡慕不已的同时掺杂着自惭形秽，甚至生出嫉妒之心。

端木彦迎面碰到一个带着孩子的中年妇女，身材臃肿，烫过的卷发十分凌乱地趴在头上，似乎有些面熟，但又想不起来究竟是谁。

“哟，这不是彦儿吗？带媳妇回来了！”中年妇女先开了口。

“唉。”端木彦用一声似是而非的应答代替了“你是哪位”这样的直接提问。

端木彦实际上生怕在这个成长于斯的地方认错人而遭到埋怨。高芹被动地与端木彦一起停下脚步，赶紧从包里取出一小袋喜糖，递到小孩子手中。

“贵人多忘事呀！”中年妇女一边打量着高芹，一边调侃地对端木彦说，“在西安混得不错，连老同学都不认识了！我赵萍萍呀！”

端木彦大吃一惊，他简直不敢相信自己的眼睛。

眼前这位中年妇女竟是当年在课桌上经常“偷瞄”韩晓的那位女同学。当时，端木彦说她发育早，思春也早，没承想多年后岁月把不满三十岁的她提前催老。

在703院子里邂逅赵萍萍让端木彦突然悟到，真不该在这儿瞎嘚瑟——东北话在703是第一官话，嘚瑟就是为丁点儿成就而得意忘形。

本地人会说：“你张啥呢？”

“我真不该张狂！”端木彦暗自想，在这里获得的虚荣能有多大价值？703的生活格局实在太小，映衬着我端木彦虚荣的那些参照物和人，在围墙之中过着千篇一律的生活，除了岁月，其他的多少年都不会有变化，至于这么在意吗？

端木彦家里居住条件有限，里外两间住房相套，厨房、厕所都在进门处。过去那些年，父母住里间，外出都要经过端木彦和他弟弟的住房。这倒没什么，从半大小子到中学毕业都这么住着。家家户户差不多都是这个格局。

现在带着媳妇回来，尤其是带着出身背景非同寻常的高芹回来，再住外间显然不妥。

端木彦原本打算带高芹连夜赶回西安，不到一百公里的路程，坐车顶多两个多小时。

但端老八执意让儿子儿媳留宿一晚。怎么说，这也是婆家。

让端木彦没想到的是，父母把里间屋给小两口腾了出来，还做了简单布置，墙上贴了喜字。

父母终究有生活经验，知道他们夜里如厕还需穿过外间，多有不便，就把家里的痰盂洗干擦净当作便盆放在里屋大床底下。父母住在外间，端木彦的弟弟则去同学家借宿了。

那一夜，端木彦磨不开同学们要求继续喝酒的面子，独自去应对。并不开心的高芹兀自先睡了。所谓睡了，也就躺在床上，眼睛看着屋顶——她根本睡不着，一点都不习惯。待端木彦喝得酩酊大醉回到家中，已是后半夜时分，与高芹自然相安无事。

幸好端木彦和高芹并没有把703之旅真正当成新婚之夜，因为按照高芹妈的要求，既然他们把婚房暂定在岳母家的高芹屋内，那就得以娘家名义在高芹家里再摆一次酒席。

无论高芹妈，还是端木彦和高芹小两口，实际上都把这次婚宴当成了真正的婚礼。

厨师是高芹妈亲自请的，是高芹爸单位的退休老师傅。高芹爸在世时在单位吃小灶，那师傅专给领导做饭，厨艺甚是了得。老爷子身穿军装的遗像还挂在墙上，女儿结婚宴席，请来当年厨师操刀，可谓意味深长。

其实，老太太虽然礼数多，自恃身份不低，但并不完全嫌弃窝在山脚下的亲家那边条件不好。高芹妈在自家摆酒席的最终目的，是想让自己的独生女儿和女婿吃上自己亲手做的子孙饽饽——那是旗人婚俗，大婚之时必须吃子孙饽饽。老太太不好直言让端木彦做上门女婿，但如此做法却分明包含了这些意思。

直到热气腾腾的子孙饽饽端上餐桌，端木彦才真切地看到，子孙饽饽就是水饺，如果一定要说两者有区别，就是个头更小一些。

端木彦想，高芹妈显然有寄托，就像我们东北老家，婚床上要撒上花生、红枣和桂圆，寓意一对新人早生贵子。虽然这次回 703，家中床上没撒，那是条件所限——毕竟不算新房，但宴席上却没少上这些东西。

端木彦侧脸悄悄看了一眼身穿红色锦缎面料嫁衣的高芹。高芹双眼低垂，脸上打着腮红，头发盘起，与平素相比，虽然未见喜笑颜开，但还是多了些妩媚，少了些高冷。

婚宴宾客皆由高芹妈“钦点”，主要是高芹父母单位的几个老熟人，尤其是高芹父亲去世多年，能请的和愿意来的，已屈指可数。

唯有韩晓是端木彦力主邀请的。除了他们关系非同寻常，相当铁磁之外，端木彦更希望韩晓帮他把握一下婚礼上的诸多事宜。

端木彦总觉得他们 703 这拨子弟很特殊，从父辈起便与故土分离，老家只是一个概念或者填写籍贯时的地名，那些世代承袭的习惯早已不甚清楚，加之大家来自四方，各地风土人情不尽一致，婚丧嫁娶的当事人很容易被各种热心但并不牢靠的建议带入莫衷一是的境地。

和那些道听途说的各种所谓习俗相比，端木彦认为，韩晓掌握的知识更靠谱儿。

为新娘高芹盘头，就是韩晓的建议。

韩晓说：“女子初婚出嫁须盘头，谓之结发。结发夫妻之说因此而来。”

韩晓读大学时偏科古典文献，他的依据是《礼记·曲礼上》中说的“女子许嫁，缨”，缨就是扎头发的五彩丝绳。结发夫妻之说是他演绎的，没有依据，只是唐宋诗人作诗时常用，如杜甫《新婚别》所写“结发为君妻，席不暖君床”。

端木彦对盘头与否并不在意，却对结发的概念很感兴趣。对他来说，结发就是结缘，就是他这样一个寻常工人家的普通小子结合进一个体面家庭的机会。端木彦知道，自己与普通人家姑娘不同，但凡姑娘稍有姿色，嫁给大户人家似乎天经地义。他是一个男子汉，能与高干家的千金小姐结发，何其不易。

所以，端木彦为此费尽口舌，努力说服娇生惯养长大因而顶讨厌繁文缛节的高芹装扮成韩晓建议的那样。

“你不是喜欢我的两条大辫子吗？干吗盘头？”高芹不情愿地说。

“我更喜欢你嫁给我。出嫁就应该有出嫁的样子嘛。”端木彦说。

“我嫁出去了吗？不是还住在我自己的房子里？”高芹不冷不热地说。

端木彦怔了一下。

高芹所言，正是端木彦的痛点。除了身高，他有什么呀？

“你等着，这只是暂时的。”端木彦说这句话时声音不大，但很坚定。一直以来，端木彦并不介意人家说他说是寒门子弟，他觉得这不丢人，往前推，谁人不出自寒门？但他很在乎别人说他是穷小子。他果断地离开703——那可是父亲提前退休，他顶替父亲之岗才得到的安安稳稳的职业——就是想与他人不同。

高芹家的婚宴远不如703的那一次热闹，不仅因为家中仅能摆下一桌，参加人数较少，主要原因是除了韩晓，其他都是老辈人，大家客客气气地表示道喜之外，说的最多的是高芹爸在天之灵应该得以安息之类的话。而端木彦只能与高芹一起象征性地给来宾敬酒。

是夜，端木彦很清醒地与高芹进入了新房。

这是端木彦将高芹追到手并相处了三年之后，第一次入住高芹家，也是他第二次有机会与高芹亲密接触。

第三章

坐在“夏利”车后座上的韩晓依然有些不太相信眼前发生的一切，所有变化像乘坐过山车一样，起伏得过大过快，让韩晓的心理来不及应对。

“夏利”是韩晓刻意要的。

接连几辆“面的”从眼前驶过，韩晓都视而不见，直到一辆外观看上去干净的“夏利”远远驶来，他才挥舞着双手招车，姿势类似演唱会现场狂热的观众。为了让自己醒目，韩晓的身子竟然侧向马路，远远望去，好像风中刮弯的孤树。

韩晓平时偶尔也打“夏利”车，多为顾及面子，旁边一准有人同行。这次则不是，韩晓就是想让秦若梅乘坐舒适。另外，他觉得许多“面的”座位上铺着脏兮兮皱巴巴的毛巾被，根本不适合衣着整洁讲究的女士乘坐，更遑论自己的妻子。

说起来，韩晓对秦若梅历来不吝啬。缺乏浪漫情怀的他虽然不见得会在生日、结婚纪念日等重要日子花大钱给秦若梅买礼物，但只要秦若梅念叨过的东西，韩晓总是毫不犹豫地出手买下。上个月，暑热消退，韩晓看到司里有的女士换穿款式新颖的呢裙，马上想到该给秦若梅添置时令秋装了，往年都是如此。只是他们处在分居状态，他担心弄巧成拙，也就作罢。

刚才，秦若梅的一句话让他心头一热。

出租车停在他们身边后，韩晓赶紧拉开后车门，伸手挡在车门上框，让秦若梅先上车。韩晓的这个动作是在广东出差时学的，他发现那里无论官场还是商场的人，在送重要客人时都喜欢这么做——手遮护在车门上框，既可以避免贵宾上车时碰头，又能彰显送客者的绅士礼貌风度。

秦若梅上车后，韩晓有两个选择，一是随手关门，然后坐到副驾驶位上；二是顺便坐进后座。广东那边的习惯是前者，部下或者马仔通常坐在前排，而贵宾坐在后座也应该是靠右侧位置，倘若让贵宾从右往左侧挪动则肯定不妥。韩晓当然不是部下或马仔，但为了尊重和讨好秦若梅，适当拉开“差距”也未见得不行。

正当韩晓犹豫的一刹那，秦若梅一边朝左侧挪动身体，一边抢先说道：“到这儿来，快点！”

秦若梅的意思很明显，就是让韩晓挨着自己坐。

很久没有离秦若梅这么近，韩晓坐定后反而感到有些局促，双手不知如何搁放。他想不起是否与秦若梅这么挨着坐过车，但却记得有时他们入睡前会并肩靠在床头聊天，很像眼前这个姿势。他还会时不时把手从秦若梅脖子后面伸过去，拍拍她的肩头。

对韩晓来说，他以往乘车坐在后排还有一个习惯，一只手撑在座椅上，身体则斜靠着椅背。他觉得这样坐更舒服，侧脸靠着椅背，脖子不易窝住，呼吸也顺畅。但秦若梅坐在身边，让他有些不知所措。倘若左手支撑，身体则就靠向左侧，实际上就朝秦若梅身体靠去。反之，又容易让秦若梅误以为自己故意与她保持距离。好一会儿，韩晓才下决心扳直身体，并拢双腿，双手搁在了腿上。

"你的手怎么了？"当韩晓搁定双手，目光却不知盯向何处的时候，秦若梅发现韩晓左手手背上抹着"红汞"，殷殷的一小块，便拉住那只手，抬起来仔细查看，并用另一只手轻轻抚摩着涂抹了红药水的周围。

秦若梅说："怎么涂擦这种淘汰的东西？不知道创可贴吗？"

"没事，不小心划破了，差不多就好了。"

韩晓心里一热，眼睛瞬间湿润。秦若梅轻柔的触摸仿佛传递着脉脉温情，让他身心都有一种麻酥酥的感觉。他觉得很奇妙，他与秦若梅好像渐渐重回恋爱时光，无论交谈还是接触，两人都变得小心翼翼，生怕有所闪失，彼此却又努力传递着自己想给予对方的美好。

"嘀嘀嘀——"，韩晓猛然一惊，别在自己裤带右后侧的传呼机响了。说来也怪，自从一年前那件事情发生，韩晓对传呼机的铃声超乎敏感。只要他和秦若梅单独在一起，无论谁的传呼机铃声一响，他都本能地感到紧张。

当然，此时境况特殊，久违的温情骤然降临，他不想被外界事物干扰。他凭感觉随手按了一下传呼机的按键，止住铃声。为了遮掩自己的敏感，也为了顺应秦若梅的动作，韩晓很想借机反过去握住秦若梅的手，但他觉得自己还没有找到秦若梅那样顺其自然的理由。不过好在出租车开得很快，用不了多久就会抵达他的临时“栖息地”——端木彦岳母老宅中前院的那间屋子。

说不定在那里还会出现让自己更惊喜的事情。比如，假如两人都有默契，都觉得自身积蓄已久的情感和欲求需要宣泄出来，没准儿趁机能够“亲热”一下。自己已经一年多没有“那个”了，每每想想，内心似乎都会燃起火焰……韩晓又陷入想入非非的境地。

“嘀嘀嘀——”，传呼机振铃再度响起。

韩晓皱了皱眉头：谁这么讨厌？莫非端木彦又有什么急事找我？也只有他才能干出这种不回复电话就反复传呼的事情。

韩晓正打算再度按停传呼机振铃，秦若梅拉了一下他的手，轻声地说：“看看吧，万一有急事呢？”

秦若梅说这句话时心里稍有顾虑，因为彼时两人纠纷的肇始点即为传呼机铃声响起，并由此牵出剪不断理还乱的事情。不过这也就是一瞬间的闪念，秦若梅想，自己虽是女人，但也不要过于介意过往的对错，眼前的事情更加重要。

于是，韩晓从腰上取下传呼机，做出一副看不看都无所谓的样子，当着秦若梅的面就随便扫了一眼传呼机。

韩晓一看显示的号码，不由得一愣，竟然是伍司长办公室的号码。

伍司长周日很少来办公室加班。

业务司局的工作特点决定了伍司长的忙碌轨迹和方式：出差、调研和开会。区别只是路途远近。各省市，尤其是省会城市都可能是目的地。无论出差的目的如何，完事儿之后都要出一份材料。要么是总结，要么是报告，行文体裁由需要决定，三五千字不等，特殊情况下也有万把字的。这些材料通常都附在请示之后。

最难的不是前者。

出差耗时累人，动辄一周，甚至更久。单身汉倒无所谓，在哪儿待着都一样，结了婚的则常常顾不上另一口子。拖儿带女的压力更大，女干部尤甚。但身体之累、家庭琐务，缓一下或者克服一下就过去了。

写材料则不同，很熬人，很少可以一蹴而就的——有两条基本要求常常把人拿住：亮眼和管事儿。这是“材料篓子”们的行话，说白了就是既要有思想，观点鲜明，还要切中实际，解决问题。因而每每完稿，巴前算后，总觉得还差点什么事儿。于是，修改三五次，甚至推倒重来，加班熬夜，是常有的事情。

“材料篓子”是行家自嘲，写得多而已，有谦虚成分。旁人跟着这么叫，不过是起哄架秧子，带有一点变相吹捧的意思。就像有些作家身边的朋友，为了表示自己与作家熟络，有时也会在外面“显摆”，“你说某某某呀，靠码字儿吃饭的那厮，我哥们儿！”

实际上，机关大多数人都把这些“材料篓子”看作高手达人。写材料时，通常三人一组，或者在一间不受干扰的办公室，或者干脆就找一家招待所。两个人负责“吹思路”，另一个打字记录。有的高人很是了得，不用动笔，在办公室或招待所房间来回踱步，脑瓜如同高速旋转的机器，随着踱步步数增加，精彩文辞便从口中不断蹦出。甚至材料的标点符号也如是口述。例如，“高人”会突然原地站住，伸出食指，上下晃动着，大声说道：“句号，此处句死！”一旁的打字者只需记下则是。

问题在于，员额满编的处室有几个人擅长写材料？

所以大家私底下说，宁可出长差累晕，不愿写材料拖垮。

这些事情当然无须伍司长直接上手，他提出要求和基本想法后，材料写作的压力通常都由职能处室和分管副司长分担了。不过，九九归一，材料最终还是要由伍司长审定的。好在这个环节并不复杂，正常上班时间简单修改一下，即可上报部里。

上个周末临时接到通知，要求伍司长下周一外出参加半个月培训。偏偏手头尚有几个材料没有审定，伍司长不得不在周日加班完成。

还有两件重要之事与韩晓相关——

其一，韩晓被任命为综合处处长，按照干部履职规定，下周一宣布之前，司里主要领导要与其谈话。

其二，原定伍司长下周去西安出席省厅业务会议，因与培训一事重叠，只好改由别人代为出席。伍司长推敲再三，认为韩晓以处长身份代表自己参加，可能比副司长更为合适。他不但熟悉那里情况，而且综合处也算业务对口。

说来也巧，韩晓看到传呼机显示的回复号码时，他们乘坐的出租车正好驶抵交道口十字路口，离北头条中段——韩晓的居住地还有一小截路程。凭韩晓的打车经验，“夏利”开过去起码还得跳一个字。

秦若梅并不知晓韩晓居住的具体方位，她只是忽然发现路旁小商铺外墙上挂着“公用电话”的标志，便连忙招呼司机停车。

“韩晓，在这儿先回个电话，别耽误事儿。”秦若梅善解人意地对韩晓说。像韩晓一样，秦若梅此时不知道称呼“老公”是否合适，便只好直呼其名。

两人匆匆下车后，韩晓迅速跑到商铺柜台边，操起电话机回复，秦若梅则站在一旁等候。

秦若梅双手拎着包，自然垂下，静静地站在那儿，默默地望着眼前这个表情有些急切的男人。秦若梅虽然与韩晓疏离一年之久，但对他丝毫没有陌生感，甚至觉得一切都还是那样熟悉。他的表情、动作、习惯，以及多少有些言不由衷却丝毫没有恶意的讲话方式，都与之前别无二致。

上午的法庭之行实际上是秦若梅有意设的局，她就是想了解一下韩晓现在的真实想法。秦若梅能感受到，韩晓依然爱着自己，至少舍不得与自己真正分手。仔细想想，一直以来，韩晓对自己都很好。秦若梅也知道，如果用感情做参照系，韩晓在骨子里是个事业心更强的男人。他在工作上更忘我，更舍得熬更守夜，焚膏继晷。

秦若梅清楚地记得，她和韩晓新婚不久，有一次两人躺在床上甜蜜地聊起过往趣事——

韩晓说，他们插队那个村子叫李家峪。村里的小学校长年过半百，喜欢咬文嚼字，论古说今，动辄拽出一些半文半白的词语教诲他人。一日，放学后无事，小学校长背着手闲转到知青们居住的院落，正好撞见众人劳作之余嬉笑打闹，多没正形，还套用流行的进行曲改词瞎唱："知识青年个个没老婆，要求公社一人发一个。"校长便拉下脸来，郑重其事地对他们说："大丈夫只患功名不立，何患无妻？"

韩晓打小就喜欢看《三国演义》，经常在课余与同学交流看"三国"的感受，诸如谁的为人仗义，谁的武艺高强之类。所以，知道这话是常山赵子龙说的，就不觉得有多么高深。他们那时起早贪黑，耕地种田，又逢青春期烦恼不断淤积且无人帮助排遣，就七嘴八舌地起哄道："我们无功名可患，只患没老婆。”

韩晓说到此，便呵呵笑着搂住秦若梅，说：“我现在有妻子了，功名上更得努力哟！”

韩晓在商铺柜台上拨通电话并未多言几句，只消短短一刻，便放下电话听筒，转过身来，略显不安地对秦若梅说：“是伍司长，让我马上过去！”

秦若梅看着韩晓，发现他额头上渗出了汗珠，便从提包中取出手帕，为他擦了擦，说：“赶紧打车去吧！”

韩晓此刻心绪纷乱，一方面，他不知道伍司长为何如此急切唤他前去，隐隐担忧是不是自己在工作上出现了什么闪失，尤其担心那篇刚刚杀青的材料遭到伍司长否定——那可是耗费了他好几天的心血呀。另一方面，他又不知道如何安顿秦若梅为好，人家主动提出到他的住处看看。这可是一年难逢的好时机。眼瞅就要到达，他却不得不即刻离开。

韩晓想，莫不如先将秦若梅送到自己住处，让她独自歇着，自己再去司里。可他一转念，伍司长急切召唤，如此这样会更耽误时间。而且秦若梅在那里无事可做。万一再被高芹母女撞见，多为不妥。

还没等韩晓理清头绪，只见秦若梅迅速走到马路边，挥手拦下一辆出租车，二话没说就把韩晓推了上去，说：“赶紧去，别让伍司长久等！我正好很久没去西单逛商场，从这儿去顺路！”

这一切都是在瞬间发生的，韩晓甚至来不及反应。他只是在被推进出租车的一刹那，明显感觉到自己的手被秦若梅狠狠握了一下——那只手光滑细腻，略显冰凉。

韩晓原本想从容不迫地出现在伍司长办公室，给领导留下稳重的印象，但进门时却显出气喘吁吁的样子。一路打车过来，除了心里有些着急，按说并无劳累气喘之因，偏偏韩晓赶上了周日办公楼电梯维保，他只得三步并作两步快速跑上四层楼。

韩晓进来的时候，戴着老花眼镜的伍司长正在办公桌旁低头审看材料。旁边的玻璃保温杯冒着热气，杯盖则倒搁在一旁，能清楚地看到杯子里的茶叶和枸杞几乎占据一半。

这幢办公楼是60年代初期盖的，带有明显的苏式色彩。门窗大，挑空高，每间办公室的面积完全相同。只是司长独自办公，尽管多了一个三人沙发和一个单人沙发，仍然显得宽敞一些。

伍司长用笔在材料上重重地画了一下，然后抬起头，笑吟吟地站起来，指了指那张三人沙发，招呼韩晓落座，自己则走到饮水机旁为韩晓倒水泡茶。

韩晓既有点紧张，也有点受宠若惊，一时不知如何是好。

这种情形很少出现。

工作日的时候，各处人员来司长办公室，一般都是面朝办公桌站立。伍司长坐在桌前，听几句言简意赅的汇报，然后表明肯定或否定态度，来人便转身离去。这当然都是习惯，没有规定应该怎样。据说之前的老司长就是另外一种习惯。只要来人，不管大事小情，统统沙发落座，然后开聊，既聊工作，也聊闲话。

伍司长给人的感觉就是一直在忙，低头看材料，或者改文件。不过，韩晓发现伍司长面色中丝毫未带严峻样子，心里才略感踏实一些，便双手接过伍司长递来的茶水，倚着沙发边缘，侧身坐了下来——这样的落座方式并不舒适，半坐半悬的，但正好面对伍司长落座的单人沙发，能彰显虔诚姿态。

“韩晓啊，今天找你来算是任前谈话。你的处长任命已经下达了，明天公布。”伍司长坐在单人沙发上，开诚布公地说道。

韩晓心里先是陡然一惊，接着就是无法遏制的欣喜。他有点不相信自己的耳朵。他预感自己会获得提职，但最多也就是任命为调研员——那是一个正处虚职的级别，准确的解释叫作正处级非领导职务。韩晓想，对自己来说，最好的结果也就是保留副处长职务，享受正处级待遇。

韩晓有自知之明，他很清楚自己的职级调整得不算慢。调到部里也就三四年光景，因为考虑到他在省厅时很早就担任主任科员，来京不久就被提升为副处长。虽说任职已经三年，可司里还有好几个比他资格老许多的副处长和副处级调研员，他哪里敢奢望当上处长呢？

在韩晓记忆中，父亲的职级提升是一件很严肃、很神圣，又很不容易的事情。

韩晓上小学时，有一天下班时间，父亲匆匆忙忙地从厂里回家，脸上挂着隐藏不住的笑容。

“你去楼下小卖部，买一盒肉罐头。”说着，父亲哆哆嗦嗦地从口袋里摸出一把零钱，有好几张一毛、两毛的，还有许多硬币，一下子塞进母亲手中，然后贴着母亲耳朵悄悄地说，“要‘梅林牌’的呀！”

“怎么了？为什么？”正在做饭的母亲露出不解的神情。

父亲伸出食指竖在嘴边，做出“嘘”的样子，接着又压低声音对母亲说：“别问。先去买，一会儿再告诉你。”

“你上楼回家之前干吗不顺便买了呀？”母亲准备出门时，嘴上咕哝着。

“我不是没带口袋吗？”说着，父亲把一个布兜子递给母亲，“买完就装到口袋里，别这么明晃晃地拿着。”

不一会儿，母亲从楼下回来了，从布兜子里取出“梅林牌”肉罐头，递到父亲手中。

父亲接过罐头，并未言语，走进厨房，用菜刀一角在罐头上方边缘磕出一个口子，然后沿着这个口子将罐头顶盖割开，再小心翼翼地用小勺将里面的肉取出来，放进炒菜锅中，最后将切好的大白菜一并放入。

母亲和韩晓并不知道发生了什么，但闻到锅里飘出肉罐头特有的香气，猜想父亲遇到了令他格外高兴的好事。因为父亲在烹饪过程中一直轻声地哼着欢快的小曲。接着，父亲又动作利索地炒了几个鸡蛋。然后，父亲弯下身子，从五斗柜中拿出一瓶珍藏多年的秦川大曲。

一家人围坐在低矮的小方桌旁痛痛快快地美餐了一顿。

那时，平时吃素，周末有荤，不年不节的吃肉罐头十分稀罕。

原来，父亲刚刚被任命为行政科副科长，喜悦之情自不必说。这顿美餐显然是家庭庆祝宴。那时，这种事情不能和别人说，倒不是怕人嫉妒，而是那个时代的人们都懂得“骄傲使人落后”的道理。所以，只能关起门来自家人悄悄地庆祝一番。

韩晓长大后与父亲聊过此事，才知道官瘾不大的父亲为此努力了很久。这件事情的重要性在于父亲的“人事”身份终于得到确认。父亲原本是中专学历，可偏偏毕业于技工学校，谁也说不清楚其中原委，只好长期“以工代干”。这件事情让韩晓的父亲郁闷了许久。

多亏当时703的人事科科长认真执着，多次发函和打电话进行核实，硬是搞清这个中专班经过特批，有教育局红头文件，委托那所技校代培而已。

这件事让韩晓记忆犹新的另一个原因是，那顿饭特别好吃，尤其是“梅林牌”肉罐头简直甘旨肥浓，好吃无比。吃饭的时候，父亲还用筷子蘸了蘸秦川大曲，让韩晓嘬了两下，辣得韩晓眼泪都出来了。母亲为此还数落了父亲几句。

韩晓工作后专门买过“梅林”肉罐头，却怎么也品尝不出那时的美味感觉。

如今，自己竟然当上了处长，已经远远高于父亲当年的职位。

喜出望外只是韩晓内心泛起的波澜，毕竟他在机关长期濡染，懂得喜形于色或者怒形于色的浅薄，以及持重稳健的厚实——他把茶水杯放在茶几上，倏然站了起来，语气坚定地说：

“感谢组织的培养，感谢伍司长的信任！”

伍司长上下摆了摆手，示意韩晓坐下。

“你是我选来的干部，我比较了解。在处长人选上，大家看法不完全一致，这很正常。但我认为我没有看走眼，你写材料的优势在司里很明显，这是最让我满意的地方。工作靠干，经验靠写，干了不写，事倍功半。”

伍司长对自己的说辞似乎有些自得，他停顿了一下，像是在自我品味。他端起水杯，吹了吹飘在上面的茶叶，慢慢呷了一口，接着说：“我们是业务司，对各省厅的指导不能光凭打电话、发传真，要给人家真东西。真东西哪里来？结合实际的调研。把我们的想法和调研成果结合起来，这样就可以推动我们的业务工作。”

韩晓忽然意识到自己的疏忽，来得匆忙而没有带笔记本。伍司长对自己如此教诲的机会，怎么能够不做记录呢？可眼前他既不好张口向伍司长借用纸与笔，又不便再去自己办公室取，只好频频点头，表示完全听懂，并已然记在了心里。

“下周你代表我去西安，参加省厅业务会议。你对那里情况很熟，不用我多说。但这次你去，角色已经发生变化，注意摆正关系和位置。你带凌小云一起去，她不能总在办公室打字，慢慢学点儿业务，以后调到你们处。”

伍司长一番话让韩晓充满感激，他这个即将上任的处长居然可以代表司长参加会议，心中油然生出一种“天将降大任于是人”的感觉。尤其省厅是自己老单位，离开时还是主任科员，再去时则成为处长，人们会对他刮目相看。不仅省厅的老同事，万一有机会见到703的那些老同学，对他而言，说不定真有衣锦还乡、荣归故里的意思。

只是，伍司长安排凌小云与自己一起出差，让他有些首鼠两端，犹豫不决。

凌小云是个身材小巧的漂亮姑娘，皮肤白皙，五官精致，睫毛尤长，眨眼时忽闪忽闪的，挺招人稀罕。她的眼窝略显凹陷，乍看好像有点异族血统似的，实则就是个地地道道的京城胡同姑娘。

每每司里开会，只要讲话嗲嗲的凌小云一出现，就很抢眼。

司里许多“老机关”平素严谨有余，不苟言笑，但在那样的场合总是自觉不自觉地将目光瞥到她身上。凌小云看着小巧，年龄却快三十了，至今对象未能敲定，结婚更不知是何年何月的事情，司里有那么几个岁数大的女同事总喜欢对她说三道四，诸如风流轻浮、看人下菜之类的。

韩晓担心的是，和她同行出差，有些人会捕风捉影地传播一些不利于自己的是非。

韩晓知道，自己的想法根本无法对伍司长张口说出。这毕竟是伍司长亲自交代和布置的任务、钦点的人员，虽然他从来不相信凌小云在司长面前很会来事儿的传言，但他也能看出，伍司长平常对凌小云挺关照，自己总该有点眼力见儿吧？再说，身正不怕影子斜，不就是一起出差嘛。

端木彦陪着岳母和高芹闲扯到将近中午，再次来到前院韩晓的住房，屋里仍旧没人应答。端木彦显得有些焦躁不安，便顺着回廊来回踱步，他不知道是否应该继续等下去。

他从包里取出砖头般大小的“大哥大”，给韩晓发了传呼。

对“大哥大”这种稀罕物，端木彦可谓爱恨交加。两年前，北京哥们儿向小明把这玩意儿送给端木彦的时候，他简直喜欢得爱不释手。

那时，向小明和端木彦他们主要做钢材生意。其实，钢铁厂或者钢材仓库和他们没有多大关系，一年到头也去不了几趟。即使去，也就是让生意“下家”看看品色与真假。他们主要跑的是“额度”和“指标”。可是，这些主要体现在批件上的数字，通常都有时间上的要求，过期无效。所以一旦有消息，必须马上联系对方。

有了“大哥大”，就用不着整天守在电话机旁不敢动窝，随到随联系。其实，不光是方便，端木彦认为，人活一张脸，树活一层皮，墙上和的一把泥。“大哥大”特别给自己长脸和提气儿，在生意对手和女孩子面前倍儿有面子。所以，起初的日子里，“大哥大”始终在端木彦手上拿着，很少放进包里，包里只有电池充电器。很多人只是听说而没有见过——当端木彦边走边拿着“大哥大”通电话的时候，身边总会有人驻足观望，神情中难免不带有羡慕成分。

不过“大哥大”也让端木彦闹心，通话中突然没电或者没信号，是常有之事。西单、王府井、复兴路那边绝无问题，通话清晰程度不亚于座机电话，可是在交道口的胡同里，尤其是在四合院的房子里就经常没了声音，任你怎么转圈怎么呼喊也没有反应。每当此时，高芹就会埋怨：

“到路口公用电话去打，在这儿瞎喊什么，老太太在休息呢！”

只要高芹一张口说这类事，端木彦顿时就觉得垂头丧气。他总是想在高芹跟前做些体面露脸的事情，常常无法如愿。

挺时髦的“大哥大”，在高芹眼里就是个重物累赘：“你累不累呀，总端着那么大的家伙？”

更要命的是，端木彦右手忽然患上腱鞘炎。高芹认为，起因就是“大哥大”，砖头那么大的东西，说没重量，显然是假话。也就是从那天起，端木彦把“大哥大”搁进了包里，仅仅在不得已或非常必要时偶尔拿出使用一下。

端木彦如此急切地想见韩晓，与昨晚他与申曼商议的一项重要决定有关。

三年前在“女孩男孩”餐厅的邂逅，让申曼在不经意间结识了端木彦。当时端木彦和韩晓一起吃饭，而独自用餐的申曼与他们素不相识。申曼因为好奇而朝这两人“瞄”了一眼，引起一直悄悄关注她的端木彦放声大笑，让她很是尴尬。端木彦趁韩晓去卫生间的工夫，大不咧咧却很有气度地走到申曼跟前，递上一张名片——

“我叫端木彦，认识一下。说不定有机会做点儿事情。”

申曼并没有从刚才的尴尬中转过神来，甚至脸上的霞云尚未消退。她觉得这个男人十分过分，居然在公众场所不给女人留面子，所以她不但没有回应，而且连头也没抬。

端木彦并没有在意递出的名片悬在半道儿没有着落——胭脂粉黛映红

妆，觥筹交错显豪情。他也算是在生意场上阅人无数，懂得“套瓷”的大忌：蛮来生作，烟视媚行。

端木彦非常清楚，“套瓷”这种行为不仅仅针对女人，对官，对商，对一切有来头的人，都有取精用宏之处。即使针对女人，也不仅仅为了猎艳。眼前这个独自用餐的女人，漂亮外表下隐藏着忧郁的气质，虽不十分年轻，却有华贵之相，身后必有故事，他很想探究一下。

端木彦像专业的行家高手拿扑克牌一样，用中指和食指夹住名片，优雅地搁到申曼面前的高脚杯旁，转身回到自己的位置，如同没有发生过这件事情一样。

餐后各自走人并未影响端木彦的自信，因为端木彦用余光发现，先于他们离开餐厅的申曼带走了那张名片。

正午的阳光依然带着烈度，只是黄昏来得越来越早，让人们错以为秋分之后的时光流逝得更快。

也就是不久之后的一天，端木彦在酒店公寓里接到一个女人打来的电话。

“你好！端木彦总经理吗？我是申曼。”

名字和声音都很陌生。

这间房子是公司为端木彦长租的，可宿可办。一张大床自然可以住人，写字台和传真机则是能够办公的标志。知道酒店公寓这间房子电话号码的，都是端木彦生意上的合作者，或者是在交往中交换过名片的人。

端木彦脑子在飞速旋转，可是他搜肠刮肚也没有想起这个女人究竟是谁。来电者虽然懂得社交礼数，说的是普通话，但却有明显的东北口音。

她说“彦”时用的第四声，且“儿化”收尾，分明说成“端木彦儿”。

难道这个女人是703来的？思来想去，703的女同学中根本没有叫申曼这个名字的。厂子虽然很大，职工子弟也不少，但围墙之内，人们抬头不见低头见，完全陌生的人几乎没有。

莫不是风月场的女人趁自己不小心搞到名片追着来讨债？和韩晓相比，端木彦当然不乏采花撷草的经验。但向小明说过，在这个江湖上，端木彦算不上花心，起码整日价高芹长高芹短地挂在嘴上，跑生意之余还时不时回一趟交道口的四合院。至于应酬之后陪人去一下洗浴按摩场所，弄一些花花草草的事情，总是在所难免。常在岸边走，哪有不湿鞋？可是按照端木彦的准则，他在那种场合既不会欠情，更不会欠债，从来都是一把一利索。

“记得‘女孩男孩’餐厅吗？”好在女人并没有给端木彦留出更多寻思时间，跟着就提示了一句。

端木彦恍然大悟，不由得狠狠自拍了一下脑门，原来是那个在餐馆引起自己关注而自己又亲自递上名片的漂亮女人！

看来仅仅谋过面却未对过话的人，哪怕印象非常深刻，也无法通过电话来加以辨识。人的长相与声音是分离的，声音甜美的，长相或许丑陋；反之亦然。当然也不排除两者一致的，那都是电影里多见而生活中鲜见的。总之，你必须将这两个因素有机融合，才会对这个人产生完整的认知。申曼的声音不像外表看上去那么养眼悦目，多少有点沙哑，带着些许沧桑的味道。

那天的现场“套瓷”没有奏效，反倒吊起端木彦的胃口。申曼的提示很快唤起了端木彦的记忆，那个低着头、红着脸的矜持女人立刻浮现在他的脑海中。

端木彦在“啊，啊，你好哇”地应承的同时，心中不免一阵窃喜。此刻他的心智判断水准瞬间被荷尔蒙的涌动冲击得开始下降，显然不如他在诸如递送名片之类“进攻”时态那样擘肌分理——他觉得一个女人主动联系他，或许就包含有投怀送抱的意思，说不定很快他就会交上桃花运。

当天下午，在酒店光线幽暗的酒吧里，端木彦再次见到申曼。

只是，端木彦眼前看到的一切，像是被一块磨砂玻璃挡着，不那么清晰，朦胧而迷离。伴随着酒吧淡淡的烟雾和萨克斯管曲目《回家》的低沉旋律，精致化妆后的申曼，很像马奈[①]画中的女人维多利安，美丽而不真实。

申曼果然来自东北，只不过那是一个比端木彦父辈曾经的工作地以及自己的出生地更向东北方向去的地方——哈尔滨。

申曼刚刚提到这个地名的时候，端木彦脑海中立刻响起他十几年前就耳熟能详的歌曲——“明媚的夏日里天空多么晴朗，美丽的太阳岛多么令人神往，带着垂钓的鱼竿，带着露营的篷帐，我们来到了太阳岛上”。在充满想象与憧憬的岁月里，这首歌陪同他度过青春期，也放大和强化了他对哈尔滨、松花江、太阳岛的想象。也算不巧，端木彦做外贸生意经常东奔西走，偏偏南方去得多，而自己曾经非常向往的包括哈尔滨在内的大东北却从未光顾。

让端木彦没有想到的是，申曼的讲述与自己对太阳岛美好的想象并不吻合。

一开始，端木彦听得有些漫不经心。

端木彦不知道申曼登门拜访的本意是什么。实际上，他对此也不关心。

---

① 马奈（1832—1883），法国印象主义代表画家。

除了申曼身上那种成熟之美对他有吸引之外，他很想借机了解一下，这个身居亚运村豪华公寓里的华贵女人究竟有什么背景，是谁或者她本人有什么能力支撑着她生活在那里。

端木彦不是吃软饭的男人——高芹虽是高干子女，可老爷子去世多年，没留下多少积蓄。高芹母女俩的收入加起来还没端木彦挣的零头多。娶高芹不过就得个名头而已。

说起来，端木彦平常主要接触和交往的，多数都是男爷们儿，没碰见几个像样的女商人，更谈不上有姿色的美女。从西安到北京，端木彦算得上身经百战，阅人无数，竟也锻炼出不一般的身手。无论港商土豪，还是大官小吏，端木彦始终坚持的准则就是不卑不亢，甚至还颇显气度。这也是向小明他们这些身世不凡、见多识广的人器重他，并愿意把他安顿到京城总公司掌管某些业务的重要缘由。

当然，高大魁梧的身材、能言善辩的口才以及随机应变的能力，遮掩了端木彦出身贫寒的短板，也使他在与女人的交往中获得许多便利与优势。就连高芹那样高冷的高干子女都能被他追到手并正式嫁给他，所以，一般女人则更不在他的话下。

至少，踏入社会以来，端木彦从不认为“搞掂”女人会是个问题。这与吃软饭无关。

但是，申曼没有讲述多久便开始啜泣。

酒吧里轻松的音乐虽然不至于干扰人们的窃窃私语，但端木彦并没有听到她的哭声，仅仅看到她不停地擦拭眼泪。

申曼有一半日本血统。如果没人说，谁也不知道，申曼自己也不知道。

在哈尔滨，中日混血不像有白俄血统那样可以明显表露出来，比如皮肤白皙、头发卷曲或者鼻梁略高之类。申曼从小和别的孩子没有区别，扎小辫儿，跳猴皮筋，踢沙包，而她在国营菜市场当售货员的母亲也和别的母亲并无二致，留着蓬松短发，个儿不高，无论上下班，胳膊上总是戴着套袖。

申曼十岁那年，身为小职员的父亲因为在单位郁郁不得志而开始喝酒。起初，父亲只是喝闷酒，喝得也不多，后来越喝越多，演变成酗酒。父亲酗酒之后最大的改变，先是酒后发脾气，然后就动起手来。从此这个家庭开始了父亲借酒劲殴打母亲的日子。

申曼的生活渐渐发生了变化。

父亲动手打母亲的时候，都是边打边骂："打死你这个日本女人！打死你这个小鬼子！"挨打的母亲只是流泪，从不吱声。每次见到父亲打骂母亲，申曼都非常害怕，躲在屋角瑟瑟发抖。她不明白为什么父亲骂母亲是日本鬼子。

申曼初中还没有毕业那年，母亲突然回日本了。动身前一天，母亲才搂着申曼告诉她实情，原来母亲是日本遗孤。申曼十分惊讶。她看过电影《地道战》，知道日本鬼子很凶残。但之后申曼便伤心地大哭，是那种撕心裂肺的哭嚎，她觉得母亲不是凶残的日本鬼子，而是天底下最好的母亲。她紧紧搂住母亲的脖子不松手。

当时申曼正处在变声期，原来清脆甜美的嗓音从此变得略显沙哑，少年宫教京剧的老师说她倒仓出了问题，影响了孩子这方面才能的发展。

当然，哭闹没能阻止母亲返回日本。母亲与父亲因此分手，分手前一天，母亲最后一次挨打。那一次，父亲打骂得更加凶猛，说母亲毁了家，毁了他的生活。申曼清楚地记得，挨打后额头乌青的母亲告诉申曼，今后一旦有可能，一定接她去日本团聚。

母亲走后，父亲酗酒更加厉害，而且家庭暴力转到申曼身上。对申曼来说，那段岁月孤独而绝望。她好不容易挨到高考时刻，考入邻近城市的一所大专读书，才摆脱了这样的生活。

三年之后，刚刚毕业的申曼不想回哈尔滨，便在上学的那座城市结婚了。那一年申曼才二十一岁。

申曼的丈夫身材魁梧，国字脸，刮去络腮胡的脸上留下一片青色印记，看上去分明是个东北大汉，男子气概十足。却没想到此人貌是情非，心胸十分狭窄，把俏丽年轻的申曼视为囊中私物，看管得异常严实。用他的话说，漂亮娘们儿就得管住，哪有鲜肉不招苍蝇的？第二年，生了儿子的申曼更不能离家半步，上班也不行。

申曼坚持要上班，结果遭遇丈夫拳脚相加的家暴。

丈夫说："只要在家，就不打你。上一次班，打你一次。"

申曼想到了母亲的遭遇，便毅然与丈夫离婚。她为离婚付出的代价是，被丈夫踢断一根肋骨。想到年幼的儿子，申曼放弃了报警。办完离婚手续后，申曼离开了那座给了她学历、家庭，也给了她伤心的城市，不得不再次回到哈尔滨。

讲到这里，申曼已经泣不成声。

刚才还在想入非非的端木彦此时已经百感交集。他不知道从申曼讲述的哪个节点起变成了认真的倾听者。端木彦完全没有想到眼前这位漂亮女人竟有如此悲惨的"前史"，怪不得她的表情中始终带有忧郁气质，而他原本揎拳捋袖的冲动很快被一种柔和的悲悯情怀所替代，他甚至觉得自己刚才的念想都有些"无耻"。

端木彦抬手打了个响指，唤来服务生，把之前给申曼点要的“百利甜”移到自己面前，重新为她要了一杯富含天然气泡的“巴黎水”。端木彦突然意识到自己一开始的做法有失风度，甚至有点猥琐，怎能让一个如此娇弱的女子喝那种貌似柔和实则威士忌占主要成分的烈酒呢?

“后来呢？”端木彦问道。此时，端木彦油然生出一种关切之情，也对她如何来到北京更加好奇。

或许宣泄之后情绪变得平缓，申曼从包里取出一包外国香烟，用食指弹了一下烟盒底部，蹦出一支又细又长的香烟。

端木彦见状，赶紧取出打火机为申曼点烟。

“我是坏女人吗？”申曼吸了一口烟，然后看着手指夹着的香烟，问端木彦。

申曼的问话逗乐了一直认真倾听的端木彦——他也感到很奇怪，自己怎么会如此有耐心，不时地以双手交叉抱握，或者单手支撑下巴的姿态，面对着一个女人对自己悲惨不幸“前史”近乎絮叨的讲述，便笑着说：

“东北三大怪，大姑娘叼烟袋。都那样！我奶奶就吸烟。”

申曼也扑哧地笑了，说：“讨厌！”

申曼这一句娇嗔的责怪让端木彦心里“咯噔”一下，他忽然意识到申曼开始在他面前流露出小女人的心态——这种流露悄无声息，不知不觉，毫无违和之感，与他在家里早已习惯的高芹居高临下的冷漠，以及在社会上早已适应的女人逢场作戏的造作完全不同。

端木彦觉得受用、柔和、亲切。

申曼不再是单纯的讲述者，端木彦也从单纯的倾听转为边听边谈。

酒吧里的客人渐渐稀少，乐手演奏已换成背景音乐，而申曼和端木彦仿佛久别重逢的熟人，还在热络地交谈，彼此交换着过往感受与经历。

端木彦知道，申曼的父亲最终死于肝癌，母亲回到日本后杳无音信。而申曼回到哈尔滨后依旧困难重重，几经周折，最终靠做服装零售生意得以维持生计。生活渐渐稳定下来的申曼因为思念孩子而联系前夫了解情况，未料想前夫找上门来，对她反复纠缠。

“我变卖了家里的资产，来到北京。在他眼里，我永远消失了。”

“孩子呢？”

“开始很想，但当时顾不了许多。现在孩子大了，我通过朋友找到了联系方式，我们有时会通个电话。”

“能买得起亚运村公寓，生意做得不错？”

申曼低下头，沉默了片刻，然后抬起头看着端木彦，嗫嗫嚅嚅地说：“有个合作伙伴，大我许多。后来追求我，说他在亚运村有房子。我们就……”

“同居？”端木彦超乎寻常的敏感，没等申曼说完，他就以肯定的口吻问道。

申曼没有正面回答，却说：“他去年年底去国外谈一个项目，告诉我春节前回来。到现在也没有消息，完全失踪了。上个月，我才知道，房子是他租的，租金交到今年年底。”

酒吧打烊了，端木彦这才发现时间早已过了夜半。

他们从下午聊到此时，边喝边聊，忘记了吃晚饭，两人居然都没有饥饿之感。

端木彦此时已经完全洞晓申曼前来的目的。

申曼跌跌撞撞走到今天，不断陷入困境，几近走投无路。她似乎不敢再相信他人，却又希望遇到能够助她一臂之力的好人。端木彦名片上“国际贸易”的字样，以及那天他与韩晓吃饭时显出的做派，可能使她觉得这个人看上去或许还算能做些事情的正派之人。她今天找来，也许是想最后一次试试运气。

端木彦打算帮帮这个女人——

韩晓向伍司长告辞后，马上回到自己的办公室，开始整理明天出差需要携带的资料。

从省厅调到部委后，韩晓出差次数明显增多。

很多时候，任务一来，说走就走，韩晓早已习惯。以前出差，都是秦若梅帮助他收拾行李。分居之后，韩晓就把衣物之类的东西提前放进行李箱，以备随时动身。

自从身揣传呼机，不管有没有铃声提示，人们总是习惯于时不时地拿出来看一眼，好像不看就会错过什么似的，韩晓也不例外。

刚才伍司长与韩晓谈话，传呼机被调成静音。这会儿，韩晓把传呼机重新调回到振铃状态，结果，传呼机像连珠炮似的，不停地发出“嘀嘀嘀”的声响。韩晓一看，发现端木彦多次发来传呼。他拿起办公桌上的电话，正待回复，转念一想，今夕不同往常，应该先给秦若梅发去传呼，第一时间告诉她这两则消息：他已获任处长并马上去西安出差。

韩晓一边往文件夹里分门别类地装进资料，一边等待秦若梅的回电。他和秦若梅关系的突然逆转简直令他大喜过望，果真有些否极泰来的意思。他甚至想到应该和秦若梅商议一下，自己尽快搬回家里，他认为秦若梅一定会同意。秦若梅把他推上出租车的时候，攥了一下他的手。他能感觉到秦若梅的手传递着这样的信息。

想到这里，韩晓的身体竟然有些不听使唤地蠢蠢欲动起来。倘若此刻秦若梅就在眼前，说不定他会扑上去紧紧抱住她……

父亲数次写信，以母亲为托词问他们打算何时要孩子，并说母亲已经退休，有时间可以帮忙。按说，韩晓和秦若梅早已过了而立之年，应该安安稳稳地过日子了。可是他们却打起冷战，分居了一年。幸好两家的老人都不知情，也幸好这一切从今天起都已经成为过往。

无论如何，他们都应该把失去的时间找补回来。韩晓想，自己已经做好了准备。他相信，秦若梅也做好了准备。

秋日的阳光透过高大的玻璃窗照进来，透过窗台上摆放的绿植，斑斑驳驳地洒在办公桌和地板上，暖暖的又不燥热。心情渐好的韩晓下意识地哼起上大学时看过的一台话剧的主题歌——

黑夜已经过去，曙光悄悄来临，亲爱的朋友呀，朝前走莫回头。你靠着我，我靠着你，我们心贴着心，你听见吗？我的心在跳动，你听见吗？深深的爱情。

韩晓记得很清楚，他上大二那年，那台话剧在京城风靡一时，讯息很快传遍全国。电视台转播时，校园里人们奔走相告，纷纷涌进一间面积不大的文体活动室观看，一派欢欣鼓舞的热闹情景。由于这首歌在剧中反复出现，转播结束时，很多人竟然都会吟唱。

韩晓此刻哼唱时，甚至感到诧异，这首十几年前的歌曲怎么如此贴近他此时的心情？

秦若梅迟迟没有回电，这让韩晓不免有些着急。莫不是西单那边的商场热闹嘈杂、人声鼎沸，以至于她听不到传呼机振铃？而韩晓很想趁这个空隙给端木彦回电话，可又担心其间秦若梅回电话时占线，弄得他不知怎样才好。

“哎哟喂，大礼拜天儿的加班，韩处辛苦啦！”办公室外的走廊里传来一阵银铃般的女声，清脆而尖细。话音未落，一个娇小的女人像风一般地走进办公室。

韩晓抬头一看，原来是凌小云。

第四章

秦若梅确实很久没有来西单的商场逛街了。

她的年度科研写作任务完成得并不顺利，几易其稿，都未能获得所里科研处组织的评委会认可。她知道，这不能都责怪分管副所长李东明对自己选题的不重视。尽管她与韩晓闹分居那件事情之后，李东明对她避之唯恐不及可能会对工作上正常的指导关系有所影响，但归根结底还是她的心态出了问题。

已婚女人与单身女人有着完全不同的心理节奏与生活节奏。

结婚以来，尤其是韩晓来京与她重新团聚后，韩晓显然已经成为秦若梅生活中的重要内容。

韩晓的突然“搬离”，改变了秦若梅许多原来想当然的习惯。譬如，每两天买一次菜，每天黄昏时分准备晚餐，可能的情况下，每个周日去公园散步，当然还有夫妻之间每周一到两次正常的亲密接触。这些事情都与韩晓相关。独居意味着上述之事可做可不做，甚至无法去做。毕竟，懈怠是人的本性之一。

正因如此，在科研写作上，秦若梅之前养成的习惯性前提就失去了。她要适应新的前提并不十分容易。

这一切都影响了秦若梅逛商店的心境。

都说逛商店是女人的本能。

秦若梅是女人，又从事社会学研究，肯定拥有比一般女性更理性的认知。比如，女人逛商店会产生心理满足感，即使没有购买行为，也会获得快乐体验，甚至能通过触摸物品的活动来排除心中的郁闷。从专业角度说，这种特殊的性别视角，在某些方面还很重要。没有感性认知的纯理性研究，有时会显得很乏味。

逛街本能加上专业上的理性认知，已经让秦若梅的“段位”高出寻常女人一筹。如果再加上上海籍母亲的言传身教，秦若梅逛商店的兴致以及逛街的水准，几乎无人可及。

秦若梅的母亲拥有逛上海永安百货和第一市场的经验。20世纪50年代，在上海南京路和淮海路的各类商场“历练过”的女人，再到其他城市逛街，那可真是老虎吃蚂蚱——小菜一碟。

秦若梅两三岁起，就在母亲的“牵引”下，走遍了西安东大街的所有百货商店，尤其是东大街西头那家距钟楼不远的新华商场。那个时候，有规模、有体量，代表城市风貌的大型商店都叫百货大楼，只有这家例外，硕大的“商场”字样挂在大门上方，因为它是占地面积极大的平房群落。

秦若梅印象最深的是，西安东大街的新华商场里布满了铁丝传送线，小孩子抬头望去，觉得密集的铁丝传送线就像蜘蛛网一般——那是柜台售货员与结账处账目往来的唯一通道。铁丝传送线上不停地传来“哗哗”的声音，夹在铁夹中的各种票据和面额大小不等的钞票在头顶上来回飞舞。

西单的商场里面总是熙熙攘攘、人声鼎沸。

秦若梅只能跟着拥挤的顾客踟蹰而行。她今天对于“逛”丝毫没有兴致，反倒有些心神不安——柜台、商品和顾客如影子一般，只是在她眼前闪过，有点像观映关系反转的拉洋片。这与人多无关，人多是这里的常态，主要因为她脑子里想的都是韩晓。

秦若梅开始后悔今天没有带传呼机。

出门之前，秦若梅还在想，既然与韩晓约好时间和地点，传呼机就成为多余之物，放在包里还占地方。秦若梅的工作性质与韩晓不同。对韩晓来说，部委无小事。无论正常工作，还是临时任务，通常都急如风火，传呼机不得不随时在身。而秦若梅只是一个不坐班的科研人员，平素无甚要紧之事，带不带传呼机都无所谓。再加上那个东西曾经引发过他们之间的矛盾，容易“睹物思事”，所以秦若梅索性就把传呼机撂在家里。

哪承想半道儿杀出个程咬金，伍司长毫无预兆地将韩晓急切地唤去，以至于秦若梅根本无法知道韩晓此时的情况。秦若梅猜测，无论伍司长与韩晓谈话涉及什么内容，这会儿也该结束了，想必韩晓也在心急火燎地设法联系她。

想到这里，秦若梅逛街的心绪顿时荡然无存，便很快从商场走了出来。

她看了一眼手表，正值中午时分。反正今日休息，韩晓的同事都不会在办公室，莫不如去他的单位找他，和他一起在附近的餐馆吃饭——他们上一次共同进餐竟是一年前的事情了。

秦若梅脑海中闪现出当时的情景。

那次是“分居”之前最后的午饭。那天也是周日，他们已经商议好，韩晓下午从家里搬出。秦若梅主动说：“中午一起吃个饭吧！我来做。”

“好吧，再让你受累一次！”

“想吃什么？”

“随便。”

“随便，是最难做的饭。”

“那就吃炝锅面吧！”

“你到底是东北人，还是陕西人？不吃面好像不会吃饭。吃米饭不行吗？”

“那就吃米饭。”

于是，秦若梅做了豆皮结烧肉、炒豆芽和西红柿鸡蛋汤。

两人无话，默默吃完。

韩晓说了一声“谢谢”。

秦若梅本想说一句“别客气”，但觉得过于生分。分居又不是离婚，夫妻俩吃个饭，还要说声“谢谢”和“别客气”，简直有些过分。所以，便沉默以对。

韩晓下午推着行李箱离开家的时候，秦若梅送到门口，并准备关门。韩晓回头看了一眼，朝她点了点头。

这些细节，在秦若梅心中仿佛昨日发生的事情，依然栩栩如生。刚刚想到去找韩晓吃饭，思绪不知怎的又转到彼时彼景，她的鼻子不由得发酸，眼睛立刻湿润起来。

端木彦之所以着急与韩晓见面，是因为自己面临转行的压力越来越大。他从事的与“钢铁”相关的国际贸易已经渐渐成为饭局中谈论的笑话。很多项目很像原地打转的游戏——张三告诉李四，我这里有某某吨钢铁，置放在某某仓库。李四如法告诉王五，如获至宝的王五不知前情，又将此生意资讯告诉张三。而指望通过特殊人际关系搞到“额度”与“指标”的可能性变得几无可能，看上去还蛮唬外人的差不多就剩下名片上的那几个字样了。

在是否成立属于自己名下的文化公司之前，端木彦迫切希望听到韩晓的意见。再怎么说，韩晓的学历比自己高，肚子里的墨水比自己多，最重要的是，在端木彦心中，韩晓就是个文化人。

而申曼昨晚带来的一则消息，让端木彦变得更为急切——

一家合资机构数月后将召开一次产品发布会，他们企盼一家文化公司提供场地保障，包括舞台上需要的灯光、音响设备的提供，以及挑选几位歌星现场助兴演出。

端木彦完全没有想到的是，申曼告诉他，对方给予的费用相当可观，行里顶尖儿的数。端木彦对这个行当完全不懂，两眼一抹黑。成立文化公司也是申曼的建议。她之前和业界中人吃过饭，略知一二。

申曼对业界行情进行了大致了解。她预估，刨去必要的人力物力成本，这个项目的利润着实不菲。这个学财务专业出身的女人表面柔顺，历经坎坷，却头脑清醒，善于判断。而她之前已经多次鼓动端木彦，尽早与向小明他们脱离干系，做一些实在的、可见可摸的业务。

端木彦庆幸自己两年多前与申曼在酒吧相会结束后的果断——

那天申曼和端木彦在酒吧一直聊到夜半时分。吃完夜宵，端木彦打车将申曼送到亚运村公寓。

两人一路无话。

坐在出租车副驾驶位上的端木彦本来想继续调侃几句，活跃一下气氛，但碍于旁边坐着司机，就没有吭气儿。他了解京城的士司机的特点，善侃。他主动开侃时，你别接茬儿，就不会有下文。你若主动开聊，一旦他加入进来，这话就得聊到目的地。毕竟车里还坐着一位美女，免得司机掺和进来，万一嘴上没把门的，说出“哥们儿挺有艳福”之类的话，那可就尴尬了。

端木彦透过反光镜，看到后排座上的申曼手托香腮，侧着脸若有所思，路灯闪烁着照在她的脸上，忽暗忽明，透着一种朦胧的美。端木彦不免又有些心动起来。

端木彦深知自己的“毛病”和问题所在，自从第一次在韩晓宿舍与高芹偷尝禁果，包括后来的新婚之夜，他和高芹始终未能进入和谐状态。端木彦自己也觉得纳闷儿，为何每每开始龙腾虎跃一般，但往往如若攀爬高山，总是半上落下，终不济事。或许高芹高贵的出身与高冷的秉性就是端木彦面临的一座高山，而高山仰止、景行行止则可能成为他的一道障碍。而眼前这个女人不仅漂亮、性感，而且坦荡、真切，更重要的是，她的身上带着一种让人怜爱的娇弱气质。

端木彦也意识到，自己在与女人交往中，对方强，自己就弱，而对方弱，自己则强，且这些成正比增减。他不属于那种对方强，自己更强的男人。

秋日里高悬在夜空的月光格外皎洁，而亚运村街区的灯光更加明亮，两两辉映，使得这一带如同白昼，只是此刻人车稀少，万籁寂静。

下车之后，端木彦和申曼略微保持一点间距，慢慢地向布局错落有致的公寓楼群走去。

申曼抬头看了一眼端木彦，觉得这个男人好高，好像给人一种可靠之感。表情貌似平静的端木彦没有对接申曼的目光，他此刻在琢磨要不要把手搭在申曼肩上，居高临下，“搭”比“搂”更准确，也更容易让对方接受。

但端木彦终究没有实施，毕竟可走的路太短。然后，端木彦目送申曼走进院落大门，朝她挥了挥手，便转身离去。端木彦一边走，一边数度回首看看，发现申曼依旧站在那儿，向他挥手告别。

端木彦停下脚步，再度返回，隔着铁栅栏大门朝申曼说：

“让我辛苦了多半天，不打算让我上去喝一杯茶？”

端木彦说完这句话，自己都觉得很吃惊。凭着多年的江湖阅历，端木彦确定，申曼不是一个轻浮的女人。虽然端木彦一再抑制自己想入非非的念头，但也不知因为什么缘故，还是在瞬间迸发了出来。他突然觉得，此时自己提出“喝茶”的要求，多少显得“莽撞”，很可能会被申曼误解为自己有趁火打劫的意思。

于是，端木彦紧跟着又说：

“开个玩笑，别介意呀！好好休息，有事随时联系！”

申曼站在那儿并未吱声，她看着端木彦，面色在大门灯光映衬下显得格外惨白。

端木彦正待再次转身离去时，申曼突然说道：“喝一杯茶，算得上开玩笑吗？你也小看我了！”

就这样，端木彦鬼使神差地跟随申曼来到她的房子。

三室两厅的房间，除了常用家具外，别无更多布设，屋内显得十分空旷。端木彦格外留意了一下主卧室的墙壁和梳妆台，根本没有看到任何照片的悬挂和摆放。

端木彦在内心深处非常渴望了解申曼的私人生活，尤其是与她有关系的异性。端木彦相信申曼的讲述，他觉得这就是一个单身女人的住房，能闻到室内淡淡的女士香水气味，很温馨，也很纯粹。

端木彦接过申曼递过来的一杯茶，并没有喝，而是顺手把茶杯放在梳妆台上。他面对申曼，双手扶住了她的肩头。他能感到申曼的身体微微颤抖了一下。端木彦慢慢地凑过去吻她的嘴唇。申曼身体并未移动，却将脸侧到一旁。端木彦用左手紧紧搂住申曼的身体，右手缓慢而坚定地扳过申曼的脸，再次吻了过去。

寂静的夜晚，屋里也分外宁静。

这种宁静清晰地反衬出端木彦粗重的喘息声和他的动作所带来的窸窸窣窣的细微摩擦声。申曼双眼睁得很大，目光无神，但眼眶中充盈着泪水。申曼始终没有与端木彦对视，她的头在不停地来回摆动。

端木彦完全没有料到，一直在默默“抵抗”的申曼，突然在他耳畔轻轻喊了一声“彦儿”——

端木彦停下动作，抬起头，双手捧着申曼的脸，望着她开始流泪的眼睛。他忽然想起上初中时上课偷看《封神演义》，对一段文字完全不解，“婉雅悲啼，百千娇媚，真如笼烟芍药，带雨梨花”，便在课后问韩晓此为何意。韩晓的回答也似是而非，含糊不清：“女的在哭，像花一样。”端木彦觉得这段文字说的就是眼前的申曼——她在落泪，她很娇媚，她令人怜爱。

更让端木彦意外的是，申曼会如此唤他。他感到一种陌生的亲切，一种熟悉的生疏。

端木彦还在迟疑与遐想，完全没有料到申曼突然反转发力，她张开双臂，紧紧地抱住了端木彦……

端木彦离开时，天色渐亮。

刚刚逝去的过往似梦境一般，端木彦如愿以偿地奔行于浪峰谷底，绸缪不绝，携云挈雨，酣畅淋漓，游刃有余。伴随着汗水与喘息，端木彦曾经怀疑与担心的一切已经烟消云散。

端木彦越来越相信向小明对自己的评判："彦儿不算真正的花心男人"——他泡妞与撩妹与其说是贪色，不如说是为了证明。

略觉倦怠的端木彦清楚地记得，他在穿衣服的时候，申曼轻轻抚摩着他的脸颊，柔声细语地说："彦儿，我不需要情人，我需要一个靠得住的朋友和合作伙伴。"

端木彦在隆冬到来时，验证了申曼的这句话。

申曼的房租到期了，端木彦赶到亚运村为申曼调换租房。他不知道申曼在哪里居住更为合适。虽然端木彦动过念头，让申曼搬到他那间宿办一体的公寓，但他最终未能下定决心。一方面，没准儿向小明他们无法理解，甚至龃龉不合。另一面，高芹对那里了如指掌，尽管她从未去过。

最重要的是，按照申曼的性格，她定然不会接受。好在申曼已经成为自己业务上的帮手，端木彦有理由为其寻找新的住处。

还是在亚运村公寓，端木彦为申曼重新租了一套两房两厅的住房。面积虽然比之前的住房略小，但装修更为精致。端木彦果断地让业主撤走所有原先配置的家具，按照自己的审美标准，购置了一套全新的家具。端木彦想，除了产权，这间房子的一切都应该属于申曼。

当一切安置妥当，端木彦陪着申曼搬进新房的时候，对申曼说：“曼儿，新的事业开始之前，咱要有新的生活！”这是端木彦第一次把申曼称作“曼儿”，而申曼把端木彦唤作“彦儿”则是在上一次他们缱绻缠绵的时候。

但有一点，却让端木彦完全出乎意料。

端木彦从申曼身后搂住了她。他的脸朝申曼的脸贴去。申曼果断地挣脱了端木彦的怀抱，推开端木彦的手，回过头冲着他笑笑，很温馨，但目光很坚毅。

凌小云毕业于商科学校，大专学历。

凌小云不晓得是因为自己学历偏低，还是打字业务熟练的缘故，来到司里后一直在办公室担任打字员。

那段时光，司里打字的工作量很大。虽说每个处室都配备了一台 286 电脑，但大家都不怎么会用。尤其是五笔字型输入法让很多人头疼不已。“王旁青头兼五一，土石二干十寸雨”的口诀推广了许久，各处室大部分人还是记不住。大家能够直接上手的就是汉语拼音输入法，可是这种录入方式太烦琐，影响打字速度。很多人一时半会儿还搞不清楚电脑和打字机的关系，所以各种文电起草后，主要依靠凌小云那台四通打字机打印。

凌小云非常渴望去业务处室。这倒不单纯是为了个人发展，或者说白了不是为了职务提升，而是业务处室面向全国，经常可以走南闯北。她从小在南城胡同里长大，贪玩儿。出差当然不是旅游，但起码可以顺便看看没去过的地方。

北京四九城的姑娘见识多，接地气，会捯饬，嘴又甜，生活意识很强，不像京城很多大院里的女孩子那样傲娇。再加上凌小云本身长得小巧玲珑，像混血儿似的，很招人喜欢。

伍司长也挺喜欢凌小云。伍司长觉得，同样的话语，凌小云说出来就好听，很受用。譬如，伍司长吩咐后，属下通常会说“好的”或者“是的”，稍微口语一些的表达最多就是“没问题”之类。凌小云则说：“司长，擎好吧您嘞！”小姑娘说出这种话，不但不会给人留下油嘴滑舌的感觉，反倒有点儿像自家闺女跟当父亲的逗贫，不那么正规，却透着亲切。

每次看到凌小云，伍司长就会情不自禁地想到自己在美国留学的女儿，说不好有没有爱屋及乌的心理，但关心一下和自己女儿差不多大的女下属，有什么不可以呢?

凌小云向伍司长流露过调到业务处室的想法。

伍司长觉得凌小云的要求并不过分。干部成长的确需要一个途径，而途径是由岗位与职级构成的，只有岗位合适了，才会有所发展。再说部务会前不久也务过虚，基本精神是，条件成熟后，部除外，各司局不再配专职打字员。

伍司长其实一直在考虑如何安排凌小云，最初想让她转行档案管理工作。这对女孩子来说也比较合适。可凌小云明确表示不愿意继续留在办公室做内勤工作。档案管理仍然归属于办公室的业务。

韩晓的任职通过后，伍司长的思路豁然开朗。

司里这些处长当中，韩晓最让他放心。只有韩晓从外省调来，没有错综复杂的人事关系，人又听招呼。最重要的是，韩晓从未惹过花花草草的事情。像凌小云这样的漂亮女孩子，放到他这个处，也让人放心。

和韩晓谈话前，伍司长觉得时机成熟了，便让办公室主任通知凌小云，随韩晓去西安出差，周日帮助韩晓整理一下携带的材料。

凌小云得知这个消息后兴奋得跳了起来。

凌小云高兴的原因很多。做业务工作接触面宽，在社会上招人待见，干起来很充实。不像现在，给人介绍时只能说是办公室的，再细说总觉得不那么体面。

人家给介绍过一个男朋友，对方听说凌小云是部委的，挺乐意。后来再一了解，原来凌小云是打字员，对方就有点计较，气得凌小云说啥也不肯再见面。

生气归生气，人家计较也不是没有道理。打字员总要接触油墨。那东西黑黢黢、油腻腻的，闻起来有一股刺鼻的味道，沾到手上特别不容易洗干净，都说时间长了容易引起慢性中毒。小姑娘家的，未来结婚生育，万一有影响怎么办?

还有一个重要原因，在各处室领导中，凌小云最喜欢韩晓，认为韩晓不仅高大帅气有才情，而且本分厚道不张扬，真正像个老大哥，对她从来不颐指气使，或者看不起她不懂业务，更不会像有的人那样不怀好意地顺便溜一眼她身上显眼醒目的地方。

韩晓没想到伍司长考虑问题如此周到，刚刚向他布置了工作，就吩咐凌小云来协助他做行前准备，衔接得这么紧密，不得不暗自佩服。能力果真不是天生的，很大一部分来自经验的积累。伍司长作为“老机关”，给自己树立了典范。

只是，在韩晓的潜意识中，凌小云来得不是时候。韩晓正在等待秦若梅回电话，万一此时电话来了，他怎么好当着同事的面，告诉老婆自己提升处长的事情呢？

“韩处，能和您一起出差，我忒高兴！”凌小云兴高采烈地说，同时一把抢过韩晓手中的文件夹，自己兀自整理起来。

“谢谢信任。我自己来吧。”韩晓有点惴惴不安，他担心掌握不好与凌小云说话的分寸，只好谨慎少言。

“瞧您说的，这活儿能让您大处长干吗？”凌小云边干边说。

“处长有多大呀？你在办公室那么长时间，天天和司领导打交道，可千万别拿我们这些小处长开逗！”韩晓说。

“韩处，西安好玩吗？您在那儿工作那么久，肯定特熟，可得带我去转转呀！”凌小云问。

“我们去开会，有很多工作要做。说不定晚上还要加班。假如有空，你可以去大雁塔看看。”韩晓有意强调了“你”，而把“我”或者“我们”省略了。

“我可没去过西安，您不怕我一个人外出走丢了？”凌小云听出了话音，但却“不依不饶”地问。

“瞧你说的，曲里拐弯的胡同里都走不丢，西安的大马路上还能丢了？”韩晓知道此时的凌小云故意与他斗嘴，便也以玩笑口吻回复。

“韩处，您在北京待了这么几年，见到过曲里拐弯的胡同吗？”

“怎么没有？烟袋斜街、外馆斜街、杨梅竹斜街，你们家附近的樱桃斜街，直吗？”

凌小云哈哈大笑起来。她越发觉得韩晓很有意思，和他聊天，让人心情特别舒畅。

凌小云干起活来很麻利，竟然吸引住韩晓的目光。

韩晓看到，凌小云动作利索地把材料平摊着摞好，双手抓住两侧，立起来对齐，稍稍用力一磕，转向再磕，然后用夹子把材料夹住，迅速装进文件袋。三番五次，竟如魔法一般，不一会儿，摊在办公桌上的一大堆材料便归置完毕。

韩晓完全插不上手，只剩下呆呆观望的份儿。他暗想，世间万物果真寸有所长，尺有所短。相比而言，自己做这等事体怎会如此拙笨?

“哎，韩处，瞧您这脸上！”凌小云忽然惊呼道。

韩晓并没有注意到，自己在整理材料时，手上沾了打印文稿上的油墨，或许在擦汗当口蹭到了脸上。凌小云如此惊呼一声，韩晓本能地用手背在脸上擦了一下，没承想将一处沾染的黑点划成一道黑印。

“韩处，您别动！”凌小云从自己的包里取出手帕，用水杯里的水蘸湿，走到韩晓跟前，不由分说就在他脸上擦拭起来。

韩晓本能地后退了一下，抬手挡住凌小云，说：“不用，我自己擦吧！”

两人一来一往之间，手挡手，脸对脸，高矮互看，一时分开，一时又凑得很近。若将两人动作看成静态，也就如同某种造型。

可见天意有定，运数在劫，避免不了。就像明清小说“卖油郎独占花魁”所说的无巧不成书那样，秦若梅不早不晚，正好来到韩晓的办公室门口。

大门是敞开的，来人肯定无须敲门。

不管愿意不愿意，秦若梅都是目睹了这一切。

常言道，眼见为实，耳听是虚。

按说，韩晓与凌小云上演的这一幕，当不为实。

可是旁观者谁能相信呢?

秦若梅当然不知道前因后果，来龙去脉。她只是看到一对男女离得很近，那个小巧的漂亮女人用手在男人脸上来回划动，而男人则扶着女人的胳膊。

秦若梅不认识那个女人，却清楚地看到，那个男人正是自己的丈夫韩晓。

秦若梅的脸色一下子难看起来，本想发作，却张不开口。她虽是女人，毕竟读书至博士，总不能像家庭妇女那般撒泼大吼。她只能气鼓鼓地跺了一下脚，转身离去，走动的脚步声分明有些大。

秦若梅离去的时候，韩晓和凌小云甚至还没转过神来。

秦若梅步入办公楼的时候，偏巧值班室里的门卫正弯腰在地上找寻什么，并没有发现她走进办公楼，而她怒气冲冲地向外走去之时，门卫觉得很诧异。他没见有人走进大楼，怎么这会儿却有个看上去面生的女人朝外走去?

“请问你找谁？你登记了吗？”门卫追着秦若梅问道。

秦若梅并没有应答，头也没回，径直走了出去。

新官上任，又适逢伍司长赋予“特命全权”的西安之旅，如果没有这一出插曲，韩晓本可以恰好像孟郊在《登科后》写的那样，“春风得意马蹄疾，一日看尽长安花”，可是他偏偏带着惆怅和郁闷的心情登上火车。那天，韩晓后来才意识到，那个在办公楼走廊里把地板踩得咚咚作响的人，是秦若梅。

韩晓动身上火车之前，给秦若梅发了无数传呼，始终没有回复。韩晓心急如焚，坐立不安，他甚至冲着传呼台服务小姐吼叫着说：“请把这个电话传呼十遍。”

服务小姐苦笑着回答：“先生，我们有规定，一次来电，最多只能呼叫三遍。”

刚上车时，韩晓表情沮丧，一言不发。搞得原本活泼开朗的凌小云不知所措，跟在韩晓后面活脱脱像个受气的小媳妇。

韩晓原来吸烟，调到北京后，在秦若梅反复劝阻下已经戒烟。即使闹分居，他从家里搬出去而深感苦闷的时候，也没有为解闷而复吸。这次因为过于堵心，韩晓上车前专门买了一包香烟。

列车启动后，韩晓就在车厢连接处一支接一支地吸烟。

凌小云则站在一旁，反复劝慰着韩晓：

“韩处，这有什么呀？不就是一场误会吗？回京后，我当面向嫂子解释。”

“她都看到了，怎么解释呀？裤裆里抹黄泥，不是屎，也是屎。”

“韩处，您还别说，黄泥不臭，屎臭。咱又没做什么见不得人的事儿，怎么不能解释？”

列车进入夜间行车，硬卧车厢关闭了照明灯。

韩晓还是不愿意回到铺位休息，继续站在列车连接处。凌小云只好陪着他。列车员发现后，以为这两人是夫妻闹矛盾，就提醒他们说话放低音调，以免影响旅客休息。

“人家都说家丑不可外扬。我也不怕丢人了。”韩晓实在憋闷得难受，干脆就向凌小云倾吐起来。

韩晓从他与秦若梅相识说起，说到他们在西安结婚成家，两人因秦若梅考博进京而成为牛郎织女，他调到司里后得以夫妻团圆，为“传呼机事件”而真正分居，一直说到法院门口几近“破镜”却终得“重圆”。当然，韩晓的话题一直延续到他们两位主人公在办公室上演的最后一幕。

听完后，凌小云居然哈哈笑了起来，她突然想到刚才列车员的提醒，赶紧用手捂住了嘴。

“什么呀？我听着怎么觉得什么都没有什么呀！”

韩晓原以为自己的述说会得到凌小云的同情和理解，没想到她会如此反应，就忍不住地问：“你说我们之间的问题到底出在哪里？”

“你和嫂子之间根本就没有问题。你和她，彼此相爱，心心相印，多好的一对呀！你们唯一的问题是，天下本无事，庸人自扰之。你说的那个李东明，和嫂子想象中的‘我’，都是不存在的假象。你们把假象放大了，把虚的变实了，所以判断就错了。”

韩晓惊讶地望着凌小云，发现眼前这个“小姑娘”完全不是人们平素议论的那个人——浅薄、虚荣、矫情，而是看问题一针见血，评判事物有准则的人。

“生活中把假象当真的夫妻太多了。一天到晚这个那个的，其实想想，都有什么呀？搁着好日子不过，整天折腾一些子虚乌有的事情，累不累呀？要不我说，很多人到点儿就结婚，其实人就没长大——噢，韩处，我不是说您，我说的是这个理儿——他们老说我这么大了还不找对象。谁说我不找？我得找那种长大成熟的人，省得按点儿结婚，过不久再离，多费劲呀！”

韩晓长这么大，从没和女人这么深入地聊过这方面的事儿，甚至与秦若梅也没如此这般地沟通过，当然也就从来没有听过凌小云这种犀利的观点。韩晓虽然没有大男子主义倾向，但总以为女人的心理决定了她们更偏重于感性陈述，缺乏透过现象看实质的意识。

今天能有这么一个特殊机会，与一个女人如此深入交谈，而且谈的都是过心的话，这让韩晓重新认识了女人。

韩晓对凌小云开始刮目相看。

想想也是，所谓“男大当婚，女大当嫁”的说法，容易让人模糊与忽略生理与心理双重成熟的前提，以为生理上成熟，有了欲求，就可以顺其自然地恋爱与结婚。

谈恋爱时花前月下，你侬我侬，光顾着传递“力比多”催促下滋生的情感，其他需要沟通的东西似乎远不如眼前“欲求”那么迫切，于是就不管不顾。一旦过了浓情期，问题就层出不穷。要么凑合，要么隐忍，要么沟通，三者皆不行的，只能分手了事。

世间道理千万条，最管用的是能够说到你心里的那一条。

内向的人往往固执，韩晓寻常宁可自我琢磨，也不愿意向别人打开心扉，把自己包裹得挺严实。他很惊奇，自己怎么会在列车这个特殊境况中向一个并不相知的人说了这么多心里话？而且在工作中算不上骨干，生活中也算不上有经验的凌小云，一番话居然能让自己豁然开朗？

韩晓顿时感到了踏实。他朝凌小云挥了一下手，他们离开列车连接处，回到自己的铺位。

韩晓在咣咣当当的火车上睡了一个很安稳的觉。

省厅的会议开得很成功。韩晓代表伍司长的发言获得好评。

一般说来，司里派员参加的会议，省厅都会高度重视，会议本身顺利进行是可以想见的。给韩晓留下深刻印象的，是会议之外的因素。譬如，人们对韩晓的态度。

步入会场时，人们惊讶地发现，司里派来的领导原来是韩晓，是几年前从这里调到司里的那个“小韩”。于是，各种热情无比的打招呼方式让韩晓简直无法应对，或者说不知怎么回应才好。

“是小韩呀？噢，韩处长来了？”

“多年不见，韩处长越来越精神了！”

“咱的韩晓处长回来了！”

“北京的水养人，韩处长变得更年轻、更帅气了。”

韩晓一律尴笑着点头，说着“好，好！”或者“还行，还行！”。

韩晓在省厅工作时，人们都称他为小韩。

韩晓当时的职务是主任科员，按照姓氏加职务的惯例，在省厅这一级并不好称呼。虽然没有明文规定，但人们习惯上把这种称呼方式掌握在中层领导或相应级别以上。

若在下一级地市机关，这一级别就会被人们简称为“韩科”。

省厅工作人员对处长的称呼，通常都省略“长”字，譬如韩处。这样的称呼既简洁明快，又透着亲切熟稔，司里亦然。如果刻意把职务完整地称呼出来，话语中的情感色彩会有一点微妙变化——心理距离有所拉大，尊重色彩有所增强。

算起来，韩晓大学毕业后在两级机关工作了十多年，对这些需要拿捏的分寸早已心知肚明。在韩晓那里，“小韩”听起来固然亲切，“韩处”接受起来也很自然，只是省厅的这些熟人们开始执意地称呼他为“韩处长”了。

更让韩晓没想到是，他被安排坐在主席台上。

厅长与他坐在正中间，两侧则是其他厅领导。韩晓看得很真切，他当年的老领导，那位曾经安排他专门接待伍司长的老处长坐在台下，时不时地还向他瞄上一眼，眼光里透着复杂的神情。

几年未见，老处长白发丛生，面相渐老。老处长与自己皆今非昔比，形成对照，真是造化弄人。韩晓如坐针毡，觉得百般不适。好在韩晓想起伍司长的叮嘱，角色已然变化，要摆正关系。

韩晓恍然大悟。他面对的这一切只是工作，他代表司里而来，与个人的“位置”何干？

当韩晓与凌小云吃罢晚饭，回到招待所的时候，万万没有料到，端木彦竟然在大堂等他。韩晓一眼就发现，端木彦对面还坐着申曼。

凌小云在火车上的一番“开导”，让韩晓茅塞顿开，思绪与情绪都恢复了常态。他知道传呼机上已经存有无数条端木彦要求回电话的信息，本想马上回复，无奈火车上没有条件。列车一大早抵达西安，韩晓办完入住手续，就给端木彦打去电话，说明了情况。

韩晓得知心急如火的端木彦是乘飞机赶来的，既觉得不可思议，又深感欣喜异常。毕竟西安是他们的第二故乡，在这儿聚面，自然别有味道，感受不同。

韩晓与申曼算是熟人，即使不算“女孩男孩”餐厅那次，他们见面次数也不少。端木彦带申曼出来，从不避讳韩晓，当然高芹并不知晓实情。虽然端木彦与申曼不再有那层关系，心里坦坦荡荡，合伙做生意，但端木彦总觉得亏欠高芹，万一两个女人坐在一起，他心里肯定别扭。端木彦与申曼交往的过程，韩晓几乎全盘掌握，在北京每次见面，韩晓还会以某些细节调侃一下端木彦和申曼。两人摆摆手就算打过招呼，寒暄的话题自然就落到凌小云身上。

韩晓做过介绍后，端木彦马上插嘴打趣道：“尖果一枚，盘儿够靓！”

哪承想凌小云立刻接过话头，毫不示弱地说：“哟，端木总，您可是姆们韩处发小，算不上四九城地道仓孙，最好甭跟这儿怯勺！”

端木彦先是一愣，然后哈哈笑起来，赶忙作揖道：“这回遇到真胡同串子了。看来，向小明他们都是假的。不过说我是仓孙，有点儿过分。我和你们韩处一样，顶多算个老炮儿。”

韩晓吩咐凌小云回房间休息。

凌小云并不情愿，但又不好违背，便说：“你们说事儿，我不掺和。出去玩，可别忘记叫上我！”

“有什么事情不能等我回北京再说吗？”进了房间后，韩晓问端木彦。

“事情当然很急。我这里边注册，边筹备业务开展。有两件事情需要听听你的意见。”端木彦说着，从随身携带的密码手提箱中取出一个看上去很精致的方形纸盒。

韩晓了解端木彦的习惯，出门在外非常讲究面子，不仅服饰、领带与皮鞋均为国际流行品牌，而且挎包的牌子也常常更新，但真皮贝壳包的基本样式不变。

韩晓没有想到，端木彦这次带的却是密码手提箱，是那种宽度超乎寻常，又便于手提的箱子。他好奇地摸了摸箱子，黑色发亮的硬皮质外表给人以结实之感。

“箱子有啥好看的？看看这个！”端木彦把方形纸盒递给韩晓，“这是汉字显示传呼机，有什么留言直接说，一次可以显示二三十个汉字。不像数字机只能留电话，省得联系起来耽误事儿。”

“真的？”韩晓立刻拉直了眼光，三下两下拆除了包装，取出传呼机，爱不释手地翻转着看。“能试一下吗？”

端木彦点点头。

端木彦在骨子里最喜欢看到韩晓这副表情，茫然中带着惊喜。平常谈天说地，说古论今，韩晓总是压他一头，几乎无所不知。为此端木彦也服气，谁让人家打小学习就比自己好？但说到时尚与潮流，韩晓往往孤陋寡闻，蝉不知雪。每每端木彦显摆或者眉飞色舞地介绍什么，韩晓都会瞪大眼睛，聚精会神地听。

这往往是端木彦在韩晓面前唯一可以“嘚瑟”的时机。

“这个归你，现在就能用。我和申曼都换成了汉显机。”端木彦说。

汉显机？汉字显示机的缩写？韩晓暗暗揣摩这个概念的精准含义。他马上用房间电话拨通了传呼台，报上传呼号码，说出要传送的内容：“若梅，我已平安抵达西安，一切顺利，勿念。”

顷刻间，韩晓手里的传呼机便“哔哔”地响起，然后显示出以上文字。

简直像变魔术一般，韩晓觉得不可思议，兴奋地两手舞动起来，像个孩子似的。

端木彦有些纳闷儿。虽然他知道韩晓只不过在试机，但言为心声，听上去他和秦若梅似乎已经和好，便问道：

“怎么回事？你的意思可以归还我们家住房了？告诉你，那间房子我可真有用呀！”

“一言难尽。不过说真的，这个汉显机，我想先给我们家秦若梅使用。我以后再说。”

端木彦正准备说什么，坐在一旁的申曼却对他做了一个篮球比赛暂停的手势，接着说：“韩晓，公司马上注册，请你帮助起一个名字。这很重要，我和端木彦都希望能有一个让我们可心的好名头。”

韩晓看着申曼，略略沉思一下，说：“可心的好名头。名字已然有了，就叫‘可心’。你能让彦儿可心，但愿彦儿也能让你可心。这个公司的业绩让你们都可心。黄庭坚有诗曰：‘临川往长怀，神交可心晤。’神交尚且可心，何况你们？”

端木彦啧啧赞叹道：“不愧是我们703的才子，上小学就与众不同。怪不得赵萍萍那么小岁数就喜欢你，搞得我们都气不忿，我要是小女孩，也会喜欢你。”

申曼抿嘴偷笑。

她想起几年前在“女孩男孩”餐厅偶遇这两个高大帅气男人的情景——

申曼当时还猜想两人会不会是“男同”，哪有碰巧外在条件都这么好的男人？但她很快否定了，她听说“男同”中必有女性角色扮演者，动作纤细，表现柔弱，两人情绪交互中伴随着卿卿我我和缱绻旖旎。而这两个人都很豪爽、粗放，是那种只有推杯换盏的“哥们儿”之间才能表现出来的气度。

申曼某夜失眠，脑海中情不自禁闪现出端木彦那次“粗暴”的温柔，兀自想到，端木彦仗义、豪气，更像东北爷们儿，倘若再多一份儒雅会如何？不知怎么，申曼的意识竟然流到端木彦“铁磁”那里——韩晓满腹经纶，温文尔雅，颇具北人南相之风。他若另添一份硬朗，又会怎样？假如二位都尚未婚配，我又有选择机会，我会选择谁呢？

申曼忽然感到两颊发热，她知道自己脸红了。

“还有一件事呢？”韩晓常常把端木彦的赞许当成调侃，如同把他的指摘当成使性子，从不会认真对待。他们之间的默契多于表述，所以，但凡端木彦有事相求，韩晓历来都是竭力相助。

端木彦摆摆手，说：“先不急，我早上在北京接到你的电话，便约着申曼去机场。我们一路赶来，哪有工夫吃饭？正好我们一起去吃夜宵，边吃边说。”

端木彦走出房间，便去凌小云住的房间敲门。

韩晓笑着说：“招呼小姑娘的事儿，你比谁都积极！”

三人都笑了。端木彦笑得尴尬，他也意识到，召唤凌小云，本应韩晓去做。

偏偏凌小云并没有即时开门。韩晓有些着急，担心她人生地不熟，莫不会发生其他什么事？他正准备返回房间打电话，确认一下凌小云是否在屋里，凌小云走了出来。

听说去吃夜宵，凌小云立即欢呼雀跃起来。

韩晓狠狠吸了两口古城夜晚的空气，仿佛要把久违的亲切寻找回来。但他站在车辆川流不息的莲湖路大街旁，还是感到了些许陌生。不知是现在常看长安街的缘故，还是眼前莲湖路上车辆更多的原因，他总觉得这条原本宽阔的东西走向的大街变窄了。

韩晓是个蛮固执的人，他认为，自己想念中的故地应该如同过往一样，那种与记忆的吻合才是真正的温馨。

虽说端木彦早于韩晓去了北京，但毕竟因生意缘故，常来常往于京秦两地。对他来说，在这里走大街，穿小巷，毫无违和之感。

端木彦轻车熟路地带着这几个人沿洒金桥路向南走去，并且如同导游一般讲述这条路路名来历——以前此处叫沙家桥，回坊中沙姓人多居于此。传说中有人在此撒过金子，版本很多，有一出叫作《拾黄金》的秦腔戏描写的是其中一个版本。撒金子传说广为流传，以至于后来依据谐音改名为洒金桥。

端木彦的讲述勾起韩晓的记忆。

韩晓插话说，上大学时老师讲授作品分析课，讲过端木彦提到的那出戏。讲课的那位老师是秦腔迷，不仅经常看秦腔，而且常在授课时引用秦腔作品中的例证，有一次居然在课堂上唱了戏中一段：“长安有个洒金桥，洒金桥住个员外本姓金……”

韩晓讲述秦腔迷老师唱戏时，用的是模仿口吻，连说带唱，熟则唱，反之则说。韩晓的调门与声韵起伏不定，颇有滑稽味道，倒也能够叙述清楚。

听着端木彦和韩晓的讲述，申曼和凌小云目不转睛地看着周边的街景，觉得奇妙无比。

京城长大的凌小云不曾有过陌生异地体验。当遥远的“听说”来到眼前，便有些云里雾里、心旷神怡的感觉，不由自主地搀扶住了韩晓的胳膊。韩晓见状，连忙试图摆脱，却不料招来端木彦的厉声“断喝”：“小妹妹扶你一下怎么啦？人家初来乍到的，走丢了，你负得起责任吗？”

凌小云冲着韩晓做了个鬼脸，说：“就是！”

于是，韩晓便默不作声了。

一行人随着端木彦，七拐八拐来到一家不大的餐馆。

餐馆门头上挂着“太白酒肆”的招牌，大门敞开，门口挂着两盏灯笼，一双抱柱对联格外醒目，“落花踏尽游何处，太白路上将进酒”。

韩晓觉得有一种熟悉的陌生之感。

已是亥时，餐馆里却食客满满，人声鼎沸，热闹非凡。

韩晓感慨，果真是吃夜宵的好地方。

四人刚刚落座，端木彦便冲着韩晓说：“这里已经不算回坊，吃饭可以喝酒。听凌小云说，你刚当上处长，又为我们起了那么可心的公司名字。说什么咱们也得喝酒庆祝一下！”

“秦川大曲！”韩晓冷不丁冒出一句。

还没有询问在座各位是否同意喝酒以及喝什么酒，韩晓居然直接报出了酒名，不仅让端木彦等人一愣，连韩晓自己都觉得吃惊。

韩晓知道，自己的潜意识在一瞬间迸发出来了。

端木彦刚刚提到韩晓当上处长之事，韩晓的脑海中立刻闪现出当年父亲被任命为703行政科副科长，他们一家三口喝秦川大曲的情形。说不好是什么原因，那么久远的事情，韩晓竟然记忆犹新。

端木彦唤来跑堂伙计，得心应手地点出葫芦鸡、温拌腰丝、腊牛肉等一干冷热菜品，然后便说：“来一瓶秦川大曲！”

伙计当时一愣，兀自用关中方言说道：“咱这儿只有太白酒，你没看那门头？”

端木彦也用关中方言说：“ŋ è（我）来了多少回，还真没注意，以为馆子里啥酒都有！”

韩晓好奇，立时离开座位，走到门外端详。

韩晓仔细看了餐馆名头和抱柱对联，然后折返回来，笑嘻嘻地说：“真有意思，这家馆子装饰简朴，旧桌旧椅，老酒坛，大海碗，却十分讲究。上联‘落花踏尽游何处’取自李白的诗《少年行》，下句本应是‘笑入胡姬酒肆中’，人家独创为‘太白路上将进酒’。太白就是李白，咱们就喝太白酒。”

酒过三巡，大家兴致渐高，话题也就放开。

凌小云不解地问：“韩处，胡姬是什么意思？”

韩晓看着凌小云，扑哧笑出声来，说：“要是申曼问，我就说是外国姑娘。赶巧你问，那我就只能回答，洋妞啦！唐代长安城很开放，与西域国家通商频繁。波斯来的姑娘不少。李白一生浪漫，年少时更是放荡不羁，喜欢去胡姬做跑堂的酒馆喝酒。对啦，司里不是有人说你长得有点儿像……其实就是有点儿像胡姬。”

凌小云嗔怪道：“讨厌！”

众人皆笑。

端木彦完全没有想到申曼酒量超常，三番五次主动给三人敬酒，为表示诚意，每次都自己多喝。联想到那次酒吧相会，自己怜香惜玉，主动把她的“百利甜”换成“巴黎水”，不禁哑然失笑。

听到韩晓与凌小云的对话，端木彦接着说：“其实，申曼应该算半个胡姬，妈妈是日本人嘛。”

也许是申曼心中的隐痛，她并不愿意提及这个话题。

韩晓解释“胡姬”时，她就隐隐担心喝了酒的端木彦会把话题转到自己身上，果不其然，看来她逐渐摸到了端木彦的习性。但申曼知道端木彦没有恶意，很随性，是个粗枝大叶的人，而自己则过于敏感。

当着韩晓和凌小云的面，申曼不便埋怨端木彦。因为她很清楚，端木彦非常看重面子，常常为了面子而做些赔本买卖。她当然希望与端木彦合作后，能帮他把握住这个“薄弱”环节。

申曼虽然喝了不少酒，但这点量对她不算什么。

申曼头脑十分清醒，就想借着今天的“正事儿”把端木彦的话题转移开来。于是，申曼再度给自己斟满酒，双手端杯，向韩晓说：

“韩晓，你们同学中，彦儿最敬佩你。我也一样。我再敬你一杯，因为还有一个问题需要讨教。”申曼一饮而尽后说，“我们特别想知道，公司该做些什么？怎么定位？”

韩晓远不及端木彦有酒量，几杯酒下肚，已觉微醺，但他并未丧失判断。申曼的这番话，韩晓觉出了分量。他与端木彦谈事从无压力，对错是非尽在“哥们儿”或发小之间，且端木彦也不这么问话，都是有一说一，单刀直入。如今，端木彦要组建的公司引入了新成分，申曼占了相当份额，换句话说，“可心”不是端木彦一个人的事儿。

韩晓沉思片刻，说：“我不懂得文化与生意之间的关系，也不知道文化公司该做哪些业务，但我学过中文，了解文化的高雅与通俗之分。既然做文化，就应该坚持高雅，保持品位。譬如，话剧、歌剧，还有体现民族文化的传统戏曲，就像我们刚才说的秦腔。我上学时，老师分析的经典作品主要是话剧和戏曲。”

没等申曼和端木彦回应，很久没有说话的凌小云突然插话说：

“韩处，这肯定不行。人家是公司，运营起来有成本，必须盈利。您说的戏曲有多少人看呀？就算岁数大的人愿意看，可他们不占多数。卖不出去票，亏损了怎么办？我就爱看歌星演唱会，越有名的歌星越好。我自己买票看了好几场，观众多着呢！”

韩晓完全没有料到凌小云会有如此见解，他一时语塞。

而端木彦和申曼的表情则各不相同。

端木彦有些懵懂，下意识地伸手抓了抓头。

申曼则眼睛发亮地看着凌小云，若有所思地点点头。

“凌小云说的或许有道理。”韩晓又开始说，“但别忘记，做文化是要有责任感的。你不去引领，观众就会随波逐流。时间一久，大众审美趣味会下降的。”

“公司就是公司，项目报批，照章纳税，只要遵规守法，就没有问题。”

凌小云越说越激动，“韩处说的是理论，是道理，肯定没错，但没法让一家公司实际操作呀！”

韩晓脑海中突然闪现出凌小云在火车上喋喋不休地劝慰他的情景。他发现眼前这位小巧秀气的姑娘果真不同凡响，凡事有自己见解，且坚持、执着。

正当大家不知该将话题如何说下去的时候，韩晓的传呼机响了起来。

韩晓以为是伍司长，这个时候也只有伍司长会发来信息，或许他想了解一下今天省厅会议的情况。

韩晓拿出传呼机一看，要求回复的电话号码有些眼熟，但肯定不是伍司长家里的号码——他恍然大悟，一年多前，他经常回复这个号码，那是秦若梅和他的小家附近路口的公用电话。

韩晓赶紧要来端木彦的“大哥大”，立刻拨复过去——

电话接通后，还没等韩晓说话，那头却先说了起来：

“韩晓，我是秦若梅。你不用解释了，我都知道了。一个小时之前，凌小云和我通过电话，我错怪你了。我向你道歉。你这次去西安，我没能帮你收拾行李，我很抱歉，也很难过。等你回来就搬回家吧。别忘了看望一下咱们两人的父母。噢，对了，问凌小云好。那姑娘真不错！”

端木彦、申曼和凌小云都静静地看着韩晓打电话。

他们不约而同地发现，此时的韩晓已经潸然泪下。

第五章

哪怕素面朝天、衣不择采，身材颀长的高芹走到哪里都会吸引关注的目光。关注者既有男人，也有女人。吸引他们眼球的原因很多，两性的，惊异的，羡慕的，不一而足。女人身高超群的优势有时会超过美艳动人，这或许很没道理，却往往如此。足踏平底鞋是高芹自然的选择，从来都这样。因为她每天乘坐公交车上下班，穿平底鞋既可以降低关注度，走路也更加舒适。

高芹每天下午正常下班，从公司附近搭乘 104 路公交车，差不多五点半左右在交道口南下车，再步行十分钟就到家。她觉得自己像闹钟一样准时，因为胡同口常常坐着一位晒太阳的老头儿，除了刮风下雨和阴雪雾霾，一年四季那老头儿也都是在那个时间拎起小板凳回家。碰巧与高芹撞面，老头还朝她打个招呼：“下班了，姑娘？”

常常碰面，就会有印象。

高芹就和端木彦提过那个老头儿，端木彦笑着说：“老头儿年轻时肯定也不消停！”

在西安国营商场做营业员时，高芹经常要倒班。

上午班和下午班的作息时间差别很大。

做姑娘时，高芹喜欢下午班——下午两点上班，晚上十点下班。下午班的好处是早上可以睡懒觉，哪怕睡到太阳当头照。永远不必担心迟到。怎么说高芹也算官家之女，娇生惯养，不比寻常人家姑娘从小就习惯于起早贪黑，学着做女红之类，所以早上起不来是很正常的事情。

结婚后，虽然高芹没有像其他姑娘那样出阁离家，但不管怎么说，角色也是变化了——称为已婚妇女显然言重，毕竟才二十来岁，但少妇总归和姑娘有区别。高芹觉得早点儿下班回家可以有更多时间顾及家务，所以更愿意选择早上八点到下午四点的上午班。

想想看也是，别人还在单位忙乎，你却踏踏实实买菜做饭，等待另一口子下班回家。全家人安安稳稳坐在一起共进晚餐，显得特别温馨安逸。就算端木彦整日价在外面折腾，不怎么着家，用不着高芹操心，但毕竟老太太独自守着大房子，早点儿回家也能让老人不那么寂寞。

高芹最怕上的是“两头班”。

很多在机关或事业单位正常上班的人根本不知道还有如此作息时间：早上七点半至中午十一点半上班，下午六点半至晚上十点半再上班。表面上看，白天多半时间可以任由自己支配，可是仔细算计，掐头去尾，刨去吃饭和上下班路途，剩下的时间也做不了什么，而且早出晚归的，给人一种眼睛一睁、忙到熄灯的感觉。时间一长，很多人都顶不住。

好在上什么班，适应与否，采用轮流制方式，也就是几天的事情。

到北京之后，高芹上的是固定班。朝九晚五，除了周末和节假日，天天如此。没有压力和紧张感的安逸日子过久了，再加上年岁渐长，高芹难免悄悄地胖了起来。

所谓“悄悄”，是说高芹的发胖带有神不知鬼不觉的意思，谁都没察觉到，包括单位同事和高芹的母亲。往宽了说，还应算上天天坐在胡同口晒太阳的那个老头儿。这里面有个视觉对比问题，经常见面，感觉不明显。

起初，端木彦发现高芹的胸部比以前丰满了。这让端木彦感到意外和惊喜。结婚之前，端木彦听过一个民间说法，女人体重不过百，不是平胸就是矮。高芹这么高的个儿，体重远不止过百，偏巧胸部不够饱满。

端木彦在酒店公寓中能够收看一些海外电视节目，他最喜欢看的是模特儿走台表演。他原来以为自己老婆平胸是个特例，看了国外那些女模特儿，他才知道，身材好、个子高的女人普遍存在胸部平坦的现象。

原先高芹戴的加厚文胸更多承担着“垫高”作用，现在不用戴，显出的效果居然一样。

不过，端木彦很快发现，高芹的腰身似乎也比从前粗了，便恍然大悟，原来各部位是同步增长的。高芹个子高，即使胖了，外人看上去并不明显。但端木彦却不一样，夫妻同床共枕，他有切实感受。

男女之间那点事儿原本并不复杂。

年轻时是干柴遇烈火，点了就着。中年之后，熊熊之火变成了炭火，虽没有烈焰，但烧得更加持久。按理说，无论什么时候，荷尔蒙的基础作用都能奏效。问题在于端木彦把自己的心理门槛弄高了，很像松木劈柴搁在有水汽的地窖里捂潮了，点不着，却直冒烟，挺好的事情，让他在很长时间里整得并不美好。

说不好是否应该感谢申曼，反正自从那一夜端木彦在申曼身上找到自信，似乎也开始重新认识高芹。

怎么说，高芹也是个女人，而且是个身材很好的女人。用北京话说，范儿正、盘儿靓、条儿顺。极品女人的三条标志，高芹至少占了两条半，其一，官家千金的气质自不必说；其二，长相说得过去算半条；其三，身材颀长具备绝对优势。

说起来蛮奇特，审美归审美，但真正找对象时，一般男人都不待见个子高的女人，说个子高不如身材小巧的女人灵活。这话说得很含蓄，其实，明白人一听就知道啥意思。你咋知道人家不灵活？你需要多灵活的技能？倒踢紫金冠，犯得着吗？

歪理往往经不住推敲。一旦深入探究，就会发现有些“心比天高”的男人，心理却很自卑。这些人不光找对象时如此，其他方面也好不到哪儿去。住不起豪宅，就说面积大搞起卫生太费劲，买不起好车就说费油耗能不环保。说白了，就是武大郎心理作祟，有点儿狐狸吃不到葡萄，反诬葡萄酸的意思。

高大魁梧的端木彦当然没有这个问题。高芹当年的直感和要求都没毛病，男女两人看上去得般配。

端木彦心想，岂止是看上去般配？

这样的心理使得高芹在端木彦眼中变得越来越像个有魅力的女人，而不再是傲娇的公主。

以前端木彦回家睡觉常常是倒头就睡，现在入睡前能跟高芹“腻歪”好一会儿，甚至还时不时说个荤段子给高芹解闷儿——

诸如，有个小男孩两三岁了，就是断不了奶，不给吃就哭闹不休。当妈的无奈，只好在“咂儿”上涂抹些辣口的“毒药”，想着孩子对气味敏感，闻着便不再缠着要吃。结果次日早上就出了事儿，救护车鸣着逼波逼波的声音，风驰电掣地驶来。邻居们不知发生了什么，便熙熙攘攘地涌过来围观。不一会儿，只见孩子的父亲被救护人员抬了出来。

这类段子一点也不沾“色”，却逗得高芹哈哈直乐，一边笑，一边用手打着端木彦的头，骂着端木彦“流氓”。有一次，高芹笑得竟被口水呛住，咳嗽了好一会儿才把气管理顺。

更奇特的是，高芹的“高冷”竟也渐渐消退，对端木彦的嘘寒问暖变成了常态，有时两人夜晚亲密时分，高芹也会偶尔娇嗔，弄得端木彦心里麻酥酥的，反过来对高芹的怜惜之情越发浓烈。

照理说高芹比端木彦大两岁，已经过了第三个本命年。也许因为年轻时夫妻生活次数偏少而不怎么留心的缘故，她对与此相关的很多事情知之甚少。

直到有一天，高芹在晚饭前反复干呕被老太太看见，所谓“发胖”的原因才被发现。

“哟，丫头，你是不是有了？”老太太坐在餐桌旁，看着高芹说。

“什么？不会吧？”高芹一脸懵懂。

“多少日子不来了？”老太太紧追不舍地问。

“有阵子了。以前也有过这样呀，不是忒准。”高芹有点二乎地说。

“得嘞，赶紧叫彦儿带你去医院瞧瞧！你这年岁，耽误不起！”老太太当机立断地说。

端木彦那天晚上正巧在外面应酬，稍微多喝了一点酒，回到家时，步态略显发晃。听老太太如此这番一说，端木彦浑身打了个激灵，头脑一下子变得清醒起来，表情中立刻透出兴奋与急切的样子，说话有点语无伦次：

“真的吗？真的吗？这还真的，真的没有注意到呀！”

“瞧你这女婿当的，光顾着自己个儿快活，万一媳妇出事怎么办？”

老太太话里带话。她说的“快活”好像不仅指在外面喝酒应酬，也暗指夫妻生活，都到了有反应的干呕阶段，竟然毫不知情。反正口气中明显含有责怪的意思。

端木彦攥住高芹的手，急急火火就要带她去医院检查，反倒是高芹此刻沉得住气，完全没有遇到事儿就慌神的样子，说：

“这会儿医院只有急诊，能做孕检吗？明天去吧！”

端木彦马上拿出“大哥大”，给向小明打去电话，央求他帮忙在医院找个熟人。那意思就是，今晚无论如何都要知道怀孕与否的确切消息。

端木彦打电话的工夫，老太太顺手把高芹拉到一旁，嘴里嘀咕着：“晚报上都说了，大哥大有辐射，离孕妇远点儿。”

电话那头的向小明不明就里，一边和别人打着牌，一边不紧不慢地调侃端木彦：

“行呀，哥们儿！把谁整怀孕了？嗅蜜这种事得加点小心。”

端木彦一听就知道，向小明接电话时嘴上叼着香烟，话说得含糊不清，没太当回事。

“你丫胡嘞什么？我媳妇儿！快点儿！”端木彦有点急眼。

“什么？你媳妇儿中标啦？和谁呀？噢，呸呸，瞧我这张臭嘴！赶明请你喝酒赔罪。这可是大好事儿！等着啊，哥们儿这就找人。”

谁也没有想到，可心文化传媒公司的运营顺风顺水，刚挂牌不久，就接了几笔大单。

韩晓常常扮演端木彦的顾问角色。有时，就是几句话的点拨，有时，两个人坐在那儿对聊，一整就是半宿。往往听明白后，端木彦才敢下决心行动。反正生活中和生意上的大事，端木彦肯定要请韩晓出谋划策。

虽说韩晓精通古典文化，诗词曲赋、四书五经信手拈来，但却从不在算卦与风水上为端木彦支着。

韩晓笃信“知之为知之，不知为不知，是知也”的道理。他认真研阅过寥寥四百余字的《青囊经》，知其研究天道、地道和人道的关系，教人如何利用天时地利为人类养生送死服务，达到天人合一、趋吉避凶、改善人生之目的。

许多实操者水准参差不齐，并不严格遵从“审五兆、用八卦、排六甲、布八门、推五运、定六气、明地德、立人道”等上乘做法。韩晓坚信，自己学习与悟性强于常人，但都没有耐心细究五兆、八卦、六甲等占卜、预测、算时等抽象、玄妙方法，而从业者多为江湖行者，更不可能潜心钻研，所以演绎成分过多，往往不可信。

端木彦说不出道理，但对算卦与风水却坚信不疑。

韩晓与端木彦为此没少拌嘴。

韩晓一本正经地说：“相信的前提是你了解它的道理。这个道理折射出自然与社会发展的某些规律。否则，就是盲从，就是瞎信。”

端木彦气哼哼地说：“懒得跟你说，打麻将还得搬风，不信行吗？”

端木彦把公司“开门红”归因于开张日子的选择——那天是农历六月初九。台历上标明了宜与忌区隔的内容，所宜之事包含：纳财、开市、交易、立券、出行。果不其然，头一晚还阴云密布，次日一大早便风和日丽，三级左右的微风正好有助于公司门口摆放的祝贺开张的彩旗飘扬，看上去就让人心情舒畅。

端木彦见过公司开张遇到刮大风的情形，彩旗被刮得呼呼啦啦作响，让人感觉不踏实，总担心说不准什么时候插在石墩上的彩旗被刮倒。这能是好兆头吗？

尤其是一场在体育馆举办的歌星演唱会，让“可心”赚得盆满钵满。剩下来的业务根本无须自己去跑，而是人家纷纷找上门来，主动要求合作。

有一次向小明来“可心”公司串门，目睹人来人往忙着签约的情景，也禁不住感慨道：“我靠，这哪儿是在赚钱？简直就是人家给你送钱嘛！”

端木彦兴奋得不能自已。他不仅购置了一台桑塔纳 GL 型轿车，还迅速淘汰了笨拙难用的“大哥大”，一口气买下多部刚刚上市的手机。粗中有细的端木彦一咬牙，除了给自己和申曼各配一部手机用于业务之外，还给韩晓夫妇以及高芹各自送了一部。端木彦非常了解韩晓的心态，假如仅仅送给韩晓，那他肯定会立即转手送给秦若梅。那两口子关系复合后，韩晓对秦若梅的宠爱程度无以复加，相比之前，有过之而无不及。

韩晓得到手机后，惊喜得一时不知说什么才好——这可是微缩版的“大哥大”呀。他完全无法想象，不管走到何处，随时可以拨打电话，而且口袋里一揣，不用时谁也看不见。

韩晓读大学时，和一众同学探讨过好莱坞电影三大制胜法宝：电话、汽车和枪。大家一致认为，没有电话，便没有现代社会，而手机则是传统座机电话的升级形态。

唯一让韩晓纠结的是，上班时要不要将手机带在身上？

韩晓记得很清楚，那次从西安出差回来，他将数字传呼机更换为“汉显”传呼机。第一次“亮相”使用时，办公室许多人都露出讶异的目光——他怎么会拥有一件那么昂贵的即时通信设备？幸好“汉显”机给处里同事带来了方便，但凡联系韩晓，不用来回传呼回复电话，一旦有事，直接告知即可。几个月之后，“汉显”机迅速普及，反倒是仍然使用“数字”机的人成为人们眼中的“另类”。

只是，手机毕竟不同于传呼机，在机关使用如此昂贵的稀罕物，终究显得过于张扬。

韩晓经过慎重思考后决定，手机随身带，上班时关机，下班后再使用。第一次带着手机上班时，韩晓心里着实痒痒难耐，忍禁不住的情况下，便假装上厕所，左顾右盼一番，趁没人的工夫，悄悄掏出来看了一眼，还用手指按了按可以回弹复位的拨号按键。

许多人都看到，端木彦和申曼在那场歌星演唱会的现场忙得不亦乐乎。有趣的是，端木彦和申曼忙碌的着力点完全不一样——

申曼目不转睛地盯着合作方的操控台，生怕演出过程出现差错，以至于连续彩排两次，她甚至已经大致掌握操控台开关机顺序、功放音量的位置、试验伴奏通道和试验话筒通道等基本程序。

申曼心细如发，她带着说明书把操控台的全部操作过程向端木彦述说了一遍。她希望端木彦和自己都能了解这个掌控场馆演出的关键环节。每次演出，她或者端木彦必须有一个人盯住这个“重地”。

一开始，端木彦还假模假式做认真聆听状，没过多久，便听得云山雾罩、头脑发涨，连连作揖道：

“行啦，小姐姐，饶了我吧！你掌握了就行。”也许看到申曼讲得脸颊绯红，煞是动人，端木彦没能把持住自己，顺手在申曼脸蛋上拧了一把。

申曼“啪”的一巴掌拍在端木彦手上，愠怒地说：“彦儿，咱们可是说好了，不带这样式儿的！”

即使如此细心，申曼仍然不放心，她把对方负责人也拽在身边，一直到演唱会结束。实际上，操控台只控制演出中的音响，包括演员的麦克风以及背景音乐，而灯光控制则在另一处位置。公司运营之前，申曼接受过政府文化审批机构的培训，懂得音响操控台是把握演出合规与否的灵魂所在，一旦出现申报内容与演出实际不符的情况，操控台可以第一时间把控，行里叫cut。

申曼知道这里的利害关系。

而端木彦则在贵宾席招呼着各路“关系户”。

住在西郊大院里的向小明父母算是头一号。每次见到向小明父亲，端木彦就会想起自己从未谋过面的岳父。岳父若是不离开军队，怎么着也能与向小明父亲一样，肩牌上四颗铝星换成一颗金星。虽说向小明父亲离职休息了近二十年，走路已经双脚跐地，但看上去还是气度不凡。和有些凡事讲实用的人不同，端木彦对曾经有过辉煌或“贵气”的人素来敬仰。

端木彦愿意和别人聊天时以此为谈资，诸如我的哥们儿谁谁，其父亲50年代是什么“衔”，在哪个兵种哪个部当副部长之类。端木彦觉得这么聊天富于历史纵深感，也会让人感到他的人脉由来是有坚实基础的。

郭胖子也被端木彦请来了，那是他做钢铁贸易时的合作伙伴。端木彦一直搞不清楚，这个郭胖子到底有多大胃口与能量，当年那么多吨钢铁，他都输送到了哪里?

端木彦之所以把郭胖子请来，是因为前不久郭胖子约他见面，张口便要煤炭，并说多多益善云云。端木彦心里一动，暗自琢磨，或许自己擅长的终究是“贸易”。其实，所谓“贸易”，就是韩晓没事时总拿自己开涮的那个词儿：倒手。

寸有所长，尺有所短。人要认清自己，“倒手”也没什么丢人的。等“可心”公司的业务稳定了，自己干脆就挂个执行董事的虚名，反正现在已经开始通行有限责任公司，让申曼担着总经理的名分独自上手。自己还去干贸易老本行，万一“可心”遇到资金短缺问题，来钱快的“贸易”兴许还能提供贴补。

当然，对端木彦来说，还有一位重要嘉宾，那就是韩晓的部属凌小云。

端木彦安排专人在体育馆进门处把凌小云接到了贵宾席，让凌小云感动得不知说什么才好。

“端木总，您能给我一张打折票，我就高兴死了。贵宾席哪是我能坐的呀？您看我这装扮，坐在这地儿也不合适吧？”凌小云说。

原来留着披肩发的凌小云这一天却梳着鱼骨辫，脸上贴着血红血红的嘴唇图案，双手拿着荧光棒。

端木彦看得嘿嘿直乐，说：

“甭客气，丫头，你就该坐贵宾席。‘可心’的战略定位，你的意见起了重要作用，这是对你的奖励，如果当初听了你们韩处的建议，指不定会怎样呢？”

“瞧您说的，姆们韩处的建议也有道理。我说的只是我的喜好。”

端木彦在贵宾席也给韩晓夫妇预留了座位。

韩晓当然不会前往。

也许受大学老师影响，韩晓偶尔去剧场看看戏曲之类的演出，但不痴迷。而对自己喜欢的歌曲，韩晓宁可听录音带。

韩晓对端木彦从不藏着掖着，便用手机发去短信：“那里太吵，不看。若举办徐小凤演唱会，务必预留贵宾席。”

秦若梅喜欢看演出，但仅限于歌剧和芭蕾舞。这个爱好依然来自她那上海籍母亲。小时候，她跟着母亲，没少在西安人民大厦那种苏式“殿堂”观看这样的演出。

而对演唱会这种“嘉年华”式的演出，秦若梅并不感兴趣。她觉得欣赏音乐需要安静的环境，是那种只有剧场里才具有的环境。在体育馆观看演唱会的观众显然不是为了欣赏，更像是参与一项活动，更像是在歌星带动下一起狂欢。

欣赏如同滋补，狂欢则是宣泄，需求不一样罢了。秦若梅想，韩晓喜欢宅在家里，自己若再不去，端木彦那边的面子实在磨不开。幸好，秦若梅临时被唤去参加博士生同学聚会，她有了向端木彦解释的理由。

韩晓压根儿不希望秦若梅去。他倒不是反对自己的博士老婆观看通俗歌星演唱会，而是一旦秦若梅决定不去，他就可以把这两张“腾出来”的贵宾票送给伍司长。

韩晓认为，给伍司长送票，绝对不是曲意奉承、拍马溜须。但伍司长对自己在调动和进步方面多有关照，总应该以某种妥帖的方式表示一下谢意吧。再怎么说，送两张演出票都不算过分。给端木彦发去传呼后不久，韩晓又用手机给端木彦打了电话，专门叮嘱一番。

伍司长毫无文艺细胞。常年文山会海的机关工作也使他情趣渐少，平常看电视最多就看看新闻联播外加天气预报。但伍司长对夫人的爱好历来看重。据说，伍司长夫人上大学时做过学生会文艺部长，爱好广泛，尤好唱歌跳舞。也算巧合，他的夫人正是这位歌星的拥趸者。

伍司长拿到票后，显得比夫人还要兴奋。夫妻俩就换了比较正式的服装来到体育馆。

伍司长万万没有想到，凌小云恰恰坐在自己身边。

和凌小云笑着点点头算是打过招呼后，伍司长就开始低头琢磨，这么贵的票，凌小云怎么舍得购买？他完全没有意识到，此时“垫场”音乐欢快的节奏已经点燃了现场观众的情绪，体育馆内开始响起此起彼伏的欢呼声。伍司长抬头一看，只见演唱会的主持人沿着内场搭建的舞台四处奔跑，招呼着观众，拼命挥舞着双臂调动人们的热情。伍司长恍然大悟，凌小云的贵宾票一定是韩晓赠送的！他不由得感慨起来，韩晓真像这个主持人一样，考虑问题的确周到，如此赠票，既尊重领导，又关心部下。

凌小云则颇感意外，见到伍司长的一刹那，她恨不得找个地缝钻下去，显得尴尬窘迫。她尤其担心伍司长看到她的装扮，会认为她没有机关干部“持重”的样子。幸好贵宾席座位前面摆放着铺有红丝绒台布的桌子，凌小云连忙把荧光棒塞到桌子底下，又着急忙慌地想摘掉脸上的红唇图案贴。

反倒是伍司长夫人立刻制止了她，笑着说：

“别摘呀，挺有特点的，我要不是岁数大，也就贴了。”

伍司长也只是不置可否地嘿嘿笑了笑。

高芹终于挨到了临产时刻。

怀孕头几个月，高芹还听信别人的经验之谈，适当运动有助于未来“生产”，所以还坚持上班。没多久，老太太不乐意了，天天冲着端木彦唠叨——诸如高芹是高龄孕妇，不比那些一结婚就怀孕的年轻小媳妇，见天挤公交是有风险的。非上班不可，那就车接车送。

原本端木彦对岳母就百依百顺，此时则更不能多言，便当起专职司机。后来，端木彦觉得多有不妥。虽说自己是“老板”，可是这辆小车毕竟是有限责任公司的资产，法人和自然人是有区别的。

最重要的是，郭胖子和他的业务已经展开，时常有事要办。端木彦就找到向小明，让他跟总公司通融了一下，高芹提前三个月就不上班了。

高芹的“生产”，经历了高龄产妇几乎所有难以避免的困难，孕期反应强烈，妊娠高血压，分娩时间延长。

临产前一刻，医生反复要求高芹用力配合，谁也没有想到，一贯话少沉稳的高芹，竟然是骂着端木彦进行的：

“端木彦，你，这，个，混，蛋！要孩子，你早干吗去了？我都这个岁数了，你才想起要。你到底是要孩子，还是要我的命呀——”最后一个“呀”字，高芹是拖着长音喊出来的。

好在，一切都有惊无险。

端木彦心神不定地等候在产房门外。护士不停地出来告诉他里面发生的各种情况。护士最后一次出来的时候，笑着说：“母子平安！”护士虽然戴着口罩，看不到笑容，但她的大眼睛眯了起来，口气带着轻松，分明是在笑。

端木彦松了一口气，说：“谢谢你们！谢天谢地！”

戴着大口罩的护士忽闪着眼睛，问道：“你同意再多做一个小手术吗？”

端木彦一愣，问道：“什么小手术？”

护士感到奇怪：“你爱人单位没说过吗？”

端木彦说：“我爱人没单位。”

护士又问：“那她户籍街道办事处没说过吗？”

端木彦有些丈二和尚摸不着头脑，说：“她的户籍在西安，我们也见不着办事处的人呀？！”

护士又眨了眨眼睛，没再说什么，转身进了产房。

和后面遇到的事情相比，端木彦觉得高芹的“难产”简直就不叫个事儿。

高芹生的是男孩，爹妈高个儿的直接结果是，孩子一生下来，就比其他婴儿长出一截。老太太觉着结果虽好，过程却漫长且艰难——十多年前大婚之日就让他们吃了子孙饽饽，没承想折腾这么久，还遇到难产，所以执意给孩子起个小名叫难难。

端木彦一听就觉得别扭，叫一个“难”字儿就够呛，还整出两个“难”字儿并列，这么懊糟的名字怎么叫得出口？嘴上叫一下，还可以勉强理解其中包含“困难”之意，倘若写在纸上，指不定还被误解为“落难”的意思。

端木彦想，我爹虽然是个普通钳工，给自己起名也是十分讲究，“彦”的含义是有才学之人。别人都说这名字起得有层次。而小名只要儿化一下即可：彦儿。

但端木彦又不便与岳母争辩，就寻求韩晓帮忙化解。

韩晓说，小名主要用于儿时呼唤，很少书面使用，所以“困难”之难不会被误解为“落难”之难。再说，古人以为贱名好养。小娃精气盛而神气衰，心智尚不能守魂摄魄，为防喜好作恶之鬼怪惊吓孩子，造成魂魄游离，便以贱名表示嫌弃，企图骗过鬼怪，躲过关煞。“难”与“楠”同音，复姓端木之中含木，楠又为坚木，硬实，正名可叫端木楠。

端木彦听后，猛拍一下大腿，说：“绝了！韩晓，你丫太有学问。大号端木楠，就这么定了！”

韩晓说：“尊重我，就得把‘丫’去掉，不懂含义，别张嘴就来！”

小名随口叫着就行，习惯成自然。正式姓名要被确定下来，唯一途径就是上户口。

端木彦忽然意识到，这件事情无法像他们夫妻俩由着意愿从西安到北京且不受单位羁绊那样。难难虽然生在北京，但在概念上，北京只是接生地，所以，并不符合户口落在北京的条件。

尘归尘，土归土，编户齐民，自古而然。高芹的户籍在西安，端木彦的户籍则在秦岭脚下的703。端木彦并不清楚子女户籍随父或随母的相关规定，但他当然希望儿子的户口落在西安，再怎么说，那里曾是皇城，多少年来被叫作西京。

端木彦小时候常替父亲端老八跑腿到小卖部买一毛四一包的香烟，那个香烟牌子就叫西京。每次买完香烟，他在回家路上都要反复端详烟盒上的图案——钟楼，就琢磨明明是西安，为什么叫作西京？稍微长大一些才知道这里曾是十三朝古都，西京叫法由此而来。

秦岭脚下的703距西安尚有近两小时车程，但端木彦上中学后便以西京为自豪，尤其觉得秦朝阿房宫位置偏西，703正好位于西安西侧，而再早的咸阳宫则距703所在地更近，感觉都城皇气必然辐射至此。每每东北老家来人，端木彦就会很有底气地提及十三朝古都，来人就露出羡慕神情。

偏巧有个东北来的亲戚喜欢钻牛角尖，紧盯着便问十三朝都包括哪些朝代。端木彦一数，发现并未超过周、秦、西汉、隋、唐五朝。

端木彦因在亲戚面前露怯而沮丧，就去问韩晓。两人坐在学校操场上，扳着手指头反复数，发现的确如此。只好向教历史课的老师讨教，没承想老师也张口结舌。当场查询资料，最终得知，还有新朝、前赵、前秦、后秦、西魏、北周，东汉建都洛阳，在迁往许昌之前，曾短期回迁西京。

端木彦和韩晓面面相觑。除了东汉，这些王朝从未听说，更何况见诸正史？原来十三朝并不皆为辉煌，端木彦便有些戚戚然。

端木彦兴冲冲地飞回西安，为端木楠办户口。

端木彦熟悉西安的大街小巷。宾馆商店、饭庄酒楼、古迹名胜都在他的脑海中刻下深刻印记，以往却偏偏并未留心高芹归属的户籍派出所在哪里。等到七弯八拐找到地方，才发现他对这条小街非常熟悉，算是这里的常客。

派出所隔壁不远处就是他和韩晓、凌小云、申曼曾经吃过夜宵的“太白酒肆”。他们在这里聚会，谈论过“可心”公司的战略定位。

一转眼，一年多过去了，不仅“可心”公司诞生了，端木楠竟然也诞生了。端木彦不禁感慨万千。

端木彦路过“太白酒肆”时，不由自主地看了一眼门口的抱柱对联：“落花踏尽游何处，太白路上将进酒。”也许是赶飞机没吃早饭的缘故，端木彦此时偏偏打了个饿嗝，居然莫名其妙地从胃里返出了一股酒味。靠，昨晚喝大了，酒精到现在还没挥发完！端木彦想。

步入派出所大门之前，端木彦仔细检查了所带材料：高芹和她母亲的户口簿、医院接生证明、高芹和他的结婚证。忽然他略觉不踏实，因为户口簿上没有他的名字，担心人家看出什么不妥。

端木彦想起当年结婚不久，高芹张罗着要把他的户口迁到西安，并亲自去办，结果回来传话：派出所要端木彦提供一张接收单位的证明，表示他已经调到西安工作。

端木彦对高芹说，我到哪里开这个证明？虽说向小明他们在北京有公司，可他们在西安做生意属于“跑单帮”，没有正式名头，没有公章，更没有编制或指标之类的东西。

于是，端木彦把户口迁到西安的事情也就搁浅。

端木彦想，万一人家说难难落户西安之事仍然不符合条件，那就索性就回703。那里的户口簿上已经有了两代“端木”，再增加一个第三代，也是天经地义的。

办事的是位女警官，柳叶眉，丹凤眼，梳着齐整短发，长得秀气文静，只是脸颊两侧红红的。端木彦估摸，女警官八成是从北五县那一带考入警校后分配来的。北五县是关中咸阳西北方向的五个县，永寿、彬县、长武、旬邑和淳化。那里海拔略高，气候干燥，有的地方姑娘脸颊天生显红。

听上去女警官的普通话中好像带有北五县那一带的口音，但端木彦没法判定。

“孩子户口落在这里没问题，符合条件。”女警官语气甚是温和。

端木彦在西安办事，愿意与女人打交道，尤其愿意和年轻女人打交道。这与端木彦是否好色无关。

关中人习惯称年轻女人为女子。韩晓就跟端木彦说过，这并非土语而是雅言，《礼记》中有注释：“女子，谓未嫁者也。”在端木彦看来，关中女子说话语速快，声音好听，似唱歌一般，每每让人想到秦腔中的旦角。

关中男人倔强者居多，性子直，态度往往生硬，常以“愣娃”面目出现。

端木彦与韩晓他们是移民二代，自小在这里长大，反而比当地人有更清醒认识。

韩晓读大学后专门从朱熹《诗集传》中找到依据："秦之俗，大抵尚气概，先勇力，忘生轻死。然本起初，岐风之地，文王用之以兴。"

韩晓曾把此依据说给端木彦听，端木彦接话道："岂止岐山、扶风两县？"

韩晓说："岐风两地是泛指。"

能遇到女警官办理此事，端木彦觉得挺幸运。他觉得或许可以因之避免许多由于沟通不畅而带来的麻烦。

"那就太感谢您了。省得我再去703办理。"女警官言辞柔和，文明办公，让端木彦心里暖暖的，便以绅士般斯文口气回应道。

"啥？你是703哪搭的？"女警官转而以关中话问道。

"是的，我父母是703厂的，我原来也是。"端木彦心中一惊，不知女警官转而使用方言是何用意，依旧用普通话回答。但他已经听出，女警官的方言与北五县有差别，而是他熟悉的一种口音。

"俺家就是703隔壁的，咱算是一个乡的人。"女警官更加热情。

"乡党？"端木彦也兴奋起来，跟着说起了关中方言，"乡党见乡党，两眼泪汪汪。那咱娃上户口的事情办起来更没麻达咧！"

"你娃上户口本来就没麻达，娃他妈户口在这儿，上在这儿是应该的。只是你还缺一样东西。"女警官说。

"啥东西？"端木彦警觉起来，生怕生出岔子。

"娃他妈单位的证明。证明她已经采取计生措施了。"女警官依旧态度和蔼。

"娃他妈不在西安。"端木彦心里开始发虚，说话声音渐渐小。

“你单位的证明也行。你采取措施同样可以。”女警官说。

端木彦有些发蒙。

8 月下旬，京城的暑热依旧没有减退迹象。晴空万里的中午时分，艳阳就像烤炉一般灼人，马路上行驶的车辆明显减少，路边的行人也寥寥无几。

端木彦刚刚与郭胖子谈完一笔“煤炭”生意，顾不上招呼这位老客户用餐，便匆匆忙忙朝停车场走去。他没有叫司机，打算自己驾车去“可心”公司。早在上中学时，端木彦便利用学校在 703 厂区组织学工劳动的机会，悄悄摸摸学会了汽车驾驶，且驾驶技术甚好。自从公司有了轿车，要面子、讲排场的端木彦，专门招来专职司机，很少自己驾驶。但每次面见申曼，端木彦总会自己开车。他的潜意识当中，与申曼谈完业务，万一有些其他事情，司机跟着并不方便。

端木彦想找申曼说点事儿。他原本想打电话提前告知申曼，无奈郭胖子很矫情，“买卖”谈得很艰难，直到最后一刻才敲定各自利润分配的“点位”，所以没能挤出时间。车上路后，端木彦给申曼拨了手机，没想到手机中传来“对不起，您拨打的电话暂时未能接通，请稍后再拨”的提示音。

端木彦好几天没有见到申曼了。

说来奇怪，端木彦其实并没有特别要紧的事情非与申曼谋面不可，但总觉得隔些时日不与她聊聊，心里就不踏实。

自从高芹生了难难，端木彦的心态变得安之若素。早出晚归，鸿案相庄已成为他的生活常态。而他和申曼早已形成默契，表面上看，两人之间不再存有情感上的纠葛。他努力遵从着这种默契，即使偶尔心中泛起涟漪，很快也会平复下来。

但不管怎么说，每每端木彦心绪烦躁与不安，总会第一时间想到申曼。端木彦总觉得申曼那湖水般深邃的目光对自己有安定与抚慰作用。有时，他们俩单独在一起的场面，很像一幅绘画，申曼静静地看着他，纤长睫毛下的眼睛很少眨动，听他絮叨，甚至听他夸夸其谈，只是她听到后者的内容时，往往会微微笑笑。

端木彦知道申曼正在筹备一个大项目。歌星演唱会的成功让申曼更有信心，她不再满足于体育馆提供的座位数，开始考虑如何在容纳人数更多的体育场搞一场更大规模的演唱会。

对“可心”公司的业务，端木彦基本不再过问。因为他发现，申曼越来越懂行，不仅对项目投入产出比、财报数据之类她的本行了如指掌，而且对观众不同年龄段的喜好需求、明星票房号召力的浮动指数之类的业界专业问题也如数家珍。由她来独立操盘“可心”公司，已经绝无问题。

这段时间，端木彦也开始琢磨，他和申曼算是同时进入这个行当的新手，为什么申曼已然成为“行家里手”，而自己仍然在入门处徘徊？对于很多事情，他还是一头雾水，似懂非懂。端木彦很清楚，“可心”的业绩，几乎都是申曼创造的。

从离开 703 下海算起，端木彦在生意场折腾了十多年了。

端木彦回想起自己做生意的历程。每天风里来，雨里去，人没少见，酒没少喝，歌没少唱，最终钱也没少赚。是靠吃苦，还是靠机缘？是靠能力，还是靠韧性？梳理一下过往的“大单”，似乎皆为如此这般：批文靠机关熟人拿到，客户靠朋友介绍。说到底自己扮演的就是掮客角色，似乎没有什么专业含量。而在这个过程中，每每遇到成本核算、数据分析一类的复杂问题，自己往往因为不钻研、看不懂而烦躁或回避。

端木彦跟别人谈生意，利润指标向来都是估摸大数，差不多就行。他不觉得这是缺点，还因此跟客户吹嘘自己的仗义和大气。

端木彦想起小时候在703围墙外的乡村集市上买菜，有的农民卖菜从不用秤，而是论捆论堆售卖。他甚至不敢继续往深处想，难道身穿西装的自己和那些农民的路数一样？

申曼的路径与自己完全不同。演唱会的票都是一张一张卖出去的，而申曼每次都对售票前景提前做出分析与预估，预估数值与实际售票结果的误差率往往不超过百分之十。

端木彦有时也略觉羞愧，自己对“可心”公司的票房毫无贡献，反倒是贵宾席的票每每让自己送出去一大半。

申曼果然不在公司。前台小姐告诉端木彦，申曼一大早来到公司，布置完工作后便离去，临走时叮嘱，下午下班之前，她会赶回来。

端木彦有些怅然，他再次给申曼打手机，依然无法接通。

端木彦此时有了饥饿感，肚子咕咕直叫。原来他潜意识中就是想尽早赶过来与申曼共进午餐的。

端木彦思忖了一下，便匆匆离开公司，直奔申曼住地而去。那个住房是端木彦帮助寻找的，但申曼专门叮嘱他，不能让任何外人知道。实际上，申曼搬进这套房子后，端木彦仅仅来过一次。也就是在那一次，申曼委婉地拒绝了端木彦肌肤相亲的要求。

端木彦也知道，他不能轻易去申曼住地。孤男寡女的环境、心照不宣的感应，意志稍有松懈，很容易破坏掉他们两人在那一天形成的默契。他不知道如何形容他们之间现在的关系——看上去马日象田车直线，各行其道，实则剪不断理还乱。多少有些像拉闸关电后的灯泡，亮是不再亮了，但线路却依旧存在。

敲门无人应答，电话无法接通，端木彦断定申曼遇到棘手问题。

端木彦正准备离开，他的手机响铃了——“可心”公司前台小姐打来电话：

“端木总，航空公司机票代办处送来一张订票收据，是送给申总的。我看您急着找她，会不会她去机场了？”

“收据上有航班号吗？”

“CJ6128。”

端木彦立即驱车向机场驶去。

端木彦记得，他刚来北京时，机场路还是普通公路，有些路段并不平坦，坐车去机场时常会感到颠簸。现在的机场高速路刚刚开通没有几年，路宽车少，西北侧隔离带还种满了塔松、绿柳和杨树，每次行驶在这里，他都觉得特别惬意。而此时的端木彦有些忐忑不安，甚至心急火燎，毫无兴趣欣赏急速向后闪去的沿路景致。他一边加大油门，快速行驶，一边打电话查询航班时间。

端木彦百思不得其解，申曼那里究竟出现了什么情况？

端木彦赶到机场出发大厅时，这趟飞往哈尔滨的航班距起飞时间尚有一小时。端木彦急匆匆地赶到安检区，一眼望去，十多个安检口人头攒动，黑压压的一片，顿时他的心凉了半截。他知道，要在这么大区域和这么多人中找到申曼，谈何容易。他有些丧气，便悻悻地转过身去，慢慢向大厅外走去。

正在此时，端木彦看到了一个熟悉的身影。端木彦揉了揉眼睛，仔细看去，果然是申曼，她拖着行李箱，带着一个十来岁的男孩子向安检口走去，还不时地向四周张望。端木彦立刻明白，申曼手机之所以无法接通，是她把手机电池卸了下来。这个方法是他教给申曼的。

端木彦喜出望外，三步并作两步就迎了上去。

“曼儿！”端木彦喊道。

“彦儿？”申曼惊讶得睁大眼睛，并本能地搂住身边的孩子。

“曼儿，你这是？”端木彦脸上写满狐疑。

申曼再次谨慎地朝周边看了看，低头冲着孩子说：“小辉，快叫端木大爷！”

小男孩有些胆怯，低着头，嗫嗫嚅嚅地唤了一声“端木大爷”。

申曼对端木彦说：“这是我儿子小辉。”说罢，申曼把端木彦拉到一旁，凑到他耳畔轻声说：“我托同学安排孩子来北京看我。没想到，孩子父亲悄悄地跟着来了。幸亏同学发现了，提前告诉了我。”

端木彦知道申曼的身世，没再继续多说什么，仅仅问道：“安排好了？”

“航空公司在安检口接孩子，哈尔滨那边有同学接机，先送到孩子爷爷家。”

端木彦接过申曼手上的行李箱，与申曼一起把孩子送到安检口。

端木彦看到，申曼在向孩子挥手道别的时候，眼睛里充满了泪水。他不由得感慨起来，这个女人实在命苦，母亲去了日本，儿子不能相聚。这一家人，两代骨肉分离，申曼自己又像浮萍一样无根可依。

我端木彦如此看重甚至喜欢申曼，我能给她什么呢？

第六章

秦若梅从研究所出来的时候，心绪仍然无法平静。

说不好秦若梅此刻是一种什么样的心绪，喜悦中带着不安，惶恐中又掺杂着兴奋，说不清、道不明，却又总像有个小鹿一样时时撞击心扉，无法平静。

很多人都说女人不开心就吃东西，一吃就忘却烦恼，却从没人说过女人心绪纷乱时候该做些什么。秦若梅的做法是采购，每每遇到想不明白的事情，她都会以买东西的方式让思绪“刹车”。

寻常女人在这种情况下会买包或者化妆品，不明事理的女人则会买鞋。买包还有个说头，叫作“包治百病”，而说买鞋不明事理，是因为“鞋”与“斜”同音。而秦若梅内心深处有个挥之不去的影子，那就是韩晓，这种状况始自他们的“复合”，这就使得秦若梅要买的东西多少都与韩晓有所关联。

秦若梅决定去菜市场采购一些生鲜食品，回家后做一顿丰盛晚餐，一切等韩晓吃饭时再说。出乎她意料的是，午后时分，居然还能买到刚刚上市的大闸蟹。这令她多少有些兴奋，因为韩晓属于那种吃螃蟹时打嘴巴都不松口的人。

韩晓是东北人，又在秦岭脚下长大，天晓得他怎么会像南方人那样酷爱吃螃蟹，喜爱程度甚至超过上海籍的秦若梅。秦若梅数次问韩晓，是不是在西安的时候，丈母娘培养了他的这个“爱好”？

那时，小两口结婚后住在韩晓的单身宿舍。因在同城，相距不算很远，秦若梅隔三岔五就拽着韩晓去她娘家蹭饭，趁机换换口味，品尝一下秦若梅母亲烧的上海菜。韩晓第一次听说“烧菜”这个概念是在秦若梅家，他觉得好新奇，以前只知道“炒菜”或者“做饭”这些说法。

韩晓印象很深的是，秦若梅家餐桌上多为小碗浅碟，糖醋小排、四喜烤麸、鱼丸三鲜之类装进碟碗，看似多，分量少，没几口就吃完了。韩晓初去时拘谨，客客气气地装装样子，倒也没啥。后来熟稔了，放开吃，就觉得并不过瘾。

韩晓唯一中意的是岳母做的清蒸大闸蟹。这倒不是说可以放开吃，而是大闸蟹美味的诱惑远远超过了过瘾的需求。这道菜做法简单，南北相似，上锅热蒸即可，出锅后佐以红糖、姜末和醋食用，岳母做法唯一不同之处是在蒸屉上铺就姜片与香草，几乎是满满地铺上一层——这一招堪称绝技，蒸出的螃蟹鲜美无比，不仅无丝毫腥土之气，还透着淡淡的清香。

韩晓喜欢螃蟹特有的鲜味，但他最初并未掌握吃螃蟹的要领，除了“蟹黄”或“蟹膏”用筷子挑出来直接吃之外，其余部分往往如同吃甘蔗那样，搁在智齿处咬碎，再反复咀嚼，吧唧嘴品尝其中的滋味，然后将蟹渣吐出来弃置一旁。岳母看到，皱皱眉，便说：

“噢哟，吃相不好，吃法不对，也浪费了。喏，应该这样——”

岳母便将蟹腿取下，用牙签将肉剔出，置于加有调味汁的盘中，其他蟹腿如法。最后掀起蟹盖，依旧以牙签将蟹肉剔出。几番重复，再将蟹腿、蟹盖复位，一只完整的螃蟹竟然大致不差地恢复了原形。

韩晓看得目瞪口呆。如此细腻的吃法，与他大碗咥面、大块啖肉的习惯迥然不同。在关中话里，“咥”是广义的“吃”，但韩晓觉得用于吃面更准确，也更生动，那意思是，吃面时仅仅略微咀嚼，在筷子辅助下，贴着碗边只管呼噜呼噜顺着往肚子里吞，面香汤醇，热而不烫。关中人认为，这种吃法最过瘾，俗称“咥得美”。老实说，包括吃螃蟹在内，一般细嚼慢咽的吃法哪里配得上使用“咥”这个先秦时期表示“吃”的动词？

韩晓想，自己随父母来自东北，秦若梅家来自上海，同样从外地迁徙至此，何以自己在“吃”的习惯上越来越接近关中人？而即便秦若梅出生于此地，她和她的家庭生活却依旧顽强地保持着南方的特点？

秦若梅现在去所里上班的次数比以前多了。

两年前秦若梅担任了研究所第六研究室的主任。

说起来也算赶巧，研究所机构调整，本来三个研究室一下子扩编为六个。何来这么多学科带头人？秦若梅就从研究员被直接任命为新增的研究室主任。也就是说，她甚至连副主任都没有当过。

从行政级别上说，六个研究室和机关各处负责人算是所里的中层干部。

按照规定，业务部门主要领导仍然无须每日坐班，但隔天应去一次单位。一般情况下，开会、学习、业务讨论都在这几天进行。也是赶上编制扩大后人手不够的节点，一位名叫张跃进的部队副团职转业干部刚来报到不久就担任了专职副主任，负责日常行政事务工作。由于这种平职安排、实职使用的情形并不多见，张跃进简直喜出望外，加之刚刚离开军队，工作积极性自然高涨。

“秦主任，您今后就安心搞研究，当好学科带头人。室里琐碎事务交给我来办。”任命宣布的当天，张跃进信誓旦旦地对秦若梅说。

秦若梅没觉得当上主任这事有多么重要，但刚刚获得任命那天，她还是第一时间打电话告诉了韩晓。她只是想让韩晓知道，所里通过这样的任用，确认了自己的业务骨干地位。

韩晓不这么认为，研究室主任和业务骨干是两个概念，前者可以涵盖后者，后者却不能涵盖前者，重要性完全不同。所以韩晓闻讯后，高兴程度远甚于秦若梅，下班后，专门拐到六部口那家知名花店买了一大束鲜花——粉色玫瑰配以百合、康乃馨和绣球，一进家门便双手捧花送给秦若梅，接着又在她前额上“啵儿”地吻了一下。

“祝贺老婆大人荣升！”韩晓学着古装影视剧中人物的口吻，拖着长腔说。

秦若梅了解韩晓既传统又内敛的性格，突然来了这么一个浪漫之举，还有点不适应。韩晓递花的时候，秦若梅正在做饭，腰上系着围裙，双手沾着水。看到韩晓煞有介事地献花，她赶忙把手在围裙上蹭了蹭，又略略斜低下头在抬起的胳膊上擦掉额头上的汗，然后接过鲜花。

那个场面看上去很特别，乱哄哄的厨房里，煤气灶上的高压锅“滋滋”冒着汽，抽油烟机嗡嗡作响，两人则在如此环境下上演了一出土中带洋的情景剧。不论如何，一贯有点“小资”情调的秦若梅，接花的一刹那内心不免激动了一下。

当天晚饭，韩晓就撺掇秦若梅与自己喝了一点小酒，以为庆祝。他们喝的正是韩晓从西安带回来的太白酒。那次与凌小云去西安出差，又有端木彦和申曼陪同，在“太白酒肆”吃饭，太白酒给韩晓留下深刻印象。不仅因为这酒醇和绵顺，而且喝酒过程中，秦若梅与他通了电话，在韩晓心目中，太白酒简直就是他们两口子重归于好的媒介。

正所谓流水下滩非有意，白云出岫本无心，当年韩晓父亲以秦川大曲悄悄庆贺自己当上行政科副科长，居然给韩晓留下深刻印记，以至于凡有此类事，韩晓都会如此作为，这在韩晓那里也成了“三岁看大，七岁看老”民间说法的另一种佐证。

“你现在是正处级干部，和我一样了。”韩晓说。

原来夫妻俩从不比这个，路径本不相同——一个是行政系列，一个则是职称系列。秦若梅平时忙于读书和科研写作，对行政等级设置这类事情不甚清楚，也没什么兴趣，就说：“什么呀？我们就是个研究所，主任也是研究人员，搞业务的，和你们国家机关不是一回事。”

“研究所是财政全额拨款的事业单位，”韩晓很想把这件事情讲得清晰明了，尤其又牵涉自己老婆切身利益，“当然有编制等级。你现在既有职称，又有行政级别，属于‘双肩挑’的干部，从干部专业化的角度说，老婆更有发展前景。”

常言道，说者无意，听者有心。而韩晓夫妇此刻恰好相反。

韩晓刻意强调，不仅是为老婆得到单位认可感到高兴，而且他真心觉得，拥有博士学位的秦若梅一旦踏上这个台阶，或许未来向好的系数更大。

秦若梅则根本没有当回事，她也听不懂韩晓那套说辞。她的父母都是50年代大学生，是那种视专业高于天的知识分子，既无为官经历，也无如此意愿，更没有给秦若梅讲过这样的人生选择。这种家庭出身的人考取硕士或博士，与试图通过考学改变命运或者“学而优则仕”的人完全不同。所以，秦若梅追求的目标以及遵循的准则十分单纯，就是业务上必须出类拔萃，以拿出有价值的成果为荣。

秦若梅万万没有想到，她在五年前完成的科研选题，今年突然开始产生影响，就像面粉发酵过了临界点，势头蔓延很快，同行的人甚至把她的观点当成时髦话题，大有不知此文，无异于落伍的劲头。这让她有些猝不及防。

五年前，秦若梅着手这个选题研究时，恰好正与韩晓闹别扭，两人处在分居状态，心绪自然不佳，写作并不顺利。

好在那只是他们人生大戏中的一个小插曲，并未无休止地演绎下去，到点就画了休止符。

那年，在“太白酒肆”吃夜宵的场合，韩晓眼泪汪汪地与秦若梅通了电话，然后就跟端木彦说，回京后第一件事情就是搬回家。

端木彦听得呵呵直乐，说：“当初不让搬你出来，你不听。这下着急了吧？”

搬家时正赶上下雨，搬家公司询问是否推迟，韩晓回答，莫说下雨，即便下刀子，照搬不误。

还好，搬家公司很专业，丝毫没让物品淋雨。

阴雨天搬家虽然麻烦，韩晓却暗自窃喜。他知道，倘若晴空万里，说不定秦若梅会为了这个好日子，拽着他漫步公园，或者去一家西餐馆，要一瓶红酒，点燃一支蜡烛，庆祝他们重归于好，以弥补一年来浪漫情调的缺失。

韩晓顾不了许多，思念与渴望已经超过一切。

他终究是个身心健康的成熟男人，有欲望，也有激情，这么久没有雨露滋润，已经远不是小别胜新婚这样的一般说辞能够解释了的。再说韩晓毕竟是公职人员，各种规则约束较多，加上本身缺乏“潇洒”的内外在条件，不像端木彦那样无拘无束，常常游走于“河边”，具备“湿鞋”的机会，而他只能干耗着。

韩晓从踏进家门起，眼睛就开始放光，秦若梅在他眼中简直成了曼妙无比的美人，浑身上下都散发着性感诱人的气息。他以前总觉得性感这个概念很抽象，有点关中人眼中“骚情”者故弄玄虚的意味。更重要的是，性感与秦若梅这个具象的个体没有什么关系——谈恋爱时，他对秦若梅的评价就是身材很好，以至于他在很长一段时间里，认为性感不过就是身材好的另一种说法。而今天，他突然意识到，原来性感并非玄妙，而是可见可触的。当秦若梅正准备收拾他带回来的行李时，他二话不说，一把将秦若梅拉进了卧室……

事后，他们静静地躺在床上，秦若梅用手指轻轻捋着韩晓的头发，韩晓则享受着爱情滋润后温馨的美妙。

“老婆，我要对你百般的好，弥补我们失去的一切。”

“我也会的。”

“还担心什么吗？反正今后撵都撵不走我了。”

“傻瓜！”秦若梅轻拍了一下韩晓的头，说，“怎么会担心你呢？家好一切都好。我现在诸事满意，再把科研选题做好，那就万事大吉了。”

“有我呢，我帮你！”

断钗重合使秦若梅获得了重整旗鼓、再拾笔墨的信心。

在那段时间里，韩晓抢着做家务，大有敢上屋顶除尘，亦敢下厨房煮粥之势——以往这些活路皆由秦若梅所为，莫以为女博士娇生惯养长大，她可是得到擅长做家务母亲的真传。韩晓不仅努力减轻秦若梅的家务负担，还不断在精神上给她鼓劲打气，甚至偶尔上手帮助修文改字。他豪气十足地对秦若梅说：

“咱是学中文的，尽管不懂社会学，但疏通文字，就像养护工疏通下水管道一样在行。”

重起炉灶后，秦若梅科研写作的顺利超出了预期。有道是“千淘万漉虽辛苦，吹尽狂沙始到金”，课题总算圆满完成。

其实，韩晓熟识秦若梅科研成果的每个环节，但他还是在成果杀青的第一时间煞有介事地摆开架势，坐在书桌前花费数小时一口气读完，然后走到厨房，抱住正在做饭的秦若梅后腰，顽皮地打趣道：

“老婆大作颇有魏晋之玄妙、唐宋之风范，定然以佳作名篇传世！”

秦若梅哈哈笑道：“不带这么捧杀的！再说，我们社科文章与文学作品是两码事！”

“吾妻差矣。曹丕曰：盖文章经国之大业，不朽之盛事。谁说文章传世仅限文学作品？”韩晓继续调侃道。

秦若梅不算那种自我感觉一向很好的学者。她选择课题很谨慎，动笔之前更愿意在占有材料上下功夫，当年她与韩晓相识，就是为了求证一个官方数字。她写的东西往往不够时尚，却经得住推敲。秦若梅对这项成果做了保守的自我评估，感觉应在中上水准。

可是，科研成果的价值评判历来不由研究者自身决定，而是由若许并不研究这个课题的旁人来判定。研究者花费的精力，占有的资料和思考的深度都优于他人，却偏偏在短时间内任由临时凑在一起的人凭着粗浅理解“刀俎”。

评定往往如此，谁都难逃悖论怪圈。

可以想象，假如没了评定，仅凭人人自评自荐，肯定会导致“谁不说俺家乡好”局面的无限扩大，或许更加麻烦。

李东明副所长主持的评委会并未给予较高评价。

平心而论，曾经对秦若梅有过“浪漫”之举、后来担心“沾包”而退缩的李东明并未掺杂私心，就是说，他既没有偏心，也没有借机泄愤，而纯粹以组织者的客观视角，让评委充分发表意见，且未做任何引导。结果众说纷纭，看法分散，“好评”未占主流。

通常的情形是，年度科研选题完成后有两条出路：提交年会交流或者发表。两者均未实现的，所里也算科研人员完成了任务，只是考核评分偏低。秦若梅的成果字数较多，洋洋洒洒将近十万字，在刊物上发表有难度，所里考虑若将其束之高阁，对不住她磨杵作针的功夫，便摘要打印了一部分，勉强提交给年会。

“勉强”的标志就是只被列入书面交流，而未获得发言机会。

这件事情也就过去了。

谁能料想，去年年会上，一位业界著名专家在发言中引用了秦若梅成果中的观点，并强调了多年之前这项成果的重要价值。偏巧这位专家本身担负重要行政职务，讲话自然更具分量。一石激起千层浪，大家一时旧题重议，竟也渐渐达成认识上的一致。

果然应了白居易《遣怀》所言：“乐往必悲胜，泰来犹否极。”

秦若梅回到家后，小心翼翼地取出捆扎严实的螃蟹，放在添加了少量白酒的清水中浸泡，用牙刷逐一刷洗蟹腿上残留的污泥，并切好姜片，洗净香叶以备用。她打算按照母亲的方法，做一道具有上海菜特色的“清蒸大闸蟹”，等待韩晓下班后享用。

秦若梅今天的表现如此心细与贤淑，看似如同寻常，却还真是另有意味。

说不好是巧合，还是判断上的精准，学者老婆秦若梅仕途宽广这种事情，被韩晓两年前的“预测”言中。

上午，研究所上级主管部门的组织部负责人找她谈话，决定由秦若梅担任研究所副所长。前任副所长李东明去年已经平职调到系统内另一家研究所工作。所里科研工作和评委会业务在一年时间里一直缺少分管领导。

前一个职务任期刚刚满两年即获擢升，秦若梅“晋升”速度之快仅次于“破格”。两年是任职的最基本要求。若不是组织部负责人在与她谈话时提示，秦若梅博士哪里会知晓这些？

秦若梅接任副所长的传闻很早，她也偶尔听说，只是一笑了之。如同之前让她担任研究室主任那样，她骨子里没有太当回事，既不相信，也不打听。她更愿意一如既往地做好本职——以科研写作为主，兼顾室里一些事务性工作。

秦若梅并非清高，而是她与韩晓复合后，心态有了很大改变。

韩晓与端木彦是发小，年岁相当，两人结婚时间前后相差不多。尽管各自情况不同，却都没有像 703 的那拨同学一样在三十岁之前当上爹妈。更不用说像赵萍萍那样刚刚插队返城就匆匆嫁人生娃。

秦若梅的年华一拖就奔着“四张”而去。

两家老人背地里嗟叹，秦若梅生养的好时光错过了。

韩晓的母亲说：“干哈不要孩子？咱也整不明白。”

秦若梅的母亲说：“搞脑子的啦！面孔都不晓得怎么放？”

秦若梅想，有什么好担心的，高芹不也没生孩子吗？

高芹怀孕与生孩子这件事对秦若梅有很大震动。

高芹分娩那天，秦若梅跟着韩晓去医院陪同坐立不安的端木彦。

秦若梅是女人，自然很敏感。她在产房外的家属等待区马上看出端木彦和韩晓心理状态的差别——

端木彦焦急万分，不停地来回踱步。韩晓则若有所思，时而发呆，时而憨笑。护士把孩子从产房抱出来的那一刻，端木彦如释重负，长吁一口气，韩晓带着羡慕的眼光凑到孩子跟前，他的表情很呆萌，张着嘴，似微笑，这个表情凝固了许久。秦若梅看在眼里。

韩晓是家中独生子，父母十年前就希望他们要个孩子。

秦若梅有时会觉得自己对不起韩晓。当年他们结婚不久，秦若梅就怀了孕，她当时下决心生下这个孩子。虽说她怀孕之前参加了博士考试，但从未想到真能考上，考一次等于了却了她的心愿。可偏巧天遂人愿，她接到博士复试通知，居然顺利过关。

要不是为了读博而打胎，那孩子已经十多岁了。秦若梅母亲前不久打电话时还说，“讲起蛮可惜，不然小囡囡小老茄打酱油都绰绰有余的啦。”

后来秦若梅和韩晓经历了两地分居、夫妻反目之类的坎坷，多少蹉跎了一些时光。可两人在一起的时候，始终没闲着。秦若梅从未采取任何避孕措施，算得上时刻准备着。韩晓是有心人，不知从哪儿听说这种事情不能目的性太强，应该顺其自然，便每每如新人般怀揣激情“上阵”，尽管时间久了，身体略显疲态。

也不知道是否与秦若梅做过人流有关，云朝雨暮虽然带来了欢爱，浓密了感情，却终究未能产生结果。秦若梅读博时几个关系要好的闺蜜，常常在聚会时有意无意地“赞美”她的身材保持得很好，潜台词就是——怎么不见肚子凸起来呀？更有甚者，其中一位还时不时与秦若梅探讨起“丁克”问题，让秦若梅哭笑不得。

秦若梅所在研究室，姑娘与少妇占了半壁江山，大都是近年来本所培养或高校分配来的博士。每周集中时除了谈业务，有几个婚龄不算很长的人偶尔也说些女人私房话，诸如上环或者服药等避孕措施哪个更好之类，要不就是安全期没计算好，又怀孕了，不得不做人流。这些话题既让秦若梅羡慕，也让她多少有些焦虑。

“韩晓，要不然我们先抱养一个孩子？万一哪天我怀上了，我们就有两个孩子。像我们这种情况，政策肯定允许。”有时，在夜深人静时分，两人嘿咻之后，秦若梅冷不丁会说这样的话。

“我们现在这样不是挺好吗？”韩晓此时会用言不由衷的话语来应对。像韩晓这样的男人，茅塞顿开时，可以口若悬河，计无所出时，宁可守口如瓶，因而，此时所言，并非心声。

孩子的事情，肯定是秦若梅的一个心病。

还有一件事情，则让秦若梅更加难以启齿，其困难程度甚至超过涉及两性关系的隐私，那就是作为妻子，如何把自己某些方面超越了丈夫的事实告诉丈夫？

这涉及丈夫脆弱的自尊心该如何维护。社会学专家秦若梅或许比一般人更加明白，再恩爱的夫妻，一旦做丈夫的在赚钱和为官之事上弱于妻子，他们的关系就会变得异常敏感。

秦若梅知道，韩晓在机关工作，很看重职级的提升。这从韩晓谙熟机关干部“晋升”的各种要则上可以看出来，这些要则包括考试、功绩、年资、学历、越级五种晋升类型，以及每个职级任职年限的基本要求。韩晓跟秦若梅说过，以他大学本科毕业的条件，只适合功绩和年资两项，说白了，要么干出成绩，要么论资排辈，晋升路径不算很宽，所以要把握好时机。

韩晓的官瘾不大，不喜游走于人际和上层，反倒学养深厚，志趣在读书和探究问题。这样的特点使得韩晓即使写个材料也要玩味许久，常常陶醉于某个观点的提出，或者某种句式的表达。在秦若梅看来，韩晓之所以看重职级，与工作环境相关，因为人的能力与业绩最终要依凭级别和职务来印证。

秦若梅心里清楚，自己丈夫的格调并不流俗。这就如同在研究所搞科研，助理研究员、副研究员、研究员是一种标志，虽说职称评定因素有时也会复杂，难免出现鱼龙混杂的情形，但总归代表着能力与水准。

公务人员对职级的向往，与研究人员对职称的渴盼一样，都属正常心态，不存在高低分别。每个人都在寻求人生动力的坐标，万不能因为行业归属不同而将他类放进“鄙视”的链条之中，诸如官瘾大或者职称欲强之类。

秦若梅做社会学研究，注意到一个现象，在北方与南方、内地与沿海、贫困与富裕三组指标中，前者的“为官”意愿总是高于后者。表面上看，韩晓都应该归属于前者。他是北方人，生在东北，长在秦岭，工作之前从未去过江南；他求学、生活和工作的地方都与江浙、闽粤沿海发达地区相距甚远；他从小和现在虽然算不上贫困，但远非富裕之人。但在秦若梅眼中，韩晓完全是个“另类”——人高马大的他本该粗犷豪放，却心细如发，或许具备习剑好武的条件，却文采飞扬，他具有典型的北人南相特征。

也是结婚以后，秦若梅才开始慢慢琢磨，出口成章的韩晓当初为何没有选择去高校任教，或者考研继续深造？以韩晓的才华，无论在高校或者研究机构，发展到今天，多半会成为有影响的学者。

有一次周末逛公园，看到韩晓心情不错，秦若梅忍不住问到这个问题。

韩晓说：“当年哪曾有过职业规划？大学毕业统一分配，一分定终身。就这么一直做过来了。”

秦若梅说：“你若在我们所，优势明显，才华不是所有人都具有的。”

韩晓说：“承蒙老婆认可。不过，老婆若在我们机关，优势更加明显，高学历晋升渠道更宽哟！”

秦若梅担心的问题恰恰在此。

她从没想过自己明明一介书生却被选中“为官”，尤其是在“为官”之路上竟然走到韩晓前面。她最大的顾虑是担心韩晓接受不了这样的现实，尽管她知道，韩晓作为丈夫百般呵护她，更不会嫉妒她。

正在厨房忙着做饭的秦若梅，听到大门打开的声音。她知道韩晓回来了。按照以往的习惯，秦若梅会继续手上的活计，至多头也不回地问候一句：“回来了？”但她今天却主动迎了上去，打算接过韩晓随身携带的提包，却发现韩晓情绪低落，眼圈发红。

“若梅，咱爸去世了。下午接到的电话，心梗，没抢救过来。”韩晓声音低沉地说。

“什么？”秦若梅大吃一惊，顿时有些不知所措。

“我买了今晚的车票。不知道你们所里能不能准假？如果可以，现在就要收拾行李了。”韩晓放下提包，从床底下拿出拉杆行李箱。

秦若梅一下子怔住了。她原本想今晚告诉韩晓，上级组织部门已同她谈话，近期就要宣布她担任副所长。可是眼前出现的状况让她无法张口，甚至不知道接下来该怎么办。

正在这时，传来敲门声，嘭嘭嘭，显得很急促。韩晓有些魂不守舍，并未有所反应。秦若梅见状，一个箭步冲到门口，迅速拉开大门，只见端木彦匆匆走了进来。

“老爷子的事情我下午刚知道。我买了两张今晚的机票，韩晓和我现在就走，后天发丧，秦若梅赶到就行。”

韩晓眼中涌出泪水，低着头拍了拍端木彦的肩膀，悄声地说：“我也买了火车票。”

“坐火车要一晚上，时间来不及。再说，现买的火车票连座位都没有，怎么行？”端木彦说。

“就按彦儿说的办，赶紧动身吧。”秦若梅一边帮韩晓收拾行李，一边说，“我马上请假，随后赶到。”

703围墙外现在是一条宽阔的柏油路，路中间居然画有醒目的白色交通标线，路两边疏密有致地栽种着冬青树——围墙、柏油路和冬青树一直延伸到很远的转弯处。

韩晓呆呆地站在703大门外的路边，放眼望去，远处的村庄依然掩映在树林的绿荫之中，只是透过婆娑的树影映入眼帘的不再是干打垒围墙和麦草屋顶的破旧房屋，而是白墙红瓦的新屋，而他当年以李白的“大车扬飞尘，亭午暗阡陌”咏叹的景象已成为脑海中的记忆。

几只乌鸦从不远处的半空中飞过，呱呱地叫着。

韩晓就想起小时候与同伴们在旷野中看到乌鸦，就会冲着这些黑鸟大喊大叫，目的是将其轰走，然后扯着嗓门喊出一段童谣：“老鸦老鸦一溜溜，回家给你妈炒豆豆，你一碗，ŋ è（我）一碗，把你妈撑死 ŋ è（我）不管……”

韩晓至今不甚明白的是，703 的娃儿们平常都讲普通话，与院墙之外操关中话的人们始终有所区隔，但在呼喊这段童谣时，用的却是关中话，表现出的风格也极具本地色彩。娃儿们的嗓音细小，但明显带着“吼”的味道。

韩晓时常想，“一溜溜”和“炒豆豆”除去押韵，两者之间究竟存在怎样的逻辑关系？

那时的娃儿们笃信乌鸦是“哈鸟”，“哈”是坏的意思，一身乌黑肯定预示着不祥之兆，所以每每遇着，不是疾呼驱赶，就是抛投土坷垃击之。而与乌鸦相似的另一种鸟却被认为是“好鸟”，相似是因为大小形状接近，但羽毛黑白相间却是区别——那种鸟被称作喜鹊。

韩晓清楚地记得，他是在隆冬时节接到大学录取通知书的，邮差送来时，恰好遇到喜鹊在树梢上叽喳地叫着。

惯性往往是强大的，莫说寻常百姓，即使有学问的韩晓处长也搞不清楚哪朝哪代给乌鸦与喜鹊贴上了“不祥”与“吉利”的标签。他只是记得小时候一群孩子在院外旷野中的槐树下玩耍，这两种大鸟的鸟屎时常落在他们头上，若是喜鹊屎，孩子便会喜滋滋地让其逗留片刻，还主动让小伙伴知道，仿佛沾到仙气一般。倘是乌鸦屎，便觉着晦气，于是大呼小叫地跑到不远处的小河沟清洗。

刚刚办完父亲丧事的韩晓，还未从悲伤中解脱出来。他坚决不让秦若梅和端木彦陪同，独自来到院外，以期排遣心中郁闷。他猜想，刚才见到乌鸦定然与家中丧事有关，冥冥中总有些你无法相信的事情存在。

韩晓记得院子大门处原来有门卫值守，现在则空无一人，甚至连两扇大铁门也不见了踪影，只剩下两堵墙柱像门神似的孤孤地立在那儿。大门内侧的主路两旁挤满了各式各样的小卖摊：秦镇米皮、肉夹馍、石磨豆腐……

大门外有一个带着绿色亚克力遮棚的公交车站，看上去时尚而醒目。原来的车站就是一根杆子上挂着站牌——那根杆子很像放大的交警指挥棒，红白两色相间，韩晓去插队的村子以及后来在省城上大学、工作都在这里等车，有时感到疲乏还在杆子上靠一会儿。

韩晓有些不解的是，这家曾经的大型国有工厂早在数年之前就已经改制，如今叫作振兴集团，可是公交车站的站名为什么依旧叫 703。

韩晓的父亲在改制之前退休，算是 703 的老人。帮助父亲办理后事的是振兴集团总务部的人。振兴集团没有“科”的机构，现在都叫“部”，据说当年 703 的行政科是现今总务部的前身。

韩晓转身朝围墙里走去。

围墙内的一切依旧如故，在午后阳光映照下，家属楼、学校、医院、铁栅栏围隔的生产区人来人往，仍然充满生机，但岁月的侵蚀使得院内原本铺就的水泥路很多地方都出现开裂，不时还能遇到塌陷的小坑，而路面修补的痕迹衬托着许多建筑的墙体脱落，显出一副斑斑驳驳的样子。

当年最让韩晓难以忘怀的，就是这些排列有序的家属楼，编号从一到三十，横五纵六，仿佛大的矩阵，一律青砖灰瓦，四层楼高，每幢楼都有三个单元。在韩晓记忆中，703 的家属院曾经十分壮观，因为方圆几十公里，楼房屈指可数，更遑论如此大的楼群。而且，围墙里的厂房和住宅群落都是苏联专家帮助设计和建造的，是秦岭脚下现代化的标志。院子外面的老乡经常伸长脖子往里看，神情中分明带着羡慕。

隔三岔五，说不好谁家就会接待东北老家来的“且”。“且”就是客人、亲戚。韩晓读大学后才弄清楚，“且”只是发音上的借用，“亲戚”这个词儿化后变成了“亲戚儿”，简读为“戚儿”，最终借用“且”喊出。

初来乍到的“且”们在这里常常迷向，陷入庞大的楼群中而找不到北。而韩晓、端木彦他们则熟稔这里的一切。譬如，三号楼下的小铺是杂货店，那里卖的散装水果糖曾令他们魂牵梦绕。端木彦后来告诉韩晓，每次他在这里打完酱油，都要对着瓶口抿上一点，当然偶尔给父亲端老八打酒时也会如此，那可是他懵懂中掌握人生各种滋味最自由的方式；十二号楼下的理发室，那个南方口音的理发师给孩子们理完发后，总要在他们后脑勺上拍一下，然后欢快地说一句“好啦！”。韩晓小时候每次去理发，都会琢磨，理发师怎么不像我们一样说东北话呢?

最让韩晓自豪的是，父亲作为行政科副科长，负责管理和分配这些住房，包括给这些住房配置床柜、桌椅等基本家具——那些家具上都有白漆喷涂的字样：行政科。

直到几年之后，703 突然来了几位河南木匠。他们临时打地铺栖居在需求者的家里，一个星期后，三开门的大衣柜、写字台等就取代了从东北带来的木箱子以及厂里配置的家具。这种事情流行得很快，不到一年光景，行政科为各家各户“标配”的家具开始逐渐回归厂区库房。

703的娃儿们很多都知晓父辈从事的工种。端木彦似乎更熟一些，常常在小伙伴面前把“划线找正”“锉削钻孔”这类钳工的基本术语挂在嘴上，仿佛他是八级钳工父亲的化身。那老爷子可是厂里的“宝贝儿”，总共没几个八级工，况且又是钳工，“端老八”的绰号不是白给的。韩晓的父亲属于科室干部，韩晓对生产上的事儿听说得不多，却对行政科的业务近乎耳熟能详。

那时分配住房很简单，先来后到，同等条件的按年龄大小。厂子里的职工大体上由三部分组成，主体是先从东北支援三线建设来的，第二拨是部队集体转业的官兵，最后一拨则是“文化大革命”前考入大学而后分配来的大学生。除了厂领导，但凡有孩子的家庭，无论孩子多少，统统都是两室住房，没孩子的则是一室。最让韩晓父亲——行政科韩副科长操心的不是分配房子，而是木工车间人手偏少，家具做不过来。

韩晓正打算往自家楼座走去时，发现前面有一个大步流星地行走在家属区水泥路上的老人。从背影望去，老人昂首挺胸，步幅很大，步态略向两边晃动。韩晓对这个姿态很熟悉，当年父亲每天早晨上班，差不多同时上学的韩晓便与父亲一起出门，他总是目睹父亲朝厂区走后才离开。别人家都是家长目送孩子先离去，然后自己再走。韩晓的父亲因为在行政科工作，琐碎杂务较多——正式的说法是很忙，所以韩晓目送父亲便成为惯例。

韩晓觉得老人极像自己的父亲，他甚至想赶超到那位老人前面去辨认。也就是一刹那的工夫，韩晓意识到，那是自己的错觉，是那位老人与自己父亲在身姿形态上相似的巧合。这种巧合在平时绝对不会诱发“误以为”的错觉，今天则非常特别。就在今天上午父亲的追悼会上，他为父亲送行，而且是永远的送行……

在端木彦陪同下，韩晓回到703的当天晚上，在安慰完母亲之后，就匆匆与至亲好友以及振兴集团总务部的人一起商议如何操办父亲的后事。

“韩晓应该披麻戴孝！你是独子。”韩晓父亲的好友，一位仍然显得健硕的长者说。韩晓知道，那位长者在东北与父亲同时参加工作。

“我们堡子是见了第三代才披麻戴孝。韩晓这不还没要孩子嘛，头上扎白布即可。”另一位长者说。他说的堡子就是村子，韩晓记忆中，东北那里多数把村子叫屯子，叫堡子的很少听说。

“各位老叔，你们说的那些都是旧习俗。韩晓是国家部委的处长，披麻戴孝不见得合适，我看胳膊上戴黑纱就行。”端木彦此时插话说。

端木彦把韩晓拉到一旁，悄悄地说：“这事你得听哥们儿的，你和我不一样，是国家干部，要注意影响。你披麻戴孝，又放鞭炮，又烧纸，整得烟雾缭绕的，传出去恐怕不好。”

韩晓此刻脑子很乱，他不知道如何操办才算对得起故去的父亲，也能够让母亲感到欣慰，更重要的是让父亲这一辈的老人们满意。他万万没有想到端木彦能够讲出这样一番说辞。

其实，韩晓对孝礼略有知晓。孝服分五等，穿何种孝服与逝者血缘远近有关，从至亲到族内同一曾祖辈的后人，这就是所谓五服。各地习俗有差异，规制取决于村、乡、县的习惯。韩晓的父辈们支援三线建设而离开故乡时尚年轻，许多习俗他们或许曾经见过，但并不见得熟悉。况且几十年过去，加之大家来自各地，很难找到“权威”说法。

但韩晓觉得，端木彦很像他肚子里的蛔虫，了解他内心的真实想法。韩晓的“干部”身份只是因素之一，最让韩晓担心的是，将近七十岁过世的父亲，未能盼到孙辈前来送行。万一讲究礼数，儿孙同为重孝，那么这个“缺陷”很容易被人议论。如此，韩晓的母亲以及在场的秦若梅将会遇到“无形”的尴尬。

好在韩晓的顾虑被振兴集团老总出席追悼会的决定所打消。老总亲自参加追悼会，在振兴集团不算小事，这让一个寻常退休职工的普通丧事一下子染上了官方色彩。

这位老总本不是703老人，而是改制后由上级从省城调派来任职的。他也曾经在政府机关工作过，懂得韩晓处长这种社会关系的重要性。工会主席连夜知会韩晓，追悼会将在703职工医院按照正规方式举行。那几位老人提出的建议都没有采纳，而端木彦的建议也就顺理成章地变为现实。

不管怎么说，追悼会开得很隆重，很像电视新闻里经常播放的那种。

振兴集团工会主席致悼词。悼词内容很“制式”，通篇皆为规范性的赞美和怀念之词，字里行间看不出这个曾经上过中专、从东北到西北始终奋斗在企业行政后勤战线老“中干”的精神面貌。但正因为“制式”，假如换去韩晓父亲的名字，反倒可以任意想象逝者的级别和重要性。韩晓想，对父亲这样的人来说，这样的悼词或许是“高度”评价。

韩晓和秦若梅佩戴黑纱，搀扶着母亲站在灵柩的一侧，接受前来送别的人们的吊唁和慰问。振兴集团老总第一个向“韩副科长”告别，在和韩晓的母亲以及秦若梅握手后，他紧紧握住韩晓的手，嘴上反复说着“节哀顺变”，临走时竟然贴着韩晓耳边说了一句“今后我们多联系”。韩晓内心的悲怆远远大于其他感受，他只是机械地说着“谢谢”，并茫然地点着头。

让韩晓感到意外的是，省厅居然也派人前来参加。来人竟然是他当年的老处长。省厅是怎么知道这个消息的呢？莫不是司里告诉了他们？按说不应该。这种事情，韩晓也不便打听，只好紧紧握住老处长的手，眼里充盈着泪水。那时，韩晓在省厅工作，起初每周都乘长途车回 703。有时家里临时有事，或者遇到极端天气，车辆停运，他会给老处长打电话请假。

韩晓是个很理性的人，加之在大机关历练多年，见过和应对过各种场合，即使面对父亲的遗容，他也能强忍住泪水。但在告别厅，当哀乐响起的时候，他顿时泪如泉涌，以至于哭出了声音，秦若梅几度拉住他的手，暗示他控制好自己的情绪，也未能奏效。

丧父之痛肯定是重要缘由，但哀乐曲调的悲怆感和演奏过程的哽咽感则诱发了韩晓的情绪。好在韩晓的第六感发挥了作用，他感觉父亲那一辈老人差不多陆续从他身边走过，接下来他当年的同学及小伙伴们将悉数“登场”，如果再不能掌控情绪，或许真的与自己身份不相适宜了。

韩晓试图让自己的悲伤从眼下的情境中摆脱出来——他开始思忖哀乐怎么会有如此强大的催泪力量？他突然想到这首乐曲的由来——那是刘志丹牺牲后，鲁艺的马可[①]奉命而为的成果，素材取自于陕北民乐。后来这首曲子又融入了作曲家刘炽[②]和罗浪[③]的心血。刘志丹是陕北红军创始人之一，以哀伤的陕北民乐为他送行，是对他最好的怀念。而陕北民乐，尤其是唢呐曲与秦腔的一部分表现手段有着密切关联，哀婉、悲怆、如泣如诉，因为千百年来那里的荒漠与沟壑始终伴随着生存的艰辛与苦难。

韩晓猛然回忆到大学时期老师讲过的秦腔剧目《铡美案》，老师讲授的同时还播放着录像选段，秦香莲向包丞相告状那个唱段，从头至尾都催

① 马可（1918—1976），作曲家。代表作有歌曲《南泥湾》等。

② 刘炽（1921—1998），作曲家。代表作有电影音乐《英雄赞歌》等。

③ 罗浪（1920—2015），作曲家。为乐曲《东方红》等配曲。

人泪下，感人至深，那不就是一种哀乐吗？

思绪的跳出让韩晓的情绪渐渐平复下来，他不再像刚才那样泣不成声，开始能够如常地与他的同学、故旧握手，表示致谢。

事后，韩晓许多同学私下议论，韩晓就是有出息，在外面做了官，家里的丧事都办得有头有脸，正规且体面。不像两代人都在703工作的有些家庭，丧事办得很“混搭”，夹杂着东北老家的零星习惯与时隐时现的关中乡俗，还有说不清楚的传统礼仪与受到时尚影响的现代方式，耗财、费力，搞得家属筋疲力尽。

韩晓忽然感觉到衣兜里的手机在振动。一直忙着“追悼会”的韩晓，丝毫未理会手机的“动静”。刚刚安静下来，他才意识到需要看看手机了，万一机关那边有要紧之事，千万别耽误。他赶紧拿出手机查看，发现竟然有许多未接电话，而刚才手机振动则是凌小云发来的一则短信：“韩处，节哀顺变，多保重。顺告，伍司长已退休。陈司长接任。”

韩晓脑子似乎瞬间清醒了。

陈司长原来是副司长，大学毕业至今，一直在司里工作。他是当年“选青”时提拔的副司长，之前副处长和处长任职时间加起来才三年多。伍司长之前，部里原本有意让陈司长担任此职，后来在各司局平衡时临时调整了方案，认为陈司长过于年轻，且在副司长岗位上刚刚工作了两年，还可以再锻炼一下。哪承想伍司长一干就是八年，而陈司长又错过几次“下去”任职的机会，以至于担任副司长已经整整十年。

韩晓知道自己该回京了。

机关的工作头绪很多，他请假时就向伍司长表明，料理完父亲后事，即刻返京。伍司长说，的确有事和他商量，只好等他回京后再说了。韩晓心思重，听说有事，就有些惴惴不安，恨不得马上知道。无奈父亲丧事更为迫切，就没有再问。现在伍司长退休了，他说的需要商量之事怎么办呢？

韩晓和秦若梅商定，带母亲一起去北京生活，尽管老人有些不情愿，反复说故土难离，去北京生活恐怕不习惯。

韩晓说：“咱家的故土在东北，您在703不也习惯了吗？”

韩晓母亲说：“那不是有你爸在这儿吗？”说着，母亲又哭了起来。

秦若梅连忙抚慰道：“妈，您先去北京住一段，不习惯了再说，好吗？”

韩晓母亲不置可否地点点头。

他们仍然住在研究所分给秦若梅的那套一室一厅住房。当年秦若梅博士刚刚毕业，独自居住，尚且说得过去，但如今拖家带口，就显得逼仄狭小了。幸好韩晓他们机关分配住房的方案已经公布，按照规定，韩晓可以分到一套三居室的住房。据说这是最后一批分房，以后就要按照市场化规则自己购房了。

端木彦家里的情况和韩晓多有不同，也在703工作的弟弟已经结婚，和父母住在一起。端木彦回父母家甚至没有住处，周边也没有合适的酒店，所以端木彦顺便看望了父母后，打算与韩晓他们一起回京。他托人买妥今晚的火车票，一个软卧包间，正好四张票。

韩晓把来回的机票及火车票钱一股脑儿塞给端木彦。

端木彦顿时拉下脸来，说：“你什么意思，总跟我整这事儿？我做生意的，这点儿钱算是事儿吗？”

韩晓说：“两码事。这是我该出的钱。”

端木彦说：“老爷子也是我的长辈，看着我长大。我这也是尽孝。”

韩晓抬头一看，发现自己已经来到父母所住楼座。他觉得好生奇怪，怎么这么多人站在自家单元门口，都在默默地看着自己。韩晓仔细望去，发现有面熟者，也有似乎并不熟悉的人。他估摸多为当年同学，即使辨认不出，多半也因时间久远，面相变化太大。韩晓看到母亲也在其中，秦若梅扶着她，旁边站着明显高出众人的端木彦。

原来韩晓的母亲担心儿子过度伤心，只怕他单独外出有所闪失，便叮嘱端木彦及其同学照看。韩晓徜徉在围墙内外时，端木彦他们自始至终都远远地跟着。眼见韩晓即将回家，端木彦便告知了韩晓母亲。

韩晓瞬间感动起来，他三步并作两步赶到众人面前，双手抱拳，说："此次家中有事，多劳诸位同学相助。我真的十分感谢！过一会儿，我和夫人就带我母亲去北京了。不管我韩晓在哪里，703 永远是我的家，各位永远是我的亲人。"

一位胖胖的中年女人走到韩晓跟前，握住韩晓的手，说："韩晓，大家都说我变化大，好几个很久不见的同学都认不出我了。你肯定不认识我啦！可不咋的？我成家早，家务拖累大，孩子现在都快上初中了。"

还没等韩晓反应过来，端木彦立即插话说道："赵萍萍，你俩小学同过桌。"

韩晓完全不相信自己的眼睛，和自己说话的女人身材臃肿，蓬乱的头发显然很久之前染过，发根处露出很长一截白发痕迹。他努力在记忆中搜寻过往的印象，怎么也无法把当年那位提前进入青春期、有着丰满胸脯的姑娘，与眼前的胖女人联系在一起。

赵萍萍仍然握着韩晓的手，扭头对秦若梅说："都这么大岁数了，我也不怕你媳妇在场，小时候我贼喜欢韩晓。”

赵萍萍转过脸对韩晓说道：“韩晓，咱这帮同学，都以你为荣。你在北京好好干！”

众人终于笑了。韩晓虽然尴尬，但也被赵萍萍的爽直所感染，他感到了些许安慰和温暖。

太阳此时已经移到了西侧，透过 703 家属区的楼群空隙，阳光像瀑布一般，略带倾斜地洒在水泥路上。

第七章

地处东三环的这家五星级酒店算得上横空出世，起初谁也不知晓被覆盖物遮挡得严严实实的里头究竟藏着什么东西，就是看上去很高很大而已，结果甫一亮相便惊艳京城，其豪华程度无与伦比。

韩晓那时刚开始关注酒店的星级评定，特别留心酒店外立面镶嵌的五角星数量。他一直以为酒店外表的壮观与否是评星的重要标准。

有一次聚会，韩晓忍不住向端木彦问了一嘴。端木彦那天酒没少喝，情绪高涨，正用牙签剔着牙缝，听到韩晓打探，便颇为不屑地说："五星级的关键是配套，健身房、游泳池，中西餐厅兼备。这东西很像穿衣戴帽，没内涵，穿名牌西装也不灵。”

韩晓去外地出差时住过各种条件的招待所，偶尔也住星级酒店，但从档次上说，都远远无法与这家酒店相提并论——高耸挺拔的建筑体，镜面般湖蓝色玻璃幕墙，金碧辉煌的旋转大门，明显彰显出酒店不一般的品质。过往公交车上的乘客和行人，途经时总要情不自禁地扭头朝酒店看上一眼。韩晓也不例外，他在看的时候一直猜想，游泳池应该在酒店的哪一层？

后来，韩晓终于跟着端木彦到这家酒店吃过一次饭，算是开了眼界。见过世面的韩晓居然被惊得目瞪口呆，嘴上不说，心里却觉得自己就像刘姥姥走进大观园，见什么都觉着新鲜——且不说餐厅里布设的都是雕梁画栋的红木家具，单说酒店大堂就格外宽敞透亮，厅堂挑高远远超过寻常酒店，仰脖望去，中间悬挂着巨大的水晶吊灯，珠围翠绕，金碧辉煌，而四周几部急速行驶的电梯外厢居然是通体透明的玻璃，可以清楚地看到里面的乘客。大厅里弥漫着淡淡的香水气味，不时从眼前闪过的男男女女，要么西装革履，要么珠光宝气。

回家后，韩晓实在忍禁不住，把自己看到的各种“眼花缭乱”都给秦若梅描述了一遍，语气中带着赞叹。

秦若梅说：“看来，我们家老公岁数大了，年轻时可是什么东西都很难入你的法眼哦！”

韩晓在描述时是打了折扣的。

给韩晓留下印象最深的，并不是那些挂金戴银的住客和富丽堂皇的装饰，而是酒店里那些年轻的职业女性：前台、大堂副理以及时常来回穿梭的职位更高的人。由于有漂亮制服的衬托，她们忙碌的身影显得很有味道，尤其是裙装下露出的白腿，展示着诱人与端庄之间特有的魅力。

这些属于脑海深处的“隐私”，被韩晓在描述时省略掉了。

那一次，端木彦在这家酒店宴请山西来的一位重要客户，让韩晓作陪。

韩晓调到部委后，经常面对两类饭局的邀约。

一类牵涉自己的工作业务，邀约者找你办事，担心遭遇不畅，便以饭局作为沟通桥梁。韩晓从不参加这类饭局，这是伍司长向他叮嘱的原则。伍司长说得很决绝：“派你参加，就是工作需要。否则，就是违规。”违反何种规定，韩晓刚调来时并不清楚。但他知道，部下听从领导招呼总归没错。

韩晓打小在东北由姥姥带大。姥姥没文化，但喜欢絮絮叨叨地向他说些戏文里的人生道理。有句话让他铭心刻骨：“吃人家嘴短，拿人家手软。”韩晓读大学后终于知道此话出自元代南戏《白兔记》，原文台词是“吃人一碗，服人使唤”，而明代小说《金瓶梅》对这句台词进行了发扬光大，说得更加严厉，在第五十八回“潘金莲打狗伤人，孟玉楼周贫磨镜”中借潘金莲之口说道，“吃人家碗半，被人家使唤”。

还有一类饭局纯粹属于私人聚会，吃饭本身就是唯一目的。

参加这类饭局的人各怀心思。有的想结识更多朋友，有的则属饕餮之徒，也有三五故旧借此聚会。做东者通常胸怀阔达，人脉广泛，乐于扮演江湖达人。

京城的热闹体现在各个方面，饭局的频繁是其中之一。韩晓最初还蛮有兴趣，毕竟可以吃到家里不常吃的“高品”，譬如基围虾之类。

后来，韩晓对这类饭局也越发没了兴趣，来了邀约，能推则推。原因有二，一是自己无法应对饭局上的无聊话题。那些话题盘盘焉，囷囷焉，千回百绕不离男女情色。饭局说段子，果真应了“食色，性也”的古训，但这不符合韩晓一直以来的习惯。端木彦为此没少说韩晓是假正经，可这么多年过去，他一直就这么个德行，于是又被端木彦扣上“古董”的帽子。

有一次众人借酒劲逼迫韩晓讲上一则，拗不过再三撺掇，韩晓只好仗着自己记忆力好，复述了《笑林广记》中的“笑话一担”——

秀才年将七十，忽生一子。因有年纪而生，即名年纪。未几又生一子，似可读书，命名学问。次年，又生一子。笑曰：“如此老年，还要生儿，真笑话也。”因名曰笑话。三人年长无事，俱命入山打柴，及归，夫问曰：“三子之柴孰多？”妻曰：“年纪有了一把，学问一点也无，笑话倒有一担。”

韩晓说完，众人面面相觑，皆无笑声。忽然有人说道：“淡了淡了，如同酒是好酒，度数低了。现在人喝高度酒习惯了，口味重。”众人听了这话，反倒笑了起来。

韩晓便知，自己与这个场合并不同轨。

二是韩晓顶讨厌人家拿他当“幌子”，介绍时动辄就是“某某部的韩大处长”，仿佛不加“大”字，幌子立不起来似的。韩晓清楚自己身份的斤两，他这样的处长在京城怎么可能与“大”有所瓜葛？若确想充大，莫不如在县乡农家乐吃饭。况且他从不担当主宾，也就是饭局上他历来不坐主座右侧那个位置。这表明饭局主旨和目的都不在他这儿。即便如此，总有些三教九流的饭局组织者喜欢拿他去撑门脸。韩晓心里明白，即便没他，这样的饭局总会有别的处长、主任参加。

韩晓最终还是没能经得住端木彦的反复劝说，毕竟是发小和哥们儿，这点面子总要给的。好在参加者寥寥无几，除了山西客户，只有端木彦、申曼和韩晓自己。韩晓之所以答应，还有一个不可言说的原因，就是他也想趁机看看这家酒店里面的万千气象。

原本打算闷头吃饭的韩晓，没想到却成了这场饭局的主角。

酒过三巡，菜过五味，韩晓才搞明白那位客户在晋中拥有一家煤矿，不知什么原因，想出手转让。赶巧这一半年端木彦从“倒钢”向“倒煤”转行迅速而成功，生意越做越大，与这客户往来频繁，就想干脆自己承包。

这场饭局的主题就是定夺煤矿股权转让事宜。

客户姓祁，偏巧又是祁县人。

端木彦向韩晓介绍说：“这位是祁县的祁总。”

韩晓一开始还以为端木彦故意用绕口令方式“逗闷子”，便追问了一句，那人告诉他，自己姓祁连山的祁。

“祁奚[①]的后人。”祁总笑呵呵地补充道。

端木彦一下子怔住了，和祁总打了这么久交道，没听说过什么祁奚，不知如何接话——何谓祁奚？两字如何写？脑瓜里还紧锣密鼓地琢磨“七夕”或者“奇袭”与后人有什么瓜葛。

幸亏韩晓知道祁奚就是祁黄羊，春秋时期晋国老臣，以“外举不避仇，内举不避子”而闻名，便以玩笑口吻接过话头：

“祁总原来是贵族后裔，幸会！”

说着，韩晓双手并拢，摆出作揖之状。

“后裔没错，贵族就扯远了。两千多年了，家里一直穷，开矿前还住窑，贵甚？”

祁总文化程度不高，言语简单，却很直爽。

韩晓原本就是打个招呼，客气一下而已，见对方如此回应，便不再作声。

端木彦嘿嘿笑道：“现在算贵族，钱多，房子多！”

① 祁奚（前620—前545），春秋时期晋国中军尉，盂县、祁县有祁大夫庙。

祁总说："钱多算甚贵族？别人都说是暴发户。"

端木彦发现话不投机，担心再这么聊影响洽谈，莫不如单刀直入，马上将话题转到煤矿股权价格。他伸出手指在祁总面前比画了一个数。

祁总没吭气。

端木彦变换了两根手指。

祁总说："那就这嘛！"

端木彦有些不相信自己的耳朵。这个价位远低于他的预估，而且这么容易就谈成了？他看了看自己伸出的手指，又伸到祁总眼前，问道："是这个数吗？"

祁总看了一眼，说："是嘛！"

端木彦在关中农村插队时，跟有经验的羊贩子打过交道，了解那一带乡下的交易习惯，谈价时并不明说，双方在彼此袖筒里你来我去地以手指头比画，伴随过程始终的还有"那不成"或者"那你说咋办"之类的言辞交往，生生做成明话暗说之状，如同演哑剧一般。

狭窄的关中平原南倚秦岭，北接黄土丘陵塬地，向西绵延数百里，虽然自北向南川流而下的黄河使得晋陕隔河相望，但同样的地貌却让两地在生活习惯上有许多相似之处。

端木彦现在明白，那种谈价方式的好处不仅彰显"君子不言利"的斯文，而且在市场上不易被旁边的人以更低价位"撬行"。当然，端木彦和祁总眼下在酒桌上的讨价还价不同于往日的交易市场——荒郊野岭的环境下，交易双方身穿缅裆裤，头扎白羊肚毛巾，争得面红耳赤的境况，怎可与阆苑琼楼氛围中双方身着西装，扎着领带，觥筹交错，推杯换盏，喝得两颊绯红的情景相比？

端木彦用手指如此比画，显然有套近乎的意思。

顺时随俗，是端木彦的强项。在向小明他们面前，端木彦得永远摆出京城老炮儿一副万事无所谓的气派，而在祁总这样有钱的坎头子[①]面前，就得做出你显得“土气”，我就露出“掉渣”的样子。

如此重大决定，祁总轻描淡写地就拍板了，端木彦立时觉得此人有做大买卖的风范，不可小觑，便以夸赞口吻说：

“祁总果然大手笔，气度不凡！”

没承想祁总并未理会端木彦的赞美，说罢“是嘛”之后，就一直笑眯眯地看着申曼。

其实，刚进门的时候，申曼就引起了祁总的注意。

说不好是不是这几年做演出业务的缘故，总是接触歌星、舞者之类演艺界人物，申曼好像比以前更会打扮，装束风格介乎于时尚和职业之间，显得得体而妩媚。虽说她早已过了花信年华，但面色白里透红，身材凹凸有致，身着卡其色低领口职业套装，脖领处系着碎白花蓝色纱巾，却隐约露出白皙的“事业线”，而短款收腰上衣恰好衬托出丰满的胸脯。

或许在很多场合见惯了年轻姑娘在眼前晃来晃去，眼前突然出现一位成熟丰韵的美女，大有万分不同之感，祁总便有些不能把持自己。从步入餐厅包房，直到走到餐桌跟前，他的眼光都没有离开申曼，以至于险些撞到椅子。

祁总的目光让申曼感到不自在——申曼在各种应酬场合常常会遇到令她难堪的目光，这种目光超出了人皆有之的爱美之心，分明包含着不受约束的欲望。她知道，很多时候女人的美貌或性感会被有些男人理解为女人

① 坎头子，关中方言，乡巴佬、土鳖的意思。

的资本，可申曼始终觉得自身的美貌是一种负担，因为她着实因此受过伤害，她不得不让自己处于防范状态。

刚刚还在不吝美言地奉承祁总的端木彦，见此情形，心里也开始别扭起来。作为男人，他当然了解这位煤老板目光中的含义。遇到申曼之前，端木彦自己也曾用这样的目光看过女人，虽然他自认为不那么淫邪，或者说不像祁总那样包含赤裸裸的意味。

说起来，初见申曼，端木彦也是带着这样的目光，只不过后来的情形发生了变化，因同情而怜惜，又因怜惜而喜欢，以至于最后他甚至认为自己有些爱上了申曼。不管怎么说，如今的申曼在端木彦心目中占有特殊地位。但这个场合太微妙，端木彦并不好发作，况且祁总也没有出格的言语和举动。

“申总是你的助手吧？”祁总冷不丁向端木彦问道。

祁总虽然肥马轻裘，出手阔绰，难免拈花惹草，但作为游走江湖的老手，他对猎艳觅欢，却既讲规则，又很迷信，无论何时何地都恪守一些他自己也说不清来历的信条和准则，诸如“朋友妻不可欺”“白虎当由青龙骑”“刮风不打球，打雷不泡妞”之类。

祁总所问，显然暗含两层意思。表面上看，“窥探”申曼只是在观察与了解参加商务洽谈的人，以防“外人”泄露商业机密。这对打消在座各位认为自己“好色”的念头至关重要。而实际上，他想借此了解一下自己所感兴趣的女人与端木彦有没有“私人”关系。

“请祁总放心！韩处长是发小，申总是自己人。”端木彦故意在话中捎带上韩晓，表示自己对祁总发问的理解，也借此暗示申曼的特殊角色。

“自己人”是潜台词，祁总一下子就听懂了，申曼是端木彦的女人。

祁总其实知道，在这种场合，对方“助手”的身份常常并不确定。很多时候，谈判对手会故意带来有姿色的女人，假扮助手，目的最终是“拿下”自己，在谈判中占据优势。祁总之所以在“价位”敲定后发问，也算有所准备。倘若美女送上门来，那么此时“借坡下驴”就无所顾忌了。祁总意识到端木彦是个“实在人”，并未使出手段，于是他在瞬间就收回了刚才紧盯申曼的目光，话锋一转，开始兴致勃勃地说起昨晚在长安大戏院看的梆子戏《大登殿》。

安排祁总看戏，是申曼的主意。谈判之前如何接待这位煤老板，端木彦与申曼专门商议。

申曼问端木彦，祁总有什么爱好。

“喜欢漂亮女人，呵呵！”端木彦故意用调侃的口吻说。

“讨厌！这个我管不了。跟你说正经的，他有什么喜好？”申曼问。

“好像喜欢看戏。矿上修了个剧场，他经常花钱请剧团来演出。他自己带家人坐在第一排正中间，其他人随便坐。”

于是，申曼让可心文化传媒公司专门为祁总搞到茶桌贵宾席的票。

“昨晚的戏看得过瘾，那个演王宝钏的唱得真是美死个人。”

“喜欢就好！可惜不是秦腔，要不然，韩处长能和你说些道道。他对秦腔有些研究。”端木彦借机把话题引到韩晓身上，想借韩晓知识渊博的优长改善一下无话可聊的冷场局面。

“韩处长喜欢秦腔？”祁总问道。

“谈不上喜欢，略知一二。上大学时，有个老师喜欢，上课时讲得多一些而已。”韩晓说。

“秦腔也唱王宝钏吧？寒窑可是在我们山西。”祁总的口气中掺杂着质疑与自豪。

“寒窑遗址有两处，一个在山西河津，一个在西安曲江。”韩晓随嘴说道。

“哪个是真的？”祁总又问。

“历史上只有薛仁贵，戏里讲的是薛平贵。您说哪个是真的？”韩晓觉得祁总的问题蛮有意思，回答起来也开始上心。

“秦腔和梆子戏，谁更好看？”祁总接着问。

“这就像刀削面和油泼扯面谁更好吃？取决于吃面人的口味习惯。”韩晓呵呵笑道，“说起来秦腔和梆子戏唱腔差不多，都是梆子击节的板腔体，道白以各自方言为主。两种戏同源，秦腔可能更早，祁总昨晚看的是河北梆子戏，来源于山陕梆子。区别有一点，秦腔粗狂豪迈，祁总喜欢的山西梆子更婉转甜美。”

“哎呀，我的个妈！还闹个甚？今儿个遇到高人了。”祁总瞪大眼睛看着韩晓，眼光中闪现着惊喜。他原本坐在韩晓对面，立即起身要和坐在主座的端木彦更换位置，以便挨着韩晓更便于交流。申曼见此情景，赶忙站起来，想让祁总与自己调换。端木彦摆摆手，让申曼坐下，自己和祁总换了座。

端木彦心里非常清楚，虽说祁总要求换座只是为了挨近韩晓，但也不能把处在“下风”位置的“副陪”座位换给他。这些人“发迹”后，众星捧月，时间一久，心胸反而变窄，有时很计较小事和小节。但不管怎么说，端木彦原本担心饭局冷场，现在看来这种担心多余了。

韩晓不免有点儿小小得意，于是，他滔滔不绝地从他了解的秦腔说起……

以往饭局，韩晓保持静默状态居多。

韩晓时常自我反思，在这样的场合，自己这样的人貌似重要，实则多余。饭局上的话题，天南地北，无所不涉，多数并不靠谱。韩晓顶多在别人说起啥岗位是啥级别的情况下插嘴纠正一下，后来都懒得纠正，因为在他看来极其无聊，人家级别几何与你何干？犯得上为如此内容争得面红耳赤吗？今儿个不过就是陪吃的场合，瞎扯的话题绕来绕去竟然碰巧撞到自己的专长和强项，实在难能可贵，想不说都不可以。

韩晓知道自己远非学富五车，但喜读好学，自信肚子里有些墨水。他想到写作中存在的现象，名家写作使用省略号，体现的是言简意赅和意蕴悠长，而不会写作的人使用省略号则是无话可说。将两者等量齐观，似乎对不住前者的努力与才华。对他而言，没有说话机会，那不也枉费了曾经的“男儿欲遂平生志，勤向窗前读六经”吗？

韩晓感觉，按照自己意愿敞开来说话，竟然是一件十分快慰的事情，因为他很久没有这样说话了。事实上，他现在能够主动言说、表达内心的机会越来越少——

陈司长在单位扮演“说”的主角，他负责“听”和落实，听的时候还要做认真记录状，尽管他凭脑瓜完全记得住。几年前，他刚当处长时，以为在处里可以想说便说，后来发现这个职位只是“传递”者，传递及时和准确是基本职责。尽管伍司长也曾委派他单独出差，貌似在外省省厅尚可说话，但他最终意识到，他说话时，话语文辞可以自己组织，所传递的精神却必须是伍司长的。陈司长继任后，工作习惯与伍司长多有不同，韩晓甚至很少出差了。

母亲来京后显然成为韩晓日常生活的主导者，吃穿用诸项事务，尽数通过母亲喋喋不休的“说”传递给他。他记得小时候经常不听母亲话，辩解和顶嘴时有发生，上大学和到省厅工作后，和母亲见面机会渐少，母亲在电话中对他的叮嘱常常带有商量口吻。父亲去世后，他突然发现母亲的苍老和不易，便想，不能再如从前那般任性和不听话了。对他而言，听话也算是对母亲的一种报答。家里还有秦若梅，婆婆来了，作为妻子虽然退居其次，但仍然保留建议的话语权。

韩晓在“好的好的”“知道知道”的此类应答中保障着家庭的和睦。

而在与各色人等交往中，韩晓发现自己在色彩斑斓的社会生活面前显得有些落伍——饭局中有人大谈罗曼尼·康帝酒园年份葡萄酒的酱油般淡香，茶叙时对方神侃迪尔玛红茶“两叶一芽”的奇妙……有一次端木彦带他参加牌局，他以为是自己从小熟稔的“争上游”，或者“升级”之类，结果人家是桥牌俱乐部的活动，其间打牌者嘴里还不时蹦出诸如“达波”（double）之类的英语牌词。

莫说驾驭话题，人家说什么，韩晓有时甚至如听天书。

韩晓先是感到困惑，然后渐渐悟得，不在于说什么，重点是谁来说。自己老婆秦若梅之所以当上副所长，不就是靠那篇科研论文吗？头几年没人说那论文好，生生打入冷宫几年，后来遇到那位兼职副院长的专家对这篇论文称赞有加，情形就出现逆转。

韩晓想，中年和“中层”是需要隐忍的。所谓承上启下就是勇于两头受气，正面说就是发挥双向付出的作用，对下要爱护，对上则需爱戴。熬到年长和更高职级，或许情况就会改变。既然隐忍，那么来自领导和年长者的不断吩咐还是可以接受的，“长幼有序，则事业捷成而有所休”①，韩晓常常

① 参见《荀子·君子篇》。

在古人那里为自己寻找依据，那毕竟是“规制”和“惯性”带给人们的生活。

问题是比自己更年轻的人也开始有自己“说话”的渠道和方式，这让韩晓感到了不安。

韩晓搬新家时需要添置家具，便找惯于眼观六路耳听八方的端木彦给他推荐。赶巧端木彦做钢铁贸易时结识一位家具界覃姓老板，属于大亨级别，不仅在几个大城市拥有销售店铺，还在南方设有制造工厂，就介绍给韩晓。

韩晓一听就紧张起来，说：“让你推荐一家家具店，干吗介绍大老板？”

内心清高的韩晓实际上很怕与老板打交道，这倒不完全因为他在出手阔绰的老板面前有时会感到心里不平衡——当然，端木彦永远例外，主要是他觉得自己的话语系统与这些人格格不入：北方老板常常盛气凌人，交谈时主要听他说大话，动辄认识谁谁，或者让谁谁帮他办事是分分钟钟的事情，一整就是多半天；而南方老板则油嘴滑舌，亲自为你泡工夫茶，滚开的水在小酒盅般的茶杯上浇来浇去，一半泡了茶，一半顺着漏水茶盘流到废水桶中，喝了一上午，实质问题是让你帮助引见谁谁。

韩晓想，我就是谁谁之一，能办什么事？那是一个完整的体系，就像一部大型机器，你一个螺丝钉想转，机器就跟着你转了？

端木彦笑着说：“你要多接触些人，转转观念，别像个家庭妇女逛菜市场，上来就砍价，买完就回家。”

韩晓与这位大老板见面时大吃一惊，那是个刚刚三十岁的年轻人，戴着眼镜，像个文静的白面书生，和他想象的完全不同。于是，韩晓紧绷的心情顿时松弛下来——他有个奇怪心理，自己三十岁时觉得而立之年俨然十分成熟，而十年之后再看这个岁数的人，就以为是个青涩的小屁孩儿。韩晓更愿意带着如此心态与人交往，心理位势高，他会显得更加潇洒自如。

韩晓接过对方名片一看，上书“覃の家俬”，就觉得有些懵懂。乍看上去，四个字中有三个眼生。韩晓也算学识在身，仔细想想，知道覃在此处不读“谭”而应读“秦”，“の”好像是日本字，而“俬”该如何发音？猜测应该与“私”同音，但韩晓拿不准，他甚至怀疑这是个生造的汉字。不过韩晓暗想，再怎么着，不也是做家具的吗？小时候跟随父亲去过 703 的木工车间，韩晓算是见过大阵仗制作家具的场面。想必“覃の家俬”的本意就是“覃氏家具”，那何以这般呢？

喝茶的工夫，端木彦顺嘴问及覃氏企业的现状，其实就如同打招呼一般，并无他意。在端木彦看来，覃老板只需说一句“还好”或者“说得过去”作为应对即可，然后话题便可天南地北地乱扯开来。或许因为想到有位国家机关的处长在座，年轻的覃老板居然认真起来。只见他略显害羞，停顿片刻，低声悄语地说起企业在国内和日本市场的战略布局以及上市打算，接着就是 IPO、市盈率以及市净率说了一大通。

说罢，覃老板转过脸来，诚恳地征求韩晓意见。

韩晓哪里会有意见？因为他完全不懂。

但韩晓受到很大震动。

最让韩晓不安的是身边的凌小云。

这段时间，司里几份重要材料的写作任务都落在了综合处。韩晓在处务会上布置任务时，提出周末休息日加班的要求。

“我反对！”凌小云第一个举手发言，“周末或节假日，应该组织处里的人去云蒙山郊游。工作归工作，休息归休息。休息日加班，说明工作日效率不高。”

这已经不是凌小云第一次在公开场合与韩晓唱反调。

对凌小云，韩晓实在不便发作，这倒不完全因为凌小云对自己与秦若梅关系的“复合”立过汗马功劳，而是韩晓发现，凌小云每次提意见，似乎说得都很在理，几乎让你找不到反驳的依据。最让韩晓难忘的是，那年去西安出差，凌小云在火车上那番生活中有人“把假象当真”的高论，简直一针见血，鞭辟入里。也就是从那时起，韩晓对凌小云多少有些另眼相看。

其实，韩晓不敢怠慢凌小云还有一个重要原因，就是把她从办公室打字员岗位调入综合处转行做业务工作，是伍司长的刻意安排。

当然，凌小云转换处室和岗位有司务会纪要，组织程序很严密，至少看上去与伍司长个人无关。但韩晓明白，之前伍司长就有考虑，但并未实施，直到自己担任了处长，凌小云调动之事才得以落实。这其中显然包含了伍司长对自己充分信任的因素。从另一角度说，司里许多工作，司长看似可以一锤定音，但有时若无处长作为“腿”的支撑，做起来往往并不牢靠。

那次，韩晓接到父亲病故的消息，急匆匆地向伍司长请假。

伍司长看着韩晓，若有所思，欲言又止，最后仅仅说了一句：

“想跟你说一件挺重要的事情。要不，等你回来再说吧！”

韩晓当时急欲返家奔丧，没能沉住气追问何事。没承想韩晓走后第二天，伍司长便正式退休。韩晓回来后专程看望伍司长，问及有何重要事情交代。明了大局的伍司长严格遵从退休不干政的原则，绝口不谈工作之事，但却说到凌小云，反复叮嘱韩晓“要多帮助她”。韩晓当然听懂了伍司长的意思，他说的“多帮助”就是让他“关照”凌小云。

甭管怎样，韩晓都觉得应该与凌小云深谈一次，了解一下她内心的真实想法。韩晓明白，按照机关工作惯例，一般找下属谈话都是分管司领导的事儿，怎么都轮不到处长。外人觉得处长是个不小的官，其实就是牵头的办事员，处里同事彼此之间是按照工作性质构成的合作或协作关系。

再说，办公条件也有限制，他和两位副处长共用一间办公室，而凌小云则和其他六七个人在一间大办公室，无论在哪里谈话，都会影响别人办公。

韩晓想了想，便用手机编辑了一条短信：

“下班后留下，我和你聊聊。”

韩晓发短信之前仔细掂量，觉得稍有欠缺，斟酌片刻，决定在前面加上称呼，但在“小云”“凌小云”“小云同志”三者选择中，他又拿不定主意。反复权衡后，韩晓最终选择了“小云”——这种说名不带姓的称呼，显得更加亲近。

韩晓思忖，说名不带姓才是国人的称呼传统，古时人们以封地为姓氏，同地自然同姓，省略姓而直呼其名天经地义。

韩晓觉得释然和万无一失，便将短信发了出去。

凌小云迅即回复：“别在司里聊，要聊就在外面找个地方。”

韩晓看后一想，觉得凌小云说得有道理。下班后人去楼空，孤男寡女置身硕大楼宇之中，终归不方便。他不由得想起那一年凌小云在办公室帮他收拾出差需要的资料，偏巧被秦若梅撞到，还引发了一场让他闹心一路的误会。再说，正是晚饭时间，饿着肚子，也没法长谈。于是，韩晓回复：

“行，时间和地点由你来选。”

凌小云的回复让韩晓深感意外，她选定的时间是星期六，地方竟然是印象咖啡屋，而这家享誉京城的咖啡屋恰恰坐落在东三环那家豪华五星级酒店的一层大厅。

自从高芹生了难难，性情发生了很大变化。

过去，她对端木彦不怎么在意。从恋爱到结婚，高芹是按照生活的惯性走过来的，“看上去般配”已经让她心满意足。记得刚谈恋爱那会儿，只要她与端木彦走在大街上，就会引来路人的注目——一个高大魁梧的男人身边傍着一位身材高挑儿的女人，英姿勃勃伴着流风回雪，赢来羡煞的眼光是天经地义的。高芹的自尊心因此得到了极大满足。她在“找对象”问题上挑三拣四，不就是等着这样的结果吗？

想法简单的高芹可以忽略端木彦与她门不当户不对的现实，甚至无视小她两岁的尴尬。在她看来，只要在别人眼中，她和端木彦是“般配”的，那么他们的婚姻应该就算是圆满的。所以，在很长时间里，她不知道心动、不舍、眷恋是一种什么样的感觉，即使端木彦与她行夫妻之事“半途而废”，她也没觉得有什么不妥，居然想象其他夫妻必定当如这般。结婚几年后，老太太见她一直没有怀孕迹象，还曾经转弯抹角地问她两人晚上的那件事情正常与否，搞得她十分恼火，什么叫正常与不正常？老太太不是多管闲事吗？

当年高芹在西安的商场里当售货员，周边多为年轻姑娘，有人谈恋爱时经常流露出魂不守舍的样子，她感到很不理解。原本就不耽误吃喝，几天不见男朋友，干吗一副坐卧不宁的样子？这些年端木彦为了生意上的事儿，与她聚少离多，满世界瞎跑，也没见她有多少牵挂与思念。小别胜新婚的情形在她身上几乎没有出现。

以带孩子为由，高芹不再上班。这是高芹自己提出的。端木彦心想，太阳从西边出来了。和端木彦正式交往的第一天，高芹明确表态：“我是要上班的。”那意思是说，我要做个职业女性，不能像703的那些工人老婆那样，整天在家里待着。端木彦当时为了追到高芹，当然满口应允。但端木彦心里却想，商店的售货员好像和人们通常说的职业女性不大一样。

本质上，高芹是个辞了职的自由人，这不能怪端木彦。当年老太太死活要回北京，高芹只好辞去在西安的工作，随同娘家妈来到北京。在向小明他们总公司上班，虽说是个临时差事，但也是端木彦帮助安排的。在高芹工作问题上，端木彦从来没拖过后腿。

如今，财大气粗的端木彦早就不希望高芹早出晚归。她每个月挣的那点儿工资，不够自己应酬时的一顿饭钱。在端木彦看来，以往高芹上班，解决的不是经济问题，而是憋在家里容易寂寞的问题。现在高芹主动要求回归家庭，说明她的生活观念发生了变化。

老太太去年无疾而终，就是一觉睡去，再没醒来。端木彦想，这下，我可以顺理成章地搬离四合院了。

端木彦想起新婚之夜高芹的那句话——“我嫁出去了吗？不是还住在我自己的房子里？”心里就悻悻然。

于是，端木彦便在机场附近买了一套别墅，加上地下室，共有三层楼，还有独立的院子。他暗下决心要把别墅装修成让高芹惊喜万分的样子。让他没有想到的是，别墅装修居然不亚于一项工程，至少需要半年时间，加上家具定制，散发气味，一年之内无法入住。所以，端木彦依然还需要在四合院暂时栖身一段时间。

高芹回归家庭并不意味着她打算独自带孩子，她在家里扮演的只是吆喝的角色。

知妻莫若夫，端木彦知道高芹从小娇生惯养，比不得自己在 703 的那些女同学。她们多数出身工人家庭，父母工资低，家里孩子多，反而从小养成极强的生活能力。幸好端木彦和高芹要孩子比较晚，赶上了“尿不湿”

问世，不像早年间每日还需花费大量时间洗尿褯子。但不管怎样，喂奶、洗涮之类的事情仍旧不少，端木彦一开始就托人在703附近的村子里找了个保姆帮助侍弄孩子，加上老太太过世前偶尔搭把手，难难竟然不知不觉长到可以上幼儿园的时节。

保姆名叫王彩凤，三十多岁，很能干。后来熟络了，端木彦竟然意外得知她与那位给难难办户口的女民警是一个村的，七拐八拐还沾着亲。端木彦就啧啧称奇：天下如此之小。

当时女民警和蔼地建议男方亦可出具计生证明，搞得端木彦十分尴尬。事后，端木彦在跟几个要好哥们儿喝酒时说到此事，别人就打趣说："万一没整好，真正断了尘根，如何是好？"事实上，为了难难户口，端木彦又跑了一趟西安，拿来高芹的"上环"证明，才算办理妥当。

保姆王彩凤的工作是接送难难上幼儿园，做家务，晚上带孩子睡觉。端木彦支付的保姆工资是别人家的两倍。保姆干得很欢实，什么事都不让高芹插手。

无所事事的高芹开始渴望端木彦按时回家，而且晚上关灯上床后，不再像以前那样背对着端木彦早早入睡，而是哼哼唧唧地在端木彦身边磨叽。

一开始，端木彦满心欢喜，仿佛如鱼得水一般，立即便顺应着与高芹翻腾于红衾粉被之间，暗自想，作为钳工端老八的后代，熬到不惑之年方才得到"金闺"老婆真正接纳，也算修成正果。但让端木彦意外的是，高芹仿佛初尝胶漆相投的甜蜜，竟然一发不可收，每每几番颠鸾倒凤，方才罢歇。

人高马大的端木彦显然身体素质很好，连他自己也搞不清楚他的"底子"是如何打下的。自从消除了心理障碍，雄风得以重振，他在应对高芹突如其来的需求变化上似乎并无困顿。

但端木彦感到压力的是，高芹对自己开始不甚放心，每每追问行踪及缘由，以至于应酬和出差回来都要想好说辞。端木彦为此换了几任司机，原因都是高芹从司机那里打探端木彦的下落。尤其每当端木彦去可心文化传媒公司之后，反复盘问几成高芹的惯例。

端木彦也感到纳闷儿，他看过书，也悄悄咨询过专科医生，夫妻生活和谐的女人，一般说来紧张心绪都会得到缓解。而高芹却恰恰相反，头一天晚上越是“酣畅”，次日越是容易疑神疑鬼。

“好好做你的倒煤生意不行呀，总往申曼那女人那儿跑，啥意思？”高芹质问。

“倒煤”是高芹刻意选用的词汇，听上去与“倒霉”谐音。她知道端木彦喜欢说“煤炭贸易”。她偏不说。

尖刻是高芹内心拱火所致。端木彦不知道何故，她也不知道。

“申曼是我的职业经理人，‘可心’也是我的产业。”端木彦一脸不解。

“你看那娘们儿的眼神就不对，像要吃了人家似的。”高芹升高了调门儿。

端木彦吃了一惊，他第一次听高芹说出“娘们儿”这样的糙词。

那天天气晴朗，阳光透过朝东的厢房窗棂，照在坐在窗前的高芹脸上。端木彦第一次发现，高芹额头上浮现出明显的皱纹，原本满头青丝不知何时夹杂了若许白发。更让端木彦讶异的是，她看人直勾勾的，眼神中似乎藏着一把刀锋。

端木彦突然觉得，高芹仿佛换了个人。原先那个高冷且目无俗物的大家闺秀消遁得踪影全无，眼前坐着的已然是个俗气十足的中年妇女。端木彦觉出了一丝悲凉。

端木彦越想越感到不对劲，他不知道问题出在哪里，就琢磨会不会因为胡同的生活过于接地气，对高芹产生了渐进影响。

自从搬进四合院，端木彦就觉得自己与这里的一切格格不入——不仅仅夜深人静时分隔壁打鼾和磨牙声听得真切清楚，或者冬天一大早端着当作便盆的痰盂上厕所冻屁股，生活中无法回避的各种琐碎在铸就邻里之间不分彼此的亲切的同时，鸡零狗碎的是是非非也难免成为人们口中的日常话题。比如，住在同一个院落中高芹舅舅家的表兄夫妇，就整日价“爷们儿长”“娘们儿短”地互怼，丝毫看不出贵族曾经的优雅。

端木彦一大早就奔别墅而去。他想尽早举家搬迁，脱离这个或许给他增添无谓烦恼之地。

端木彦出门之前，轻轻抚摩了一下高芹的头发，叮嘱她多睡一会儿，并且告诉她，自己要去查看并催促装修进度。尽管高芹性情变化很大，时常与自己吵闹不休，但端木彦依然怜惜自己这位年岁渐长的妻子。毕竟“高看”了这么多年，好不容易她在身心上都“皈依”了自己，所以无论如何都要待她如初。

端木彦没有告诉高芹的是，他打算离开别墅之后，再约申曼谈谈下一步可心文化传媒公司股份调整的事情——目前公司的架构是，端木彦完全持股，担任法人和执行董事。而申曼作为总经理只是“打工者”，他想让渡一部分股权给申曼。

不管怎么说，申曼这几年跟随自己打拼和闯荡，硬是在文化演出行业站稳了脚跟——可心文化传媒公司的知名度与日俱增，找上门来的“生意”

越来越多。虽说在“煤炭贸易”领域，申曼不能更多帮忙，但遇到大事，自己也没少与申曼商议。

今天是周六，本该休息。

端木彦知道，即使他不约见申曼，她也会去公司处理业务。演出票务的销售采取预售制，每日不能中断。节假日和周末休息，申曼手下的员工轮休，而她则常年以公司为家。偶尔，已经上中学的儿子小辉从哈尔滨来北京看望她，她才会歇息几天。小辉的父亲已经再婚，纠缠她七八年后终于放手。申曼不是工作狂，但她现在无所牵挂，就把全部精力都放在了工作上。

端木彦几次想跟申曼说，应该考虑个人情感的事情了，不能总这么“单”着。可这话让端木彦说出来实在很难，他内心深藏着不可言说的秘密——他生怕申曼从他的生活中消失。

端木彦很怀念自己年轻时的状态，想做什么，就直接付诸行动，不计后果，反正时光富余，之后总有机会调整——他是同学中第一个辞去703的正式工作而下海的，气得父亲端老八拿着擀面杖追着他打，那可是端老八提前退休让他顶替才到手的工作；追求高芹的时候，没人不说他是想吃天鹅肉的癞蛤蟆；再后来倒卖钢材、收购煤矿，当然还包括非常浪漫地“泡”上申曼，样样未曾失手。

怎么眼下就不知道该如何做了呢？

二十多年前在农村插队，端木彦顶喜欢和知青伙伴在一起神侃，时常起哄般地说起当地的民间谚语：“年轻人看见年轻人好，白胡子老汉球势了。”然后便哈哈大笑。

他们当然知晓“球势了”的含义——不中用了，但与我们何干？虽说自己现在远未到“白胡子老汉”的年纪，但欲言又止、欲说还休、欲罢不能的纠结心态，说明自己的心理年岁在渐渐变老。

端木彦把约见申曼的地点安排在东三环那家五星级酒店，那里距机场附近的别墅和“可心”公司所在地都不算很远。他不想在“可心”公司与申曼见面，因为说不好哪个员工的多嘴多舌而将此事传到高芹耳中。

胡同里不时传来此起彼伏的叫卖声，晌午的喧嚣已然开始，但高芹仍然慵懒地躺在床上。她其实很想从床上爬起来，甚至想象自己此时来到胡同口为端木彦和难难买些豆腐脑油条之类的早餐，可就是犯困起不来。

高芹隐约记得，昨晚她和端木彦“腻歪”了半宿，弄得浑身酥软疲乏。想当年端木彦追求自己，不过就是一个既无学历又无背景的社会青年，若不是身高匹配，自己怎么会下嫁于他？她现在越来越觉得端木彦的好，结婚以来对自己一直相敬如宾，让自己打小养成的说一不二的性格不曾受到任何委屈。过去，自己对男女之事没有多少感觉，也不知道是不是和端木彦“临阵缴械”相关，就这么稀里糊涂过了十多年。如今，自己“人事”初醒，豁然开怀，端木彦之“能力”竟然恢复了正常。两人仿佛要弥补当年损失一般，频繁地卿卿我我。

只是，这般年岁，不知端木彦身体能否吃得消？

高芹在想，按说端木彦应该比自己更疲劳，他怎么能精力如此旺盛，这么早就匆匆离家而去？说是查看装修进度，需要一大早去吗？难道他又要去见申曼？高芹知道端木彦与申曼合作了多年。端木彦也曾跟自己说过申曼过往的不幸遭遇。几年前，高芹第一次见到申曼的时候，并没有异常感觉。只是这段时间以来，她发现申曼变得更加丰韵漂亮，尤其是她那高耸的胸部，让同为女人的自己都感到了一种诱人之美。

端木彦总是找理由与申曼见面，难道没有其他想法吗？况且申曼是单身女人。

高芹瞬间变得清醒起来。她赶紧爬了起来，匆匆洗漱完毕，准备去“可心”公司看看究竟。正要出门，高芹想到自己不能素面朝天，因为不仅要见端木彦，更可能的是要见申曼，便马上坐在梳妆台前。她记不清自己多长时间没有化妆了。北京气候干燥，高芹平常会搽一点面霜，而眉笔和口红已经搁置在小抽屉里很久了。

高芹拉开小抽屉，发现里面有两支口红。她拿起来仔细端详，一支是本色的，另一支是红色的。高芹在手背上试了试颜色，觉得本色的偏浅，而红色的则显得艳丽，似乎与她的年龄不符。她有些拿不定主意，于是，冲着窗外喊道：

“彩凤——”

周六吃罢早饭，韩晓准备离开家的时候，本想对秦若梅说一句“司里有事”，把他要和凌小云单独谈话这件事情搪塞过去，但突然感到不妥，好像自己要撒谎一般，内心便忐忑不安起来。

于是，韩晓便有些踌躇。要不要告诉秦若梅，她会不会误解？韩晓望着大门，犹豫自己走还是不走。

按说，又不是去做什么见不得人的事，不过就是为了工作在外边与同事面聊一次，说了也无妨。况且秦若梅一直从内心感谢凌小云，过去曾经误解过人家，人家不但没介意，反过来还主动帮助做他俩之间的和解与疏通工作。可是韩晓又觉得多一事不如少一事，一旦说出来，定然要解释一大通，诸如两人平时关系还不错，可一到关键时刻她就与自己唱反调，搞得自己下不来台之类。

还有，伍司长多次叮嘱要自己多帮助凌小云，让她在机关能够站住脚，顺利发展。想想看，要解释的还不少，哪个环节没说到，说不定都会成为日后的隐患。

最主要的是，韩晓自己心里开始有些打鼓。凌小云虽说是自己的属下，可毕竟是单身女人，长得又很洋气，在司里一直挺招眼。听说谈了个对象，是个离过婚且挺有钱的中年男人，但始终没有“办事”的消息。

韩晓担心，一男一女在豪华酒店的咖啡屋聊天，怎么说也不像同事之间在谈话，容易让人误解为一对情侣在约会。韩晓开始后悔这么痛快就答应凌小云去那里见面的要求。

秦若梅开始收拾餐桌上的碗筷，见韩晓手足无措地在几间屋里来回转悠，便诧异地问：“你在这儿磨叽什么？赶紧出门吧！别让人家凌小云等你。”

韩晓一愣，秦若梅怎么会知道的呢？他站在那儿有些发呆。

秦若梅头也没抬，一边刷碗，一边说：“凌小云昨天下班前给我发短信，说你约她谈话。她让我中午赶过去一起在酒店吃饭。她说顺便请一次客。我告诉她，我在家要陪婆婆，就不去了。等你下午回来，正好我晚上去宾馆看望今年参加年会的外地代表，顺便和大家吃个饭。”

韩晓注意观察了秦若梅的表情，讲话时和平时一样，并无异常反应，便长舒一口气，心想，果真应了那句老话，天下本无事，庸人自扰之。他开始有些自责，挺正常的事情，自己把格局定小了，影响的恰恰是自己的心境。

他觉得有些好笑，怎么会随着年岁增长，自己的决断意识越来越差了呢？

韩晓和母亲打过招呼后，便推门走了出去。

第八章

凌小云每次从南城韩家胡同走出来的时候，都要小心翼翼地躲着来回穿梭的自行车。这条胡同不算很宽，“桑塔纳 2000”横过来差不多就可以把路堵死，偏偏这里还允许机动车单向行驶。好在轿车驶入胡同时生怕剐蹭到人与物，所以速度慢如牛行，并不让人担心，但骑车者多为此处住户，道熟儿，所以甭管多窄的路，照样撒丫子骑行。凌小云尤其顾忌身后过来的自行车，不仅怕被撞到，最怕的是被吓着——一点声音也没有，唰地一下，身边飞也似的过去一辆自行车！

韩晓和凌小云约定今天谈话。

周六上午鲜有上班骑行者，偶尔遇到的都是挎着兜子或篮子出来买菜的大妈，也有个别穿着深色灯笼裤活动筋骨的大爷，凌小云在胡同走起道来就觉得比平常顺畅，用不着前后左右来回环顾。她对前三门、长安街这一带路线倍儿熟，估摸着从胡同口打车去那家豪华酒店，用不了多久就会到达。

凌小云家住韩家胡同，打她爷爷算起，到她这儿是第三代了。司里像她这样真正的“老北京”没几个，大部分家在外地，大学毕业后分配来的，也有部队转业干部和外省市厅局调来的。司里没人知道凌小云住在哪个胡同，她只跟关系要好的同事说过她家在前门大栅栏附近。

凌小云没说错，但她打了马虎眼。从区域上说，韩家胡同在大栅栏范围内，步行到店铺云集的商业街也就七八百米的距离。问题是这里为八大胡同之一，与百顺胡同、胭脂胡同、陕西巷、石头胡同、王广福斜街、朱家胡同、李纱帽胡同交错纵横地“挤”在一起，曾经因烟花柳巷聚集而闻名于清末民初。在京城待久了才能搞明白，原来大栅栏商业街紧挨着八大胡同。那年月，去大栅栏肯定是置办物品，诸如瑞蚨祥的绸缎、同升和的布鞋、马聚源的帽子之类，而若去八大胡同，傻子都明白要做什么——当然，去的都是有钱人，烟花柳巷也分三六九等，那地方是上档次的。

多少年前的事儿，和50年代初才搬来的凌小云他们家毫无关系，但总有人喜欢向凌小云打听上世纪发生在这里的红粉艳事。这让凌小云十分讨厌，好像她一准儿知道“鲛绡宝罗帐”里的各种香艳故事似的。因此，不说住址也算凌小云为了省却烦恼而不得不坚守的准则。

韩晓是个例外，他知道凌小云家住何处。那是伍司长退休后向韩晓交代凌小云事情时告诉他的。

说来蛮有意思，伍司长在位时谨言慎行，说话格外注意分寸。作为“老机关”，他在这个问题上注重言传身教，专门同韩晓讲过“两年学说话，三年学闭口”的人生哲理和机关处事要则。哪承想伍司长甫一退休却有了急转弯式的变化，很快打开心扉，居然向韩晓说了自己埋藏在心底很久的“隐私”——

伍司长告诉韩晓，自己之所以对凌小云关爱有加，并非人们私底下传言的那样，而是有着特殊原因。

上大学时，伍司长和凌小云的姑姑是同学，大二时两人谈起恋爱。60年代初年，人们对谈恋爱这种事情有专门叫法，文雅的叫交朋友，民间则叫搞对象，反而“恋爱”很少提及，好像张不开嘴说这个词，即使爱上对方通常也只是用“喜欢”这个概念。

伍司长与凌小云的姑姑定然属于交朋友。无论怎么叫，恋人之间最多只有花前月下的漫步，绝无更亲密的动作，可是两人日记本里记下的都是你侬我侬的柔情蜜意，以至于后来那首流行歌曲《我只在乎你》中唱到的“也有爱情甜如蜜”能够在那拨人中引起巨大共鸣和反响。

可惜的是这段爱情未能修成正果。伍司长后来与现在的夫人——那位学生会文艺部部长好上了。只不过，伍司长没明确告诉韩晓，究竟是自己移情别恋，还是文艺部部长横刀夺爱。不管怎样，伍司长总觉得有点亏欠凌小云的姑姑。多年之后，凌小云的姑姑听说他升任司长，便想方设法和他约见了一次，当面拜托他务必关照一下自己的侄女凌小云。

说起来两人大学毕业三十多年未曾见面。再次聚面的一刹那，伍司长还显得有些激动，他转过身去，摘下眼镜，用手背擦了擦情不自禁涌出的泪水，然后当即表示自己会鼎力相助。

毕竟，两人风华正茂时有过那么一段。

伍司长将这些过往秘史毫不保留地和盘托出，让韩晓很是感动。他觉得许多领导退下来后，往往会突然变得和蔼可亲，不再端着、绷着，看上去更像个邻家老头儿。韩晓暗自想，万一自己未来职级升高，在位时就该和蔼可亲，干吗等到退休呢？连孔子都说："与善人居，如入芝兰之室，久而不闻其香，即与之化矣。"韩晓认为，孔子说的"善"是指"和善"。

韩晓便学着伍司长的样子，偶尔会关心一下凌小云的生活。

"上下班时，韩家胡同那边堵车吗？"有一次下班前韩晓问凌小云。

凌小云惊讶地睁大眼睛，问："你怎么知道我住在韩家胡同？"

韩晓笑着说："我还知道那里住着许多京剧和其他戏曲大家。"

听到这儿，凌小云的表情顿时变得轻松起来，因为一直以来，她所担心的就是人家问及"青楼"之事。别说自己对胡同里曾经有过的"香艳"历史并不清楚，即使知道一些皮毛，她一个姑娘家的，又怎么说，或者说些什么呢？

韩晓受大学老师影响而喜欢秦腔，爱屋及乌，闲暇时对戏曲戏人亦多有关注。这在大学被视为学问，而在韩晓这种机关干部那里，就成为爱好。爱好不像学问那样容易成为负担，深浅对错，无须衡量，反倒使韩晓可以由着性子深入了解。

韩晓很早就知道，当年，韩家胡同的青楼虽数量不少，却远不如陕西巷出众，小凤仙头牌领衔的"怡香院"就在那边。而韩家胡同最为出名的则是扎堆住着诸多戏曲大家，且个个声名显赫。自清代顺治年间始，不断有人搬来落户，却很少有人搬离。时间一久，南城竟然有了"人不辞路，虎不离山，唱戏的不离韩家潭"的说法。

凌小云喜欢看演出，貌似与居住氛围相关。但实则完全相反，尽管凌小云爷爷 50 年代初就是因为到胡同里的梨园公会做帮工而举家搬迁至此，而且凌小云从小就深切感受到周遭浓厚的戏曲氛围——胡同里平常遛弯的人们，嘴上哼的不是京剧，就是梆子，但她就是不喜欢看传统戏曲，无论京剧、梆子，还是稍微通俗一点的评戏，偏偏酷爱歌星演唱会，到了乐此不疲的程度。用行内眼光看，这在审美上就是南辕北辙，而在生长于斯的街坊邻居看来，这几乎算是爱好上的一种“忤逆”。

由于演唱会多在体育场馆而不是剧场举办，所以凌小云熟悉京城这几家场馆的座位布设以及观看效果。

比如，内场和看台的区别。内场前区效果最佳，舞台与大屏幕都清晰可见，回首望去还能感受无数荧光棒挥动的热烈气氛。而看台后区就差了许多，只能通过大屏幕和音乐体会现场气氛。两者票价则有天壤之别。

凌小云靠工资吃饭，一般只买看台后区的票。有时她也纳闷儿，买得起内场前区票的都是什么人呀？倒能理解有的漂亮小姑娘欢天喜地地坐在前排，肯定有人舍得一身剐地供着，可分明也有一些漂染着黄头发、红头发的毛头小伙子坐在那儿，富二代吗？

不能说就因为凌小云的这个爱好影响了她个人问题的解决，但实际上多少还是有点关系。想想看，三十多岁的大龄剩女，动辄就去看演唱会，脸上贴着彩条，还和一二十岁的小姑娘一样，在演出现场疯狂呼喊。

凌小云先后谈了三个对象。头两个眉清目秀，后一个老实巴交。头两个很快就黄了，受不了她这么贪玩和某些时候的没有节制。最后那个总算到了和双方父母见面的阶段，结果男孩子家长不愿意，说她不是过日子的人。现在交往的男朋友比她大不少岁数，虽说离过婚，但能包容她。

凌小云说，这也算是一种般配——所谓般配，就是双方条件在彼此需求上的契合。

不过，绝对的“般配”并不存在。凌小云也有自己的准则，绝不在男朋友家过夜，哪怕你有潘安之貌、邓通之财，不领证结婚，身体接触就只能限定在拉手、拥抱和亲脸的范围内，舌吻都不行，更不用说上床。

头两个男朋友中有一个猴急的，没见几次面，就上下其手，立即遭到凌小云拒绝。第二次居然企图强来，结果挨了一记耳光。现在这个岁数大的，自然招数很多，先是嘘寒问暖，然后是人生感悟，高潮自然是讲述拜伦和乔治·桑这两个被后人美化了的滥情高手，同时再送上一个看着不错却不值几个钱的小礼品。这位仁兄在高中教过语文，在各种高考辅导班中赚了不少钱，后来下海开了公司，自诩为有文化的商人。但万般迂回，到了最后一刻，他的行为都被凌小云用带着甜美微笑的嗔怒所“刹车”，果真如同《喻世明言》描述的那样，“任你奸似鬼，也喝老娘洗脚水”。

和申曼结识后，凌小云看演出的机会明显多了起来。主要不是凌小云从申曼那里蹭工作票，或者索要打折票更方便，而是凌小云在跟申曼磨蹭了许久之后，终于被许可到“可心”公司做义工，在演出现场做些具体工作。这类演出，通常都安排在周末，所以凌小云干这个事情，丝毫不影响平时正常上班。但机关若在周末加班，又赶上当天晚上有演出，就会与凌小云当义工发生冲突。

凌小云特别喜欢这种感觉，胸前挂个塑封的牌子，上面印有她的照片、姓名和工作证的字样，最重要的是牌子上有个大大的“通”字，表示持证人可以去演出现场的任何地方。这样的工作牌只有像申曼这样的公司负责人才有，其他人只能佩挂各负其责的区域牌子，譬如化妆间、操作台、媒体区等，无“通”牌是不得随意跨区域走动的。

申曼觉得凌小云贵为部委干部，能放下身段来做义工，并不简单，就向负责现场治安的部门专门申请了这种牌证，报备名单时将凌小云列为“总经理助理”。虽说工作人员无法像观众那样专心致志地观看演出，但抽空溜一眼甚或驻足看一会儿的可能性随时都有，起码可以感受现场气氛。

凌小云觉得天底下最好的工作就是在场馆组织各种演出，近距离接触明星，经常沉浸在艺术的氛围之中。哪像她现在的工作，枯燥而繁忙，再摊上一个认真古板且恨不得每个周末都让大家去加班的韩晓处长，让她不胜其烦。

凌小云比约定的时间稍早一些来到酒店大堂。

南城长大的姑娘讲礼数，与男朋友约会，她一准儿掐着点略微晚到，这是“男追女隔座山”的基本设定。这与是否守时无关，晚到是女孩子故意要的“那个劲儿”，背后的生活依据是考验男人未来的担当意识。假如对方在是否守时问题上与女孩子任性或较真儿，说明他还是大男孩，尚未长大，肯定不合适婚配。这个完全可以想象得来，现在不“拿把”考验，一旦结婚，整个人都给了你，指不定会怎样。

韩晓虽说是男士，但今天的约会与男女恋爱无关。况且人家又是领导，所以自己必须先到。对凌小云来说，工作规则与生活路径是完全不同的。

凌小云径直走进大堂一侧的印象咖啡屋。

“印象”与街市上独立经营的咖啡屋不尽一样。

一般的咖啡屋充满“小资”味道，讲究情调与气氛。而这里与酒店的高端商务色彩相匹配，显得更加大气。

上午来的顾客并不多，凌小云扫了一眼，觉得角落靠窗的位置很合适，不容易受到干扰，便坐了下来。她拿起小圆桌上的饮品单，仔细看着。

她很久没有品尝咖啡滋味了。前边那几个男朋友似乎都缺少这样的情调，约会通常都是安排吃饭，不是家常菜，就是涮羊肉，最绝的是那个老实巴交的男朋友，第一次见面请她吃的竟然是“卤煮”，理由是“老北京”都好这一口。倒是最后那位年岁大的前中学老师，在凌小云的暗示下，带她到前门附近的那家叫什么“演奏者”的咖啡馆去过。

要说“老北京”对饮品的喜好，凌小云他们家算是典型。全家老少三代，一年四季喝的都是花茶。凌小云打小家里经济条件不好，穷还要喝，只能将就着“高末”，逢年过节才换成正品。外地人哪晓得“高末”为何物，以为什么特殊品种。其实就是茶叶店卖的高档花茶剩下的茶叶渣，扫到一堆再卖，价钱从天上落到地下，便宜去了。除了茶杯里沸水浸泡的茶叶品色不怎么好看，商家标榜的“窨得茉莉无上味，列作人间第一香”绝无改变。怎么着，这也算一种讲究。多少类似端木彦起初跑买卖挂在嘴边的口头禅：“人倒势不倒，借钱抽万宝。”端木彦说的“势”，是关中话指谓的“架势”，而“万宝”则是一种时髦洋烟的牌子——借钱抽“万宝”，与穷人喝“高末”，分明都带有“倒驴不倒架”的意思。

可凌小云是家中另类，只喝水，不碰茶。倒不是因为嫌弃不是正品，而是小时候被茶叶末呛过嗓子眼，咳了许久没清理干净，最后还是看了医生才弄好，所以留下了心理阴影。后来跟着姑姑喝过一次咖啡，从此凌小云便喜欢上这种苦中带香的洋玩意儿。

凌小云在饮品单上选中的是“美式”，其实她更喜欢泛着白沫的卡布基诺。之所以喜欢，最早是因为这款咖啡名字的来历，说它很像意大利修道院修女身穿黑袍却戴着白帽，后来觉得卡布基诺的口味更加柔和。只不过“美式”量大，通常装在大杯里，经喝。她得一边喝咖啡，一边等韩晓。

凌小云正打算呼唤服务员，手机响起了短信提示音。她从挎包中取出手机一看，是韩晓发来的：

“小云，你出来一下，我在酒店商务中心等你。”

凌小云顿时懵懵懂懂如堕五里雾中，约好了在印象咖啡屋见面，怎么突然改到商务中心？韩晓肯定来得比我早，而且看见我进了咖啡屋。他干吗不进来，却唤我出去？商务中心是住店客人发传真或者打字的地方，复印机嗡嗡直响，乱哄哄的，连个坐的地方都没有，如何交谈呢？

凌小云离开咖啡屋，走到垂挂着巨大吊灯的大堂中心，环顾一周，发现商务中心位于酒店拐角处，需要穿过连廊通道才能到达，便暗自琢磨韩晓临时更换约谈地点的原因。

顺着连廊走到转弯处，凌小云看到有个人低着头在商务中心门口来回踱步。那人不断换手捋着头发，凌小云看不见脸面，直到临近，才认出正是韩晓，便主动打了招呼：

“韩处，您来得早？”

韩晓显得有些心神不宁，见到凌小云，如同见到救星一般，赶紧把凌小云唤到一旁，悄悄地说：

“小云，我刚才在大堂好像看到申曼了。”

凌小云愣了一下，似乎没理解韩晓的意思，说：“那又怎么啦？酒店是公共场合，她来这里肯定有事。要不，我们把申姐叫过来一起聊聊？”

韩晓连忙摆摆手，说：“我就是担心她看到我们，产生误解，才叫你离开咖啡屋的。”

听到韩晓的话，凌小云本能地哈哈笑了起来，大概觉得不妥，马上吐舌扮了个怪脸，装作不解地问："申姐会有什么误解？"

"周六不在家休息，咱俩跑这儿喝咖啡，人家不觉得奇怪吗？"韩晓说。

"这有什么？我们嫌办公室憋屈，在这儿聊工作，环境好，有情调，没有加班的感觉。"

韩晓一愣，再次觉得凌小云的"视角"与众不同，说话有理有据，果真不好反驳。

没等韩晓说话，凌小云又说："韩处，我约了秦若梅嫂子中午过来一起吃饭，正好申曼也在，干脆凑在一起热闹一下。"

申曼完全没有想到，她的内心刚刚平静下来，又被一封来信搅乱了。她第一眼看到信封的样式和文字时，内心先是一阵惊喜，然后就变得惶惶不安起来。

经历过重重磨难的人，很容易因为在生活中得到些微的馈赠而满足。申曼在京城演出业做得风生水起，随着她道清门熟，人脉拓宽，"可心"已经成为有影响力的品牌，公司业绩一路扶摇直上。端木彦早已转为后台老板，不断把从"倒煤"中获取的利润投入"可心"。

申曼的年薪基数加上绩效提成，收入自然远非昔比。申曼的生活发生了质的变化——她买房了。

申曼是个心思极重的女人，她本可以购买新房，却偏偏买下她租住的房子。在她心目中，这套由端木彦专门为她而租的住房给她带来了新的人生。为此，她跟原来的业主费了不少口舌，而且付出了高于周边价位的代价。她悄悄地把刚刚拿到的簇新"房本"放进随身带的小包里，准备找个机会给端木彦一个惊喜。

想当初，她刚从哈尔滨来到北京的时候，以为靠自己的努力和拼搏可以站稳脚跟，开始自己新的人生。哪承想靠卖房子而得以揣在身上的全部家当在失误、受骗和轻信中消耗得几近“弹尽粮绝”。

最绝望的时候，申曼想过放纵自己。女人嘛，委身于一个男人，也能生存下去。没了想法，没了钱财，在生活中承受委屈和痛苦也就不算什么。她见过和听说过的许多事例使她清醒地意识到，这种“委身”有时无异于那种被人们所鄙视的特殊职业，区别仅仅是时间的长短。所以申曼在犹豫中挣扎着。

申曼想到了母亲，那个在遭受父亲殴打时从不哭泣的母亲，内心始终潜存着一种坚强。母亲离开时，她才十多岁。她对母亲的印象已经不深了，只是还能隐约地记得母亲那坚毅的神情，以及向她说的最后一句话：“曼儿，妈会来接你的！”每每想到这里，申曼都会把头埋进被子里大声哭诉：“妈，我是女孩子呀，你怎么可以这么忍心把我扔下不管？”

申曼当初几乎是以孤注一掷的心态去找端木彦的。她当然知道端木彦最初的心思，男人嘛！尤其江湖上行走的男人，总希望在猎艳中获得某种满足以及日后在与江湖朋友聊天时可以吹嘘的谈资。申曼从没想到端木彦会如此仗义，而且她越来越觉得这种仗义的背后包孕着善良和正直。

申曼一直认为端木彦是自己的贵人，她和端木彦那种邂逅式的相识竟然能够改变自己的生活轨迹，甚至命运，这个结果无论如何都让她始料未及。申曼内心明镜似的，与其说“可心”是端木彦自己转型时期想做的事情，不如说是端木彦专门为她所设立。她很想报答端木彦，但不知用什么方式。

其实，申曼最不愿意承认的是，在她的内心深处，端木彦的身影已经挥之不去。

她和端木彦有过一夜肌肤之亲——那一夜，她在不知所措、被动应承和激情投入的过程中，意识到这个男人与她在心灵和肉体上的合拍。她说不清楚那种合拍是怎么回事，只是强烈地感受到，在那之前，端木彦用心的“倾听”让她的心扉彻底打开，她获得了一种沉郁多年而得以突然放松的感觉。而之后她和端木彦彼此的呼吸、声音和动作，似乎带着某种节奏，在完全没有交流的情况下迅速达成默契，一点一点地，让她渐渐进入了忘我境界。

她原本以为男女之间根本无法交融，因为她在丈夫身上体验到的仅仅是粗暴与强迫，痛苦与无奈。

在京城孤身打拼的寂寞是别人无法理解的，身为孤身女人的申曼又多了一份哀愁，那是一种望着皎洁的月光都会潸然泪下的心绪。她在猛然间获得的抚慰与支撑令她欣喜万分，在最初之刻甚至觉得很不真实。那天深夜端木彦离去之后，她第一次感到不再孤独，她躺在床上，感受着身旁端木彦留下的余温，觉得格外踏实。

端木彦至今也无法理解为何申曼在变更租房之后果断“拒绝”了自己，既然有了开始，接下去会很难吗？

申曼何尝不想继续？她甚至想到，只要端木彦愿意，他可以随时来到自己身边。命苦的女人偏偏心高，申曼想以纯洁、纯正的身份给自己留下想象的空间，而这个想象空间貌似宽广无垠，却始终装载着端木彦一个人。实际上，申曼不敢把这件事情想透，自然也就无法向端木彦挑明——什么时候，她可以再次被拥入端木彦的怀抱，与他共沐爱河，一定应该是以妻子的身份。申曼竟然数年间将自己置于想象的空间里，而事业上的成功又让申曼丝毫没有觉察岁月的流逝。

申曼很不理解老一辈人遇到这种情况时常常会以结成兄妹关系的方式作为“了结”。怎么能是兄妹呢？彼此之间凭借血缘、敬重与关爱构成的兄妹关系，和在灵魂深处互相吸引与依恋的情侣关系，无论如何也无法一样。申曼想，端木彦永远不会成为自己的兄长，而自己则更是从来没有做他妹妹的念想，她甚至觉得这种念想本身都是对自己真切感受的一种亵渎。

申曼脑海中最近时常浮现出高芹的身影。她刚刚结识端木彦的时候，很少听他说及高芹。后来隐约听说，高芹从不过问端木彦在外面“折腾”的事情，申曼并不清楚这些“折腾”当中除了生意之外，是否包括夜月花朝之类的事情，但的确，在端木彦转入幕后，而由她担任“可心”的总经理后，高芹从未对“可心”或者申曼本人有过指指点点式的过问举动——人家终究是老板娘，申曼甚至与高芹见面的机会都很少。申曼也和许多人看法相像，高芹的心很大，端木彦很自由。

可是近半年来，高芹却超乎寻常地对“可心”热心起来。她有时会在端木彦外出之际，不打招呼地来到公司，在申曼办公室一坐就是一上午。高芹似乎对“可心”的业务无甚兴趣，却总是与申曼闲聊，聊些毫无头绪的事情，从幼儿园老师如何教育自己的儿子难难，瞬间跳到秋天的衣着应该如何搭配，有时还没等申曼答话，高芹又马上扯出为什么本该秋高气爽却依旧酷暑难耐之类的话题。稍稍留心观察，高芹像是自言自语。每次聊天，申曼都发现高芹的目光十分特别，要么直勾勾地望着某个地方，要么目不转睛地盯着自己。这让申曼感到了不安。

申曼称呼高芹为高姐，第一次就是这样脱口而出，以后似乎便顺理成章。

“高姐，您有什么吩咐？”申曼打招呼的语言总是很有分寸。

“我没事儿，就是顺便来看看。”高芹说，“彦儿来过吗？”

“端木总不怎么来这儿。”申曼说，“他还在长安街那家酒店公寓办公。”

“这儿多好呀！他该来这儿上班。”高芹看着申曼，说。

“端木总的老客户都熟悉那边。再说，两边业务完全不一样。高姐，要不我帮您打电话联系他吧？”

端木彦并不理解申曼何以将高芹称呼为“高姐”，照理说高芹因为我的缘故才与你申曼勾连起关系，按习俗当应唤作嫂子为妥。姐妹相称就相当于并没有将端木彦视作参照，也就是没把他当回事。最重要的原因是，端木彦知道女人之间关系是否亲近与称呼无关，有时当面叫得越甜蜜，背地里越有可能钩心斗角。这是端木彦最担心的。

不管怎么说，端木彦看得出高芹对这个称呼是坦然接受的，便也觉得无妨。在他看来，姐妹相称挺好，如若家人一般，至少“显得”亲切。他有时也会陷入遐想状态，高芹是正妻，当为大姐，而申曼则是……

端木彦立即打消了这个瞬间产生的念头，他做钢材贸易时，与三教九流交往时常常见到一些因为发财而变得不可一世的人，带着年轻漂亮的小妞出席某些酒局，竟然毫不遮掩地向旁人介绍，这是自己的小老婆。端木彦心想，怎么可如此张狂？江湖中情人或许可以堂皇地标榜，小老婆哪里能够乱讲？

真正拥有小老婆的人，端木彦是见过的。韩晓也见过。

他们在 703 上小学时有个叫寇丽华的女同学，她的家庭主要成员与别人不一样。每次填表，母亲那一栏，寇丽华总会写上两个人的姓名。寇丽华管第一个人叫大妈，而把排在第二的那位称作妈，后者是她的生母。诸同学纷纷称奇，并表示寇丽华一定是将“社会关系”中的伯母填错了地方。

寇丽华很委屈，哭着解释那就是她的“大妈”而不是“伯母”。

后来，端木彦他们得知，这个大妈既不是她的伯母，也不是她的亲妈，却是她父亲的大老婆。寇丽华的两个妈都是1950年新婚姻法颁布之前明媒正娶来到寇家的。当然，大妈在前。寇家爷爷奶奶勤俭持家，又肯吃苦，置办了几亩地，日子过得渐渐富裕。大妈未生养，于是就有了寇丽华的亲妈。

那时，端木彦他们对小老婆的所有概念都来自电影和小说，认为只有长相丑陋、性情恶劣的地主老财才会娶小老婆，便带着先入为主的印象，趁放学之际，结伙埋伏在寇丽华他们家单元大门外，想目睹寇丽华的爸爸是否像周扒皮或者刘文彩那样凶神恶煞。

结果，他们看到的是一个满脸络腮胡的中年男人。那人穿着油渍麻花的工作服，伴着703院里每天播放的下班乐曲，步履稳健地从生产区方向走来，然后走进他们家所在的楼座单元里。他们明显地感到，寇丽华她爸与703其他工人没有什么区别，甚至身上还多些英武之气，长得很像五元钱人民币上的钢铁工人，与他们的想象相去甚远，便觉得很是失望。

寇丽华说，她对大妈没有印象，他爸也从不提及，倒是她的哥哥姐姐偶尔说起，说大妈是小脚女人，对他们很好，整天笑眯眯的。当年支援三线建设举家搬迁时，寇丽华大妈留在了东北乡下。再后来，听说按照相关规定，寇丽华她爸和“大妈”解除了婚姻关系，只是抚养费用依然按时寄去。很久以后，端木彦还想，寇丽华当年一定认为大妈就是家中主要成员而并非社会关系。若搁以后，她没准会想，填她干吗，又不是我亲妈。

其实，对端木彦来说，申曼如何称呼高芹，一点都不重要，重要的是，端木彦希望她们少见面，别见面，最好根本就不相识。好在端木彦心里坦然，申曼就是自己的合作伙伴。而他们曾经的一夜“过往”，以及他对申曼埋藏着的情感，并没有什么不妥的蛛丝马迹流露出来。

也许端木彦多虑了，真正左右申曼的是她潜意识中一种无法言说的东西，她知道自己无法改变端木彦既有的一切，也不想像寻常人们想象的那样，心甘情愿地做他的情人。

申曼原本想把高芹的频繁来访“可心”之事告诉端木彦，但她最终没有。直到申曼接到这封辗转寄来的信，她才真正感到了某种惶恐不安。

那是母亲的来信：

曼儿，你还好吗？

一别二十五年了，妈一直想你，想得撕心裂肺。

妈永远记得离别的前一天，你哭得伤心欲绝。妈虽然没有哭，但妈的内心在流血。妈在想，自己命苦，而女儿的命更苦。命运为什么会这样？

我回日本后，你的姥爷姥姥早已去世，家中亲人所剩无几，联系不多，自然也无情感。妈换了几个地方，用了近十年时间才真正安顿下来，然后就开始找你，但每次都被告知查无此人。

好不容易找到你的地址，妈已经年过六十，希望能在有生之年与女儿团聚，这也是妈离开时对你的承诺。

妈妈

申曼是在公司上班时收到母亲来信的，信封上写着寄信人的姓名张淑芝，而名字后面加了括弧，里面写着松野淑子。

对申曼来说，张淑芝这个名字既熟悉又陌生。这个名字曾经每天被她父亲唤及，她也不清楚为什么父亲总是以全名称呼母亲，不像邻居家孩子的父亲，称呼老婆时省略姓只叫名。申曼觉得父亲的口气中缺少亲切感，很像上课时老师点名那样正规而刻板。

在申曼的记忆中，妈妈就是自己的一切，就像一个特指的符号，生活中只有妈妈，就是那个每天带着套袖忙忙碌碌不停做着家务的女人，而没有“张淑芝”。至于“松野淑子”则更让申曼感到生疏，而下面的时间落款为平成十五年九月，申曼觉得这简直就是一种遥远的存在。

但那个人的确就是自己日夜思念的母亲。申曼哭了。

按端木彦约定，申曼上午稍晚与其会面。申曼总是掐着时间安排每天日程，于是她吃罢早餐便去“可心”公司处理完需要签批的各种合同和报销单据，并告知前台人员她去“印象”面见执行董事端木彦，然后就打车来到这家酒店。

酒店大门外的半圆形坡道始终是展示人生百态的特殊舞台，各种品牌的豪车络绎不绝地在这里停下，然后驶离。上下车的男男女女个个气度不凡，衣着华丽。彬彬有礼的门童总是微笑着拉开车门，手臂支撑在车门内框上方，恭迎来宾下车。端木彦特别喜欢这种感觉，每次在这里下车他都要双手向下抻抻西装，再用右手捋一下头发，然后挺起胸膛朝旋转门走去。

间或也会有出租车驶来，门童在拉开车门时很少伸手为客人护头。这种区别十分明显。

申曼很务实，每次打车来此，都会让司机在坡下停车，自己步行过去，省得上去以后“遭遇”无法避免的麻烦，如同带着程式的表演一般。这种情形恰巧被端木彦撞见过一次，于是便嘱她以公司名义买车，而且要买好车——他自己的“桑塔纳 GL”早就更换为德式加长豪车。申曼知道端木彦好面子，常常把“一斤的口袋十斤面”这种说不清来源又带有双关含义的谚语挂在嘴上。叮嘱几次，申曼都没同意。她算过细账，虽然她外出联系业务十分频繁，但打车费用依旧低于养车。

端木彦当时听后笑呵呵地说："照你的说法，我更没必要使用专车啦！性价比太低。"

申曼说："你那里做的是大生意，再说'可心'的大股东需要门面支撑，怎么能相提并论？"

端木彦暗自感慨，如此女人，三生难得。

那次感慨，时值夏夜，燥热伴随着涌动的心潮，端木彦难以自制，便将韩晓约到簋街喝酒倾诉。几杯酒下肚，端木彦带着几分冲动说起申曼的好，但他始终不知道用哪种词汇评价申曼更为合适：贤惠、善良、优雅……

韩晓倾听时，不知怎的，便联想起秦若梅，继而想到高芹，就连凌小云也跳进他的脑海。沉吟片刻，借着酒劲，韩晓竟然用关中话诵读起一首古诗："蓬门未识绮罗香，拟托良媒益自伤。谁爱风流高格调，共怜时世俭梳妆。敢将十指夸针巧，不把双眉斗画长。苦恨年年压金线，为他人作嫁衣裳。"也不知触碰到哪根神经，韩晓诵读后眼睛里居然闪着泪光。

端木彦不解其用意，问话也就顺着韩晓转成"秦音"："读就读咧，干啥用关中话？"

韩晓换作普通话说："这是唐代女子秦韬玉写的《贫女》。这首诗的韵押在第一声，所谓的阴平。与普通话不同，关中话第一声必须读轻声，在这里就无张扬意味，读起来便透着人生的低调与悲凉。"

端木彦则继续以关中口音感慨道："ŋè（我）的爷呀，啥事情从你嘴里出来就是不一般！"

韩晓并未理会端木彦的赞叹，继续说："《贫女》是女人的视角，是穷人家女人的自我评价。那是真正的贤淑。咱们都是男人，隔着性别，评价人家都是瞎说。”

打那之后，端木彦越发觉得自己当年在“女孩男孩”餐厅对申曼的“撩拨”之举恰逢其时，而接下来他能够沉下心来倾听申曼的“哭诉”简直算得上英明决断。他不敢也不愿意继续深想——他和申曼后来发生的激情一夜应该如何评价呢?

申曼不知道端木彦如此急切地要与她商议什么，只是看到他在手机短信中说“事关重大”。合作了四五年之久，申曼很庆幸与端木彦在工作上很默契，点到即可或者意会表达是两人之间交谈中的常态。寻常人做到这点很难，需要悟性、灵气、判断力诸多方面的匹配。若在平时，申曼会追问一下属于哪方面的事情，多年职业经理人生涯让她养成了凡事预做功课的习惯。但今天申曼的心情有些纷乱，所以并未多问，径直就赶了过来。她的小包里装着房产证，以及刚刚接到的母亲的来信。带着房产证最初是想给端木彦一个惊喜，但母亲的来信让她的心境发生了改变。

申曼轻车熟路地走进咖啡屋,轻声地对吧台小姐说:“端木先生有预订。”

“印象”的特别之处是拥有两间商务包房，由于需求量大，不提前预订无法得到。近半年来，端木彦成为这里的常客。

这一切皆因为高芹。

高芹性情变化很大,几乎判若两人。向小明告诉端木彦，他在大院长大,了解这样的官门后代女生，傲娇一辈子——小时候是公主，长大了便成为飒蜜，老了依旧霸气，但始终不变的是一种居高临下的超脱，这种女人很难变成俗不可耐的家妇。若只是性情改变，倒也无关紧要，自己做事注意点即可，毕竟都已过不惑之年。如若此现象源自病理或心理，却不能掉以轻心。

听得端木彦有些发蒙。

反正现在端木彦约谈业务，尤其与申曼谈事，就很注意选择地方，每每避开高芹熟悉之处。他在北京打拼多年，原本早已习惯一切都在自己那套拥有大床可供休息的酒店公寓“搞掂”。虽说“倒煤”每年创利不菲，但运营团队主要在晋中矿区，京城这边主要扮演空壳标志角色，所以他那套“宿办一体”的公寓足矣。

高芹过去从不光顾这里，甚至都不知晓楼层门号，而如今却时常造访，说不好什么时候她就会咣咣敲门，嘴里还喊着：“彦儿，开门！干吗呢？”好在端木彦从未让申曼来过这里，更何况他们之间有了心照不宣的“约束”。

更不用说“可心”公司，那是申曼每天上班的地方。虽然端木彦并不知晓高芹近来隔三岔五来此与申曼“闲聊”，但他猜想高芹肯定试图在这里找到他与申曼关系“暧昧”的蛛丝马迹，所以无论如何他都不会把约谈安排在“可心”。

申曼步入咖啡屋的时候，韩晓正在大堂等候凌小云，不经意地四处张望，流盼的目光恰好落在她的背影上。起初，韩晓以为是一位身材不错的中年美女，披肩发下面压着蓝色大花丝巾，挺亮眼的，目光便不自觉地在她背影上多逗留了一会儿，待她侧过身来靠近吧台时，韩晓发现那位美女竟是申曼，顿时惊出一身冷汗。

韩晓暗想，幸亏没和她在大堂撞面，否则还得费尽心思进行解释。

韩晓和凌小云在商务中心门口交谈之后，原先的顾虑马上烟消云散。他觉得凌小云说得没错，事情本身远没有自己想的那么复杂。

自从那年他和凌小云去西安出差，申曼、端木彦赶过去与他们会合，大家在“太白酒肆”一起聚餐喝酒，在他潜意识中，凌小云就不再仅仅是同事，还算得上比较对路子的朋友。莫说申曼这种关系很近的友人，即便其他熟人看见他俩在一起喝咖啡，也犯不上那么神经过敏。

韩晓很想寻找一些人生的至理名言作为修复自己某些心理状态的坐标，琢磨了好一会儿，竟没有合适对位的，于是就想，干脆自己在内心镌刻一段文字，作为今后遇到此类事情时的行为准则：

“凡是正常的事情，表现出来就一定是正常的。”

正因为他和凌小云的这样一种关系，再加上伍司长的因素，韩晓原本打算利用今天这个特殊时机，委婉地规劝一下凌小云，让她在处里不要动辄提意见，反对加班，让自己下不来台。可是几句话一说，韩晓觉得，凌小云并没有什么错，倒是自己需要反思一下工作方法。

司里和处里加班较多，虽说自己早已习惯，从没意识到有何不妥，但凌小云毕竟是年轻人，想法不同也很正常。况且凌小云说得在理，换个环境，谈的还是工作，却没有了加班的感觉，心情得到调整，效率自然也就高了。

韩晓想，这的确是个思维角度问题，若按每周 40 小时工作时间计算，出差一个星期肯定大大超时，可是谁会天天嚷嚷着出差算是加班呢？

韩晓突然觉得所有问题都已解决，没必要再去咖啡屋继续聊了，便说：“小云，我明白你的意思了。从今往后，再急的任务，我也会注意方法，团结、紧张加严肃，是咱们机关的特点，要把工作干好，还少不了活泼。后边这一点，你多提醒我。要不，今天的加班到此结束？”

“别价！”听到韩晓这番话，凌小云马上“急眼”，说，“我都约了秦姐，中午过来聚餐。”

“他们所中午有事，过不来。”韩晓说。

“我刚才又用短信联系秦姐了，还说了这也是你的意思。她答应了。”凌小云笑呵呵地说。

“什么？”韩晓瞪大了双眼。

“再说，我还有事要和你说呢！”凌小云故意用吊诡的口吻说。

“你能有什么事？”韩晓露出困惑神色。

“我就不能有事了？走吧，咱们去咖啡屋坐一会儿！”凌小云露出了笑容。

申曼前脚刚刚离开“可心”公司，高芹后脚便到，前后不到一支烟的工夫。高芹进门时，怒气冲冲的，像是要兴师问罪一般。实际上高芹生气的直接缘故是保姆王彩凤的口无遮拦，让她的自尊心受到打击。

高芹临出门，唤来保姆王彩凤，让她看看自己涂抹口红的效果。

“好看吗？”高芹问。

王彩凤看后吓了一跳，寻常没见过高芹涂胭脂抹口红，猛然见到她把嘴唇擦得血红，样子有些奇怪，就怕惊到孩子，便将难难往怀里揽紧了，说：“哎呀，弄沃（那）么红做啥？你要是嫌嘴巴干，涂些油就可以。”

“我问的是好看吗？”高芹立刻拉下脸来。

“ŋ è（我）不能说。”王彩凤倒也识相，并未直言。

“为啥不能说？”高芹追问道。

“说好看，说不好看，都不好。”王彩凤说。

“你这叫什么话？那我不是白问了吗？”高芹步步紧逼。

“ŋ è（我）刚才一开口，你就不高兴！”王彩凤说。

“你就直接说，好看不好看？”高芹问。

“嘿嘿，不好看。”保姆说。

高芹听罢，气得扔掉手上的口红管，转身出门而去，顺手狠狠摔了一下门。难难吓得大哭起来，竟也没有让高芹停下脚步。

老板娘突然造访，前台小姐不免有些紧张，连忙端茶倒水，招呼高芹在前厅沙发上落座。

高芹并未搭理前台小姐的热情，直接闯到挂着总经理办牌子的办公室，一屁股坐在申曼平常坐的椅子上——而高芹以往来此，都坐在对面。高芹这才发现，原来申曼人不在此，便问一直跟在身后的前台小姐：“你们申总呢？”

前台小姐唯唯诺诺地说：“去印象咖啡屋了。”

高芹依旧坐在沙发上，问道：“没说干什么去吗？”

前台小姐想了想，低声说道：“说是和端木总谈事去了。”

“什么？！”高芹“腾”地一下站了起来，迅即朝门外走去。

高芹以往很少社交，下班后总是回家陪老太太。老太太去世前，她彻底脱离工作已经两年，在家专心照料孩子。她儿时对北京的印象很模糊，幼儿园还没上完，便随父母去了西安。她没读过大学，在中小学建立的同学基础以及最初工作阶段铺垫的人脉关系都与北京无关。最重要的是，高芹自小养成孤傲的性格，不喜欢人多热闹的环境，所以对歌厅、酒吧、夜宵一条街之类可以娱乐、欢畅的地方都不甚了解。她甚至从没听说过印象咖啡屋。

“去哪儿？”高芹上了出租车后，操着京腔的司机问道。

“印象咖啡屋。”高芹说。

“在什么地儿？”司机问。

“您开出租都不知道？”高芹有些恼火。

“前门楼子我肯定知道，您又不去！”司机说。

“我不去前门楼子，我去印象咖啡屋！”高芹的声音有些变调。

“在什么地儿？”司机又问。

“我不知道，我只知道印象咖啡屋。”

“您要去的地儿在哪儿，自己个儿都不知道？”司机有些不耐烦了。

高芹顿时火冒三丈，正想说“你什么服务态度”时，脑子一阵眩晕，她的头朝后仰去，一下子就靠在座椅背上。高芹眼前开始闪现出一幅又一幅光怪陆离的图景，像拉洋片一样，图景忽然间停顿下来，显得越来越清晰，分明是十多年前她在西安做营业员时遇到的景象——一位顾客挑三拣四，几次为他更换商品，他也没有罢手的意思。

高芹便大声问道：“你到底买不买？”

顾客抬起头，反问道：“你什么服务态度？”

高芹睁大双眼，发现坐在前排的出租车司机不知什么时候变成那位得理不让人的顾客，冲着她显露出横眉怒目的神情。

高芹觉得十分委屈，开始哭泣，说道：“给你换了好几回，你还有意见？”

出租车司机完全没有转过神来，他原以为遇到一位挑理儿且事儿多的乘客，哪承想几句话下来，女乘客却在后座哭了起来，并说出莫名其妙的话来。司机有些不知所措，便将车停靠在路旁，正准备问清缘由，却见女乘客拿出手机，开始拨打电话。

高芹的电话打给端木彦。

“彦儿，顾客说我服务态度不好！”高芹一边哭，一边说。

“什么？你说什么？”端木彦刚刚离开正在装修的别墅，叮嘱司机前往印象咖啡屋，猛然接到高芹打来的电话，说的话没头没脑，瞬间感到一头雾水。

经不住反复规劝的韩晓总算和凌小云从酒店商务中心“转移”到最初选定的印象咖啡屋。

原本应约而来的凌小云此时仿佛摇身变成了主人，她熟练地手指着刚才坐定的圆桌，朝吧台服务员打了个招呼。服务员会意地点点头，便引导他们两人坐下，并递上饮品单。凌小云一只手指着饮品单上“卡布基诺”字样，另一只手向服务员做出“V”字形状，表示要两杯。

整个过程凌小云未吱一声，却明了简洁，如若行云流水，自信且帅气。韩晓看得有些傻眼，他不由得想起那一年凌小云帮助自己整理去西安出差所需材料时的干练利落，暗自想，这丫头身上有股子北京当地人所说的“劲儿”，她若出生在大院，现在绝对被认定为标准的飒蜜。

韩晓觉得，所谓“劲儿”不就是魅力吗？他自己蛮喜欢这种类型的魅力。当年秦若梅正是凭着类似魅力吸引了他的目光。韩晓一直认为自己归属于心理学上总结的黏液质，性反应度偏慢，只有当女人表现出鲜明特点时，才会搅动自己的心灵。结婚后，韩晓还以此为话题向秦若梅打趣儿：“那次下大雪，你主动登门，一下子就让我喜欢上了你！”秦若梅立即“回击”道：“讨厌，得了便宜还卖乖。你哪里是黏液质，分明是闷骚质！”有一点韩晓不愿深想，不知是不是与韶华渐逝相关，韩晓以为凌小云的那个“劲儿”比秦若梅更显著一些。

凌小云没有征求韩晓的意愿，而是按照自己喜欢的口味为韩晓点了咖啡。凌小云自认为了解韩晓，处里私底下搞过几次活动，郊游、野餐什么的。她发现，韩晓属于那种玩的时候需要大家“拖”着走的人，人缘好，随大流，怎么都行，唯独缺少有创意的精彩点子。有一次聚会喝啤酒，凌小云趁大家喝得都很“嗨”的时候，现场给韩晓归纳了几点：“学问好，兴趣少，说起来头头是道，做起来没准儿‘冒泡’！”居然引起大家一致起哄叫好。

凌小云记得很清楚，韩晓听后也跟着大家一起笑，一点也没有责怪她的意思。当然，凌小云没忘记补充一句，“工作上不是这样哈”，大家也附和着说“那是，那是”，韩晓依旧笑着。所以，凌小云知道，即便征询他的意见，回答肯定是“随便”，问了也白搭。

果不其然，韩晓并未在意凌小云点了什么口味的咖啡，他甚至连饮品单都没看一眼。韩晓想的是，在这种上档次的场合，只要面前摆一杯饮品，就可以踏踏实实坐着当“上帝”。而且韩晓也发现了一种情况，无论他跟谁在一起，吃饭或者喝茶之类，总是有人热心“招呼”，好像没人把他当回事——吃饭时，点菜的事儿肯定归端木彦。今儿个喝咖啡，凌小云如此“懂行”，自己最好别多嘴。他在想，如果此类场合坐着端木彦和凌小云，那会怎样？由此，韩晓更加深信，自己不出头，就不会发生“争执”。

咖啡很快被送了上来。韩晓并没有像凌小云那样，立即端起来品了一口，而是先环顾了一圈。他发现顾客显然多了不少，但却没有发现申曼。他有些纳闷儿，刚才明明看见申曼在吧台前滞留，与服务生有过交谈，怎么现在不见了踪影？他不知道印象咖啡屋除了散座，还另外设有两个包间，更不知道此刻申曼正坐在近在咫尺的包间里等待端木彦。然后便盯着咖啡杯里漂浮的深色“红心”图案发呆。他在琢磨要不要给秦若梅发个短信，核实一下她是否过来一起聚餐。

韩晓刚刚从衣兜里拿出手机，正准备发短信，凌小云的一句话让他放下手机并大吃一惊：

“韩处，我考虑了很久，觉得今天应该向您说了——我打算辞职。”

“你说什么？”韩晓望着凌小云，惊讶得睁大双眼，简直无法相信自己的耳朵。

“我说，我，打，算，辞，职！”凌小云一字一句地重复了一遍。

“为什么？”韩晓愣神了好一会儿，才缓过神来，连忙问道：“是不是因为我的工作方法有问题？我可以调整呀！”

“和你无关，纯粹是我自己的原因。你对我很好，处里工作环境也很好。我权衡了很久，觉得自己确实不太适合在机关工作。”凌小云语气轻松地说。

“这是多大的事儿呀，你和家里人商量了吗？”韩晓问。

“韩处，这是我的事儿，不是我家里人的事儿。”凌小云说。

凌小云语气的平静和韩晓表情的讶异形成了鲜明反差，两人几乎同时觉察出这种差别。

在韩晓看来，辞职无异于砸掉自家饭碗一般的天大之事。他想起二十年前端木彦辞职离开 703 时所掀起的巨大波澜，端老八拎着棍子满厂区追打端木彦造成围观看热闹的情形至今历历在目。

老爷子边追边骂：“老子堂堂八级钳工，提前退休让你接班，小兔崽子你拍屁股就辞职，我不白退了？你还是人奏的吗？”

围观者于是笑出声来，有好事的大妈就插嘴喊道：“端老八，不能这么骂，他不是你儿子吗？”

不过端木彦辞掉的毕竟是工人岗位，而且 703 地处山脚，远离城市。记得那时县电视台天天播放每周一歌，有一首歌的名字记不住了，但开头一段唱词“天地悠悠，过客匆匆，潮起又潮落”却令人印象深刻，尤其其中唱道“我拿青春赌明天”总会令人产生跃跃欲试的冲动，仿佛只要你肯鼓起勇气尝试一把，好日子就会到来。可是，包括韩晓在内，谁不知道“赌”的风险之大。青春岁月，冲动一下当然可以，听歌时被撩得激情澎湃，但哪有贸然行动的人？703那么多子弟，不就是端木彦一个人辞职了嘛，其他人为了人生的踏实稳妥与“平安保险”，都在原地“潮起又潮落”。

韩晓马上想到清人彭端淑《为学》中记述的穷富两个和尚的故事——穷和尚一无所有，仅凭一只杯子一个饭碗就打算独闯南海，富和尚不以为然，说他当年准备买一条船去南海，都未能成行。可穷和尚次年竟然成功往返，让富和尚深感惭愧。

这个故事乍看上去十分励志，讲的是人穷志不穷，却只能作为“穷则思变”的范例，恰恰说明端木彦可为而凌小云不可为。对凌小云来说，现在的条件多好呀！韩晓笃信，端木彦若搁在今天，能在京城这么大机关当国家干部，定然觉得“三生有幸”，怎么会辞职？

凌小云料到韩晓会如此反应。她承认，韩晓虽然刻板，但历来对自己关爱有加，哪怕她在工作上时常任性，给他出了不少难题。说起来，韩晓很像自己亲哥哥，生怕妹妹吃亏而拼命呵护，却每每不得要领，或者说根本没有呵护到点子上，最主要的是他不知道自己的需求。

按说，韩晓年长自己十岁，宽算可视为同辈。可在凌小云眼中，韩晓与自己就是两代人，想法与曾经生长的环境尽数不同。韩晓大学毕业那会儿，工作机缘皆为国家提供，省城与县乡天然就有差别，而机关和基层更是两重天地，满意或者合适与否取决于命运和他人，按计划分配与个人喜好肯定无关。所以，韩晓他们那一拨人便会觉得眼前的一切弥足珍贵。他哪里会理解，及至自己毕业，分配变成双向选择，而她毕业十多年后的今天，选择已经何其之多？

“你辞职后打算做什么？塞井夷灶，何以为食？你总不会像端木彦那样去做煤炭生意吧？”韩晓不无忧心地问。

“韩处，真让您说着了。我想去申曼姐的可心文化公司。我忒喜欢这个行当了。您和端木总是哥们儿，他是老板，您帮我说句话呗！”

韩晓又是一惊，和她在一起工作这么久，自己竟然丝毫没有察觉到她动了这个心思。作为处长，这算不算“失察”呢？

第九章

秦若梅对着镜子用手捋了捋头发，然后从随身携带的小包里取出裸色口红，在嘴唇上轻轻涂了涂，算是补了妆。她正准备起身离开，突然在镜中发现自己两鬓处竟然露出了几根白发，便瞪大眼睛仔细查看起来。

秦若梅留的是半长发，平时上班盘起，休闲时便将头发散开，正好从后面盖住脖子。白发是从发根处显出的，而根部以上至发梢都是黑的。她意识到白发刚刚生长出来，这让她心头不由一紧：我这算不算韩晓经常唠叨的“人言华发因愁早”呢？

秦若梅用拇指和食指掐住发根，试图用力将白发拔出。她猛然想到流传很广的民间说法：白发不能拔，拔一根便会长出两根。她当然知道这种说法属于毫无科学道理的无稽之谈，但此刻对她竟也产生了暗示作用，万一越拔越多该如何是好？再说拔头发肯定会疼，秦若梅立刻放弃了这个念头，索性将盘起的头发放下，像平常休闲时那样。这样一来，鬓角处的白发便被遮住了。

秦若梅原本打算利用周六上午时间在家休息，顺便陪婆婆逛逛农贸市场，下午再到办公室准备一下明天参加年会的资料，然后看望已经报到的外地代表。

没想到凌小云反复发来短信，执意邀请自己中午赶到那家酒店与他们聚餐，并说韩晓也非常希望她过去。秦若梅听出凌小云的口气很坚决，不像那种出于礼貌而象征性地客气一下，还说她有重要事情向韩晓禀报，希望秦若梅能在场见证。所以秦若梅只好更改计划，上午就来到办公室准备资料。

凌小云能有什么重要事情呢？

秦若梅想，莫不是她要结婚？她越想越相信自己的猜测，凌小云毕竟已经是三十四五岁的大龄女孩了，过了这个岁数，再唤她女孩子都不是很合适了，婚事无论如何不能再拖。韩晓是她的直接领导，而自己又与她谈得来，这种大事她当然会提前告知。

秦若梅其实蛮喜欢凌小云的，觉得她在某些方面很像年轻时的自己，办事利索、干练，性格坦荡、率真，多少有点男孩子气。虽然自己曾经误撞见过一个场面，以为她和韩晓在亲密接触，但那早已是陈年旧事，即便当时，秦若梅也没有纠缠许久，事后不久，凌小云几句话就打消了她的疑虑。

秦若梅现在的这间办公室，之前归李东明副所长使用。当总务处通知秦若梅可以从第六研究室搬过来的时候，她别扭了很长时间。尤其是头一天，她过去看了看这间办公室如何摆放办公物品，便觉得这屋里有股总也散不去的男用香水气味。早年秦若梅并不反感这种气味，自打李东明态度大转变后，每次闻到这种香水气味，都会令她恶心难忍。她知道这纯属心理上的感觉，所以不便于告诉总务处，只好叮嘱六室副主任张跃进帮忙解决一下。

张跃进是行伍出身，领会力和执行力超强，仅仅在屋里转了一圈，就知道该如何处理。

由于办公桌和书柜都是原有配置，按照财务处出台的资产管理规定，只要完好无损，一般不得更换。张跃进就设法搞来 TPU 材质的橡胶垫铺在写字台桌面上，立马显得大不相同。那种胶垫富于弹性，贴附力强，鼠标放在上面灵敏度超高，外观和使用效果远远好于原木桌面，也比那种夏天热胳膊、冬天冰手腕的玻璃桌面更加舒适。而书架里所有隔板则统统贴上彩色塑料薄膜，看上去既俏丽，又温馨。也不知道张跃进从哪里弄来的柚子皮，搁在茶几下面，屋里顿时变得清新起来。如此之后，秦若梅才安心搬进来使用。

秦若梅办公室多出的唯一物件是一面镜子。这是张跃进考虑到秦若梅是女领导而自作主张添置的。镜子搁在办公桌上，但张跃进专门交代秦若梅，平常不用时必须倒扣在桌面上，再用一本十六开的杂志压住，并反复叮嘱一定如此照办。许久之后，秦若梅才听说，这种做法涉及风水学，是只可意会不可言传的。

秦若梅想，研究所算得上人才济济，头几年硕士为多，近些年开始博士当道，但大都属于坐而论道者，肩不能担，手不能提，有时办公室需要换个日光灯这种简单活路都做不了，像张跃进这样行事利索、见招拆招的实干者却凤毛麟角。

秦若梅做第六研究室主任时曾在开会时夸过张跃进这些优长。听到表扬，张跃进谦虚地说：

“主任过奖了，军旅生涯练就的本领都用不上了，干点儿具体事儿还行，大家有事只管说，我来抓落实。”

室里研究人员女性偏多，平素不坐班时总有些琐碎事务交由张跃进代办，所以对秦若梅的表扬都表示认同，也跟着称赞一番。只是少数几位男士不以为然，私底下悄悄议论：那些小事我们怎么做不了？不屑于干罢了。

说来也巧，不久之后，张跃进居然当上了所里的总务处长，所里班子研究人选时，秦若梅自然没少说好话。

秦若梅担任副所长后，韩晓在心理上且适应了一段时间。

秦若梅特别理解韩晓的心态。知夫莫若妻，她当然知道自己丈夫丝毫没有男尊女卑、男强女弱那类性别歧视意识，还经常赞美自己是家里的梁红玉和穆桂英。韩晓唯一难以越过的心坎，就是他本来专事“行政”，进步也不慢，怎料想秦若梅纯粹一介科研人员，赶上政策与机遇的契合，没几年工夫就成为副局级干部，一下超越了自己。搁谁心里都会感到不平衡。

秦若梅很注意不触碰韩晓这根“脆弱”的神经，譬如，从不在家里谈论所里领导层的工作。更为难得的是，按照相关规定，所里可以派车接送秦若梅上下班，但她坚决不用。两人每天差不多同时出门，韩晓依旧搭乘“班车”，而秦若梅则继续乘坐公交车。

那次韩晓与端木彦在簋街喝酒聊及申曼的时候，端木彦还插嘴说道：“你们家秦若梅与你，也算是琴瑟和鸣。”

天空中的云朵渐渐变厚，但阳光依然顽强地从云层的缝隙中穿越而下。

秦若梅正准备招手打车，忽然平地里起风，一阵灰尘便扬了起来。还没等秦若梅反应过来，风的劲头越发强烈，卷起的灰尘瞬间便铺天盖地地刮了过来。秦若梅赶紧用手挡在眼前，转身跑进路边小商店躲避。

正在这时，韩晓打来电话——

“若梅，出了一点事儿，高芹住院了，彦儿送去的。我和凌小云，还有申曼，现在正往医院赶去。”

“不是一直挺好吗？什么病，这么急？”秦若梅急切地问。

“不清楚。在北郊医院。”韩晓说。

北郊医院？秦若梅心里一惊，她听说过那家医院是精神科专科医院。

端木彦完全没有想到高芹会在精神方面出现问题。

和韩晓相比，端木彦并不喜欢没事儿瞎琢磨。他有时与韩晓抬杠，说他书读多了，虽然洽闻强记，知识渊博，却养成了想问题过于复杂的习惯。有道是天下本无事，庸人自扰之，而庸人常常出自这类“书生气”十足之人。但端木彦偶尔也想过，都说没啥别没钱，有啥别有病。万一有病，感冒发烧，跑肚拉稀，恐怕在所难免。也就是说，即使他想过“万一”和“不测”，也从来没有把精神类疾病与自己、自己家人联系起来。所以，端木彦觉得事情来得太突然，令他措手不及。当医生开始询问之前高芹有何种症状和表现时，他才静下心来，仔细回忆起过往的种种生活细节。

一直以来，端木彦把高芹视为生活的标高。从追求高芹算起，端木彦始终以为那是一种自己向往、渴望的生活。如果不离开703这个环境，不结识向小明这帮哥们儿，端木彦的视界中只有那些与自己成长经历相仿的三线建设者的后代——他们日常操东北口音，却可熟练地讲关中话，且两种方言能够自由切换。这些人在家属区楼下小铺打酱油、在家属区菜场买菜，周末的时候去围墙之外的乡下集市赶集，节假日偶尔坐长途车去西安逛东大街和钟楼，比如，像赵萍萍、寇丽华这样的女人，才应该是他最基本的选择。当然，男人中还有韩晓，但他是一个例外，这也是他能够成为自己“铁磁”的重要原因。

高芹的身高或许也是例外。

端木彦后来想过，假如高芹身高并不过人，他还会那样追求吗——整天骑着28型飞鸽牌自行车奔着她所在的百货商店而去，召集一干好友及同学威逼走人家身穿白大褂的检验员男朋友，殷勤地用费尽心机搞来的日本松下电视机购买券讨好她的母亲？

端木彦确信，自己会的。因为高芹代表着他所羡慕而且极为欠缺的一切。她会为他打开一扇崭新的生活大门——她的父亲是高干，母亲则是京城大户人家之女，且为旗人贵族之后。他们家很早就住着单位分配的四居室房子，那房子的客厅看上去比703普通职工两居室的总面积还要大。

那一次，端木彦带着高芹借用韩晓的单身宿舍偷尝禁果之后，便确信与高芹关系凿实了——那年月男女“睡了”，再变卦的可能性几乎没有，否则男的容易背负流氓骂名，而女的则有“破鞋”之嫌——就撺掇韩晓与自己重返插队的农村。李家峪那地方虽然穷困，但给他们烙印深刻，是个具有象征意义的地方，如同人生第一次亮相的庙台，也很像跳进大游泳池凫水之前，先在一个小池子涮个脚一样。

李家峪离省城不算近，却距703不过十几公里，回家的时候一顺路就过去了。

年轻的端木彦想“张”一回——关中话的“张”，阳平声读音，含有“张狂”

之意，但说话时却不能加“狂”，否则意思反而不够贴切，所以通常仅为“张”字单用。

“你张啥呢？”抑制他人气势时，这常常是最有力的语言。

端木彦“张”的目的就是想让乡亲们知道，韩晓在省城做了干部，而自己在西安的公司里干着大事。最重要的是，他追到一个女人。这个女人没在李家峪插过队，也不是703的职工子弟，nia（人家）爸是高干。

搞不清啥原因，nia（人家）是关中土话，像ηè（我）一样，在生活中使用频率很高，却并无合适汉字替代。

进村不久，他们正巧看到一个景象，一个小男娃坐在一户人家门口的石墩上，手里拿着烤黑的苞米，一边擦鼻涕，一边啃苞米。韩晓立即来了兴致，便指着门墩用关中话问端木彦：

“沃（那）是啥？”

“石墩嘛。”

“还记得石墩上的童谣吗？”

端木彦笑着说：“咋不记得？”

韩晓说：“那咱就一起说一回？”

于是两人嘻嘻哈哈地诵起那首童谣：“小小子，坐门墩，哭着喊着要媳妇儿！”

韩晓上大学后才知道，这首童谣在北方各地都有流行。但在关中农村有些特别，“秦语”很少儿化，但说及“媳妇”，多数情形下要儿化，有强化作用，却是轻读，很是奇特。

韩晓说：“你现在快有媳妇儿咧！”

端木彦说：“谁说不是哩！”

韩晓话锋一转，又指着门墩说："这石墩的官名叫门当。门当大小取决于这户人家的经济实力。"

端木彦一愣，不知韩晓葫芦里卖的什么药。

韩晓又说："瞧那门框上的兽形木雕，正好两个，对称排列，那叫户对。大小同样取决于经济实力。"

端木彦恍然大悟，说："你个碎怂说 ηè（我）和高芹不门当户对？"

韩晓呵呵笑道："ηè（我）哪里说你？ ηè（我）说的是门当和户对。"

端木彦说："爱上一个人，就管不了许多。"

韩晓又说："就怕你没爱上这个人，却爱上人家家庭！"

端木彦不愿深想的症结就在这儿。

端木彦不知道自己是否真的爱上高芹。

若不爱，自己为何自始至终不管不顾地那般执着？若爱，怎么会一开始在她身上就不能正常释放自己的感情？他一直搞不清楚原因何在，直到申曼出现在他的生活中。

端木彦最害怕反过来深究高芹对自己的感情。回想过往，他和高芹每每在一起，她总是冷静而冷淡。有时，外出谈生意时间久了，回到家中的端木彦也会萌生本能的冲动。但每次端木彦看到一直顺应着自己的高芹躺在床上，做出一副"你随便"的样子，且平静地望着天花板，便会深感气馁，高涨的情绪瞬间跌落。

端木彦几次试图告诉韩晓，高芹的"冷"有时会传染，会让他感到丝丝寒意。但端木彦终于没有张口，他不担心韩晓会耻笑，却担心韩晓重拾门当户对的话题，给他讲述成长过程、文明教养、经济基础之差异会造成的问题——这些一直令他头疼的"深刻"道理。

陌生的男女最终走到一起，彼此总会各有需求。高芹攀的是“身高”，自己攀的是“门高”，两人都算“高攀”，攀的内容不同而已。端木彦恍然大悟，他和高芹都被所谓“般配”的假象蒙蔽了。

高芹的高冷被所有人看成性格，甚至当成气质，而真正的性情隐藏在高冷之中。而当她的压抑顶破极限的时候，精神世界就出现了偏差。

端木彦的思路梳理到这里，突然感到支撑自己心灵的那根神经断裂了——那根神经上曾经清晰地镌刻着“人倒势不倒，借钱抽万宝”的字样，也曾经记录着剑走偏锋却依旧可以改变人生的努力进程。

当着医生的面，端木彦突然幽咽地哭起来，哭得很压抑。

戴着眼镜的中年女医生很有经验，见多了这种情形：病患家属要么很紧张，要么很悲伤。前一种情况多为担心病人的反常行为伤及周边无辜或者自身，带来安全上的不确定性；而后者则是完全没有意识到病人是如何发展到这一步的，感到突兀和讶异。

一直面无表情的女医生看到端木彦这么高大魁梧的汉子如此哭泣，似乎有些同情，便温和地说道：“你大可放松自己，不必这么压抑，否则对你的健康也不利。”

端木彦似乎受到诱导，紧绷的状态顿时被打破，突然放声大哭起来。他进入到一种无我或者忘我境地，完全不顾及自己多年以来保持的潇洒与高傲，尤其对面坐着一位看上去还有些文弱的女医生。端木彦已经记不住自己打记事起是否哭过，总之，现在只想任由着感受肆意地发泄委屈。

端木彦的哭声传到了外面，在医生办公室门外等候的秦若梅、申曼和凌小云都有些戚戚然，虽然韩晓也觉得伤感，但流露出的则是吃惊的表情，端木彦这条汉子怎么会哭泣？

韩晓悄悄对秦若梅说："彦儿的世界坍塌了。"

秦若梅说："现在怎么办？"

韩晓沉思了一下，对申曼说："你去把彦儿搀扶出来。他现在需要冷静。"

申曼稍稍犹豫了一下，推开医生办公室的门，走了进去。

凌小云问韩晓："韩处，我该做些什么？"

韩晓对凌小云说："这里的护工很专业。你马上选一个，今天开始护理。要长期的，经验多的，费用宁可高些。"

凌小云说："好咧！"便转身离去。

没有人比此时的申曼更加痛苦和矛盾。

在印象咖啡屋等待端木彦的时候，申曼的心情就惴惴不安。她很久没有吸烟了，端木彦好几次暗示她，像她这么漂亮的成熟女人，在某些特殊场合偶尔拿支香烟，倒也蛮有风度，但若每日像烟民一样习惯性地吸烟，肯定会破坏自己的形象。申曼当时笑笑，并未吭气，之后果然不再吸烟。但今天她有些坐立不安，无法控制自己起伏的情绪，便情不自禁地点燃一支，吸了起来。

以往每次与端木彦相见，申曼都会十分愉悦。沟通上的默契与顺畅是一个原因。结识端木彦之前，申曼跟别人合作过——就是出国后再没有消息的那位主儿，磕磕绊绊的，争吵从没断过。职场上商议事情，是非对错一时不好判断，但吃亏得利谁都看得很明白，所以也能理解。

端木彦却不同，他总是很有耐心。他把与申曼商议事情，变成了倾听，对他来说，要做的就是最后拍板。端木彦知道，申曼是个大气的女人，知恩图报，从不占小便宜。她若有什么想法与打算，支持她放手去做，绝不会有错。像她这样的职业经理人，打着灯笼都难找。而且端木彦与她说话时总是刻意带点东北口音，是那种“土音”不是很重，又能让你觉出家乡味道的口音。申曼完全能够理解端木彦的心思与用意，每每这般，她内心都会涌出一股暖意。

然而，母亲的来信彻底打破了申曼心灵的宁静。她坐在安静的包间里，心潮澎湃，不能自制。虽然端木彦在短信中说有重要事情相告，但她已经没有了企盼和兴奋的感觉。她承认，自己之所以心绪纷乱，是因为渴望与母亲团聚的强烈愿望，与她眼下顺风顺水的事业以及对端木彦的某种说不清楚的牵挂，形成了心理上的对撞。她在不知如何是好的情况下，甚至希望端木彦能够帮助她拿定主意。

一贯守时的端木彦迟迟未露面，申曼正在纳闷儿，端木彦突然打来电话，告诉她高芹出现了问题。申曼在电话中听得很真切，端木彦语调中透着焦虑与不安。她一下子有些傻眼，自己的事情还没有告诉他，他那边却遇到“顶天”大事。不管怎么说，她必须第一时间赶往医院，因为端木彦告诉她，他谁都没来得及告诉，包括韩晓，他身边需要有人帮助。

申曼正要起身，凌小云的电话又打来——

“曼姐，韩处说您在印象咖啡屋，我怎么没见着您呢？”

申曼推开包间的门，看见凌小云和韩晓坐在散台区，立即三步并作两步走到他们跟前，急切地说：“你们也在这儿？彦儿刚才电话告诉我，高姐出事儿了，人已经送到医院。咱们赶紧去医院吧！”

申曼搀扶着端木彦胳膊走出医生办公室，她明显觉察出端木彦身体在微微颤抖。在她印象中，端木彦始终是个高大健壮的汉子，是个凡事不知烦恼的乐天派，是个动辄就会把“交给哥们儿办吧”挂在嘴边的强人。

原来他也会如此脆弱，申曼不由得心疼起来。

韩晓说：“大家各自回去休息吧！我和彦儿单独待一会儿。”

韩晓知道，没人像自己那样了解端木彦的心路历程，也许只有自己能解开端木彦的心结，让他能够经得住突然到来的当头一击。

申曼说：“韩哥，你最了解彦儿，他肯定听你的。但眼前他这副样子，有点儿力不从心，最好能先休息一下，过了这阵子再说为好！”

端木彦抬起头说：“我哪儿也不去，我得在这儿看着高芹。她醒过来就会找我。”

凌小云说：“我详细问询了护士。高姐病情属于突发，很特殊，按照诊治标准，处在自愿住院和保护性强制住院之间的情况，治疗过程中需要观察。家人可根据医生要求，随时过来。”

秦若梅说：“那咱们送彦儿回去休息吧！”

韩晓说：“申曼送吧！回头我和秦若梅再联系彦儿。”

在众人目送下，申曼扶着端木彦上了车。

以往申曼偶尔也会与端木彦一同乘车，一般她都主动坐在副驾驶位置上。从工作关系角度说，申曼是懂规则的，她学财务出身，谙熟规则之重要。饭局、乘车、开会座次安排上那些不成文的规则，实际上都蕴含着某些道理——宴席中的主座便于招呼两边的重要客人，乘车时副驾后排位置被认为是最安全的，而开会时居中则意味着对参会者一视同仁。

怎么说，端木彦也是老板，且极要面子。更换德国进口豪车之前，那辆“桑塔纳 GL”副驾驶位置与后排座椅间距较小，司机考虑到端木彦身材高大，常常将副驾驶位置前推，以留出更大空间。可是公司一旦有人陪同出行，端木彦宁可坐得“挤”些，也会让陪同者坐在副驾驶位置上。

只有申曼在端木彦心中是例外。申曼也知道端木彦的想法。两人心照不宣，只是谁也不把话挑明。端木彦顾虑的是司机传话给高芹，申曼主要担心端木彦拿捏不好分寸，做出过格举动，让司机看出端倪。

申曼十分清楚，韩晓了解她与端木彦的关系，因为端木彦跟她说过，他与韩晓是无话不说的哥们儿。申曼头一次听韩晓这么说，再见韩晓时还有些不好意思，因为她猜想端木彦会把他俩那次一夜激情的事情告诉韩晓。但申曼确信秦若梅不知道此事。男人之间的某些隐私通常不会让自己老婆过多知晓。这不见得算是“恶意”的故意相瞒，与夫妻间应该彼此坦诚的人生要则无关，主要是免得引出节外生枝的麻烦。

所以，当韩晓叮嘱申曼送端木彦回家的时候，她也就顺其自然地与端木彦坐进车的后排座椅。再说，这个裉节儿不比往常，照顾好端木彦肯定是自己最重要的事情。

端木彦闭着眼斜靠在座椅上，眼泡有些红肿。

司机很识相地问申曼：“申总，送端木总去哪儿？”

申曼不假思索地说：“去端木总家，交道口。”

没料想端木彦插话说：“去公寓！”

申曼愣了一下，赶紧说：“听端木总的。”

申曼原本想问端木彦为何不直接回家，不过她知道，此时对端木彦最好的安慰就是顺着他的意愿。申曼哪里晓得，在端木彦内心深处，那间酒店公寓才是他最踏实的安身之地。实际上自从端木彦购置了别墅，“四合院”里的那几间房子对他早已没有意义，虽然他亲自帮助办理了权属转归高芹名下的手续。

跑房产手续那几天，端木彦想起在703上初中时的往事。

那时候放学后没人管，一群半大小子瞎玩一通后就觉得很无趣，不像念小学时兴趣简单，容易满足，满院子奔跑着“滚铁环”，或者玩那种一手端脚、单腿站立互相冲撞的“斗鸡”游戏。端木彦和韩晓便邀三五志趣相近的同学，坐在703家属院马路牙上“谝闲传”。

“谝闲传”是关中话，与北京话的“侃大山”和四川话的“摆龙门阵”相同，从东北过来的父辈们管这叫“唠嗑”，就是普通话“聊天”的意思。韩晓后来读大学有了深悟，就觉得“谝”字非同寻常，古代“秦音”，言简意赅，读起来极其有力，唯一缺点是发音时需要将上下嘴唇咧开“压扁”，以爆破音方式发出，说话者稍不注意，容易从嘴里喷出些微飞沫。

“走，谝去！”端木彦招呼道。

“走！”诸位同好响应着。

他们“谝”的地方原来是小人书摊聚集地，好几个摊位一字排开，摊主大都是703重新“上马”之前“退职”的老职工。书摊大都简陋，几十上百本小人书铺在垫着一张大塑料布的地面上，好一点的则有个斜面书架，小人书都插着立放，看不见封面，只能看到书脊。好在看书的学生们对这些书都烂若披掌，一眼就能发现诸如《长坂坡》《火烧新野》放在哪里。

租看一本书两分钱。出钱的同学手捧小人书坐在中间，后面弯腰围着三两个“蹭”看的。

男孩子最爱看的始终是《三国演义》。

后来，这些“退职”的老职工又被703收编为“大集体”，在厂里创建的家属工厂做起与之前相近的工作，小人书摊自然就消失了。可是，习惯已然养成，端木彦他们没事儿的时候仍然愿意扎堆坐在那里“谝”三国。

没有小人书做依托，这群半大小子“谝”起来就容易云山雾罩，荒腔走板。譬如，就有人说常山赵子龙武艺高强，具备飞檐走壁的能力，应该位居三国诸位武将之首。有人立即反驳，说魏国大将许褚不亚于赵子龙，对打过吕奉先、关云长、马孟起和赵子龙，武艺当然在赵子龙之上。

接着就是面红耳赤的争吵不休。

“吕奉先是谁？没听说过！”

“吕奉先就是诛杀董卓、击破张燕、大败袁术的吕布，连这都不知道，说啥三国？”

端木彦对这些“毛孩子”式的无谓争论历来嗤之以鼻，便撺掇韩晓说点正路子“三国”。他知道韩晓不崇拜三国中任何人物，却喜欢分析其中片段，就显出高超之处。这让端木彦很是服气。

有一次，韩晓手抄了《三国演义》第二十一回中的一首诗，和大家“谝”起什么才是真正的英雄——

“勉从虎穴暂栖身，说破英雄惊煞人。巧借闻雷来掩饰，随机应变信如神。”

韩晓兴致勃勃地说，曹操请刘备喝酒时，说天下只有他和刘备是英雄，刘备吓得手中筷子掉落地下。他知道，承认自己是英雄，就可能遭到曹操痛下毒手。此时恰逢惊雷响起，刘备便以雷惊为由遮掩过去。

韩晓好学，“谝”欲强甚，常会为“谝”而选择话题，过后未见得记住。这说明韩晓看重的是过程。而那次韩晓之“谝”却让端木彦对刘备为最终“出头”甘愿“暂栖身”的胸怀印象深刻。

暂栖身，就是临时借住。

端木彦在高芹娘家临时借住的人生就要结束了，虽然借住的时段有些偏长。

端木彦本有骥骜鸿鹄之志，誓做震古烁今之事，敢娶官家大户之女，无奈家世寻常，无紫骝玉蹄顺车可搭，漫漫人生路上，只得“暂栖身”于高芹娘家在西安的四居室以及北京的四合院。端木彦后来的人生之路也算顺应着他早年带着青涩气息的志向走过来的。

端木彦原本计划近期搬家，那套别墅是他人生中第一个归属于他名下的家。端木彦和韩晓以往讨论过有关家的两个概念，一是生活在一起的家人，二是可供家人居住的房子。端木彦以为后者更重要，没有“房子”的家，基础不牢，容易地动山摇。

端木彦打算请来各路亲朋好友见证他的“乔迁”。譬如，韩晓和秦若梅夫妇，申曼和凌小云，还有703的那些同学——他准备自掏腰包买往返火车票请他们中的若干人来北京。他把这个消息透露出去后，703的许多同学在久怀慕蔺的同时，都兴奋无比。

赵萍萍专门用她老公的手机给端木彦发来一条短信：“我带娃去行不？”

端木彦回短信问：“娃不上学了？”

赵萍萍又回复道：“请几天假。娃都快初中毕业了，还没去过北京。”

说来甚为遗憾，在端木彦的内心世界里，他最想将这套大house展示给的人，便是他的岳母。当然还有高芹。他二十多年来耗费的心血就是要证明一点，他这个来自平凡人家的平凡小子是有出息的。他对岳母和高芹承诺的人生不是纸上谈兵。

而如今，岳母走了，高芹病了，端木彦心里空落落的。

现在看来，端木彦买的那幢别墅顶多算个新房子。他和难难可以住进去，如果运气足够好，高芹说不定也有可能。除此之外，它没有更多意义了。现如今状况下的高芹还能理解他的情怀吗？她还能代表她的母亲为他的付出说些什么吗？

申曼扶着端木彦坐在车的后座。

申曼忽然意识到，自从许多年前她和端木彦有过肌肤之亲之后，再没有如此近地挨着他。虽然端木彦有几次企图旧梦重温，但都被申曼巧妙地婉拒。申曼看着端木彦略显苍白的面孔，不由得将扶着端木彦胳膊的双手握得更紧。她觉得有些对不住端木彦。眼前这个对自己无怨无悔、一如既往地温情关照的男人，似乎在一瞬间失去了往昔的豪气。

若不是碍于前座开车的司机，申曼真想将端木彦揽在怀中。

小车缓缓地停在酒店公寓地下车库的电梯口，申曼将端木彦搀扶着下了车。只见端木彦并未言语，朝司机挥了挥手，意指可以离去了。

司机稍稍犹豫了一下，对申曼说："申总，我留下等您，还是先走？"

申曼委婉地说："听端木总的。"

司机说："申总，有事您随时给我打电话。"说罢便驱车离去。

申曼想，自己同意司机离去，意味着司机知道自己要留下来照顾端木彦。司机是个退伍兵，人很干练，从不多话，跟随端木彦一年多了，大约也从端木彦的言谈话语中了解一些情况。前边几任司机被换掉，都是由于嘴不严实，或者说不解实情而被高芹套取了端木彦行踪"信息"。

"彦儿，去我那儿吧。我那儿离医院近些，万一有事，赶过去更方便。"申曼站在电梯门口，却没有按电梯按钮，对端木彦说，"一直想让你去看看。那房子是你帮我租的，现在我买下来了。"

端木彦已经从刚才的情绪失控中缓和过来，听到申曼这番话，他露出惊奇的表情。不过这只是一瞬间的反应。他的思绪果真受到高芹突然遭遇变故的阻断，并未如同寻常那样会问及情况。

也许申曼的话提醒了他，申曼所住的亚运村距离北郊医院比这家酒店公寓近一多半路程。

原本面朝电梯门的端木彦转过身来，开始望着申曼那双深情且忧郁的眼睛。端木彦忽然觉得，他们一直以来形成的默契以及心照不宣的约定在此刻悄悄地发生了变化。申曼好像不再坚持什么，而自己也不像以往那样跃跃欲试。

两人终无对话，默默地从地下车库顺着步梯走了上来。猛然见到阳光，端木彦感到有些刺眼，他稍微停顿了一下。申曼扶着端木彦来到路边，她伸手拦停了一辆出租车，并为端木彦拉开车的后门。端木彦上车后，申曼犹豫了一下，她不知该坐前排副驾位置，还是仍旧与端木彦一起坐在后排。因为端木彦上车后，并未向里挪动身体。申曼犹豫了一下，从车后绕到另一侧，然后上了车。

申曼发现端木彦看着前方，似乎若有所思。

申曼觉得好生奇怪，上车后两人竟然一路无话。申曼不知说什么才好，而端木彦则始终没吭气。

申曼马上回想起自己第一次来到这家酒店公寓的情景。那时，走投无路的她像个无头苍蝇，四处乱撞。她在偶然中遇到端木彦，仿佛落水者抓到救命稻草，便想紧紧抓住，企盼从他这里找到重新开始的机会。就是在这家酒店楼下的酒吧，申曼向端木彦倾诉了自己的遭遇。她最初并没有指望端木彦会给她什么帮助，只是觉得他人不坏，至少可以向他吐露一下心中的苦闷。哪承想端木彦如此耐心，甚至还展现出某种幽默气度和绅士风范，让她一下子放松下来。端木彦不仅听完了她的故事，还陪她吃完夜宵，在夜深人静时分打车送她返回。

申曼清楚地记得，他们行驶的就是眼前这条路线。

那天深夜，在出租车上，他们也是一路无话。

申曼犹豫不决了许久，终于鼓起勇气，稍稍转过身来，轻轻地握住端木彦的手，准确地说，是申曼的双手握住了端木彦的左手，然后将他那只手挪过来，放在自己腿上。端木彦没有任何反应，既没有拒绝，也没有反过来使劲握住她的手——就是申曼以前担心的“过格举动”，眼睛依然看着前方。

申曼似乎第一次感觉到，端木彦的那只手好大，自己用两只手才能勉强握住。她已经记不住他们在激情相欢的时候是不是握过他的手——当时，她可能完全沉醉了，整个人都被融化其中，哪里顾得上感受具体细节。

申曼宁可认为，眼下是她与端木彦第一次“牵手”。只是，她觉察到端木彦的手十分冰凉，如同久病患者的温度。

申曼知道，这不是以前的端木彦。

申曼实际上听到了韩晓在北郊医院时对秦若梅的悄悄耳语：“彦儿的世界坍塌了。”她不是很理解这句话的含义，或者说不清楚端木彦的精神世界是怎么回事。她只知道端木彦喜欢自己，喜欢程度可能超过高芹。至于以前，高芹在端木彦心目中占据什么位置，她并不清楚。但不管怎么说，高芹突然患病后，端木彦变得判若两人，申曼多少有些百思不得其解。

凌小云用手机编辑了一条很长的短信，发给了申曼。她告诉申曼，自己已然决定辞去机关工作，如果申曼同意，她在获得批准后，就可以来“可心”做事了。

凌小云最后在短信中说：“高姐突患重疾，端木总肯定无暇顾及我的事情。拜托申姐费心。”

凌小云除了知道韩晓与端木彦关系“铁磁”之外，并不清楚申曼在其中扮演的角色。她以为申曼就是“可心”的老总，与端木彦之间是老板与职业经理人的关系。

和申曼与端木彦初次见面的情景，凌小云至今记忆犹新。那不是在北京，而是在西安。当时，她的人事“关系”即将从办公室调到综合处。在伍司长特别交代下，刚刚担任处长的韩晓带着她到省厅开会。

从没有到外地出过差的凌小云满心欢喜，想借此机会撒开欢地逛一下古城。谁料想古板的韩晓处长反复要求以工作为重，不能把出差当成公费旅游。所以，凌小云也就只能在饭后茶余听韩晓描述一下大雁塔和兵马俑，而古城周边的楼观台、法门寺和乾陵甚至连被描述的可能都没有，只是在他口中一句带过。

好在，端木彦和申曼急匆匆地追寻着他们的行踪，从北京赶到西安，与韩晓商议“可心”成立之事，她才有了外出见识古城的机会。

也就是在“太白酒肆”吃夜宵的场合，凌小云第一次与端木彦和申曼近距离接触。她对申曼印象很好，漂亮、淑雅、内敛，说话不多，却总是顺随着端木彦的意愿。端木彦每每撺掇她向韩晓敬酒，她便微笑着端起酒杯。

让凌小云吃惊的是，申曼那么文静的女人，酒量居然很大。

申曼的温顺遮掩了端木彦对她的殷勤之举——穿着土布衣服的店家小

伙计每次端上菜来，端木彦都会以不经意的方式为申曼夹菜，并解释这道菜的特点。凌小云看在眼中，记在心里。她的思路当然无法聚焦到端木彦与申曼之间是否关系特殊之上。她当时略感郁闷的是，两对男女出来撮饭，都是上下级关系，人家的“上级”看上去多有绅士风度。

“姆们韩处也忒不局气，跟申曼这待遇相比，我也够栽面儿的。”凌小云想。

凌小云眼见得韩晓喝多了酒，刚刚又与闹着分分合合的秦若梅通过电话，满脸泪痕，然后头一回听到韩晓用关中方言口舌不清地念了一首白居易描写长安的诗——“青门柳枝软无力，东风吹作金黄色。街东酒薄醉易醒，满眼春愁销不得。”

凌小云知道，韩晓的表现属于酒酣之后的放松，带有释然之意，毕竟秦若梅解除了对他的误会，这其中还有自己的功劳，所以凌小云并未在意韩晓的泫然欲泣，反而哈哈大笑道：“忒土了，听不懂。”

凌小云清脆的正宗京腔与刚刚韩晓用于诵读的“秦腔”形成鲜明对照。

端木彦也丝毫未顾及韩晓的情绪起伏，呵呵笑着对凌小云说：“土？姑娘，这是雅言。两千年前，这绝对是正宗的京腔，西京之腔。”

然后端木彦解释了“色”与“得”在关中话的发音为 sei 和 dei，这是凌小云刚才可能没听懂并且嫌弃土气的“关节点”，而唐诗每每这般诵读，才能真正押韵。

韩晓说：“彦儿说得极是。西南官话也受其影响，至今也这般发音。所以四川人读唐诗，韵律错不了。”

凌小云感觉此刻的端木彦和韩晓更像一对相声演员，配合默契，“捧”“逗”相宜，情绪的挥洒、方言的使用与适时的解释，在交织中彼此助长，并相互衬托。怪不得这两人身份与学历差异甚大，却能成为“铁磁”发小，凌小云刚才的“失落感”也就霎时消失。

当然，有一件那次出差发生的事情凌小云从没跟任何人说过。

申曼和端木彦次日返京。当晚，韩晓应付完省厅陪同者安排的工作晚餐，便悄悄带着凌小云来到位于市中心的钟楼和鼓楼散步。他觉得自己作为古城曾经的生活者，无论如何也应该尽一次东道主义务。

凌小云格外兴奋，情不自禁地挽住韩晓的胳膊。昨日在端木彦带领大家去“太白酒肆”的路上，韩晓对凌小云如此举动做出过本能抵触，遭到端木彦“斥责”。韩晓现在也就觉得没有什么，只是侧过脸来弱弱地对凌小云说：“仅止于此啊！”

凌小云调皮地说：“本来嘛！您还想怎样？”

凌小云话音刚落，便将头侧靠在自己挽住的韩晓胳膊上。

身材小巧的凌小云有一种奇妙心理，散步时靠在身材高大的男人身旁，会感到踏实与安全。凌小云是个机灵姑娘，对机关的人情世故有所了解，韩晓属于在各种条条框框约束下按部就班成长起来的老派男人，绝不会做出什么有失体统之事。所以，她没觉着这么做有什么不妥。

当年连秦若梅的搀扶都会令自己难为情的韩晓，脸腾地一下就红了，幸亏夜色中灯光不像白天那样能够照出“原型”，替他遮掩了尴尬，无奈的韩晓也就听之任之。

此次出差一路同行，韩晓对凌小云有了更深切的了解——率真、坦荡、心地纯洁，只是偶尔任性、调皮而已，在他眼中算是好姑娘，丝毫不像机关有些“饶舌者”传言的那样。

夏夜，钟楼附近热闹且繁锦，标志就是各种灯光互相映衬形成璀璨耀眼的光亮世界，依旧开门迎客的各色大小商家，还有攒动的人头。他们行走时需不断躲闪着迎面走来的行人，越靠近钟楼，越是如此。

韩晓自言自语地感慨道："没几年光景，变化这么大！"

凌小云接话说："像姆们前门那儿一样热闹。"

韩晓指着并不巍峨高大却仍需仰头观望的钟楼，说："我想说的不是热闹，是变化后的一种感觉。每次回来这里都有变化，只有钟楼没变，看到钟楼就很亲切，像回到家一样。在北京看前门，总觉得与自己无关。"

凌小云问："韩处，您不算本地人吧？记得每回填表您写的籍贯可都是东北呀？"

韩晓说："长于斯，受教于斯，感情就有了。东北我只有朦胧印象，纯粹是老家。这很像孩子小时候谁带跟谁亲，姥姥带大，姥姥就是亲人，奶奶就变成了亲戚。"

凌小云又问："端木总好像跟您不一样，他更喜欢北京，不怎么愿意提东北和西安，讲话都模仿姆们北京话。"

韩晓说："你不了解他。他对这儿的情感更深。他做的一切都在证明我们703的子弟能成。"

凌小云问："您总在说703，那里条件很差吗？"

韩晓说："我们那儿太偏僻，想从那里出来并不容易。再说那里什么都有，衣食住行，生老病死，啥都有人管。时间一久，人们也就不想出来了。"

凌小云问："那不挺好吗？生活方便，万事不操心。"

韩晓说："和703附近的农民相比，我们没有土地。和这里的市民相比，我们没有城市的环境。父辈退休了，子弟们接着干。彦儿不甘心。他想为那儿的人出人头地。"

凌小云听得似懂非懂，但她知道韩晓在用“肯定”的目光看待端木彦，便说：

“韩处，和您做哥们儿真好。您挺会理解人的。”

韩晓一愣，很久没有听过有人这样夸他，不免有些感动。他侧脸一看，凌小云似乎很享受地靠在他的臂膀上，看着钟楼附近流光溢彩的景致，嘴角上露出满意的神色。

韩晓下意识地将自己的身体与凌小云靠得更紧。他很希望凌小云以松弛的心态享受古城的夜景。或许是彻底放松的缘故，韩晓这才意识到，他和凌小云都穿着短袖，裸露着胳膊，而两人肌肤如此紧贴居然使他怦然心动，好像怀里揣了一只小兔子。毕竟他和秦若梅分居一年了，他的确有一种“饥渴”之感。他不想“放弃”这种久违的感觉，索性将脚步放缓，企望慢慢地体味。韩晓的潜意识告诉他，在古城的夜色中漫步是不会遇到熟人的。

韩晓觉得心头漾起一股温馨而甜美的感觉，他不能断定，这种感觉究竟源自古城夜色的美好，还是源自凌小云的陪伴。

韩晓想起端木彦一直以来在男女关系问题上对他的嘲笑——“装什么装？”

其实这话的分量蛮重。若是别人如此说他，或许他接受不了，因为直接叩击了他的灵魂。端木彦是个例外，他怎么说，韩晓都不会生气，虽然也有一时无法接受的时候。

端木彦单独与他在一起时，常常谈及与女人接触的微妙体验和分寸把握，认为他不够本真，过于矜持，总是压抑自己正常的感觉。韩晓并不认同端木彦对自己的评价，他当然不能像作为“社会人”的端木彦那样肆无忌惮，无所顾忌，怎么说自己也是机关干部，身份与受教育程度都有所不同。

韩晓从不认为自己属于不食人间烟火之辈。端木彦的外向，自己的内敛，不过是两种性格的表现，与人的本性无关。对于男女之间顺其自然且不算过分的某种接触，比如，拥抱、挽臂、搭肩等动作，只要双方都不觉得勉强或者过分，韩晓并不排斥。比如像今天这样……

不过，即使如此，这类事情总是不宜让秦若梅知道。同样，端木彦也不会让高芹知道。这叫合理恰当的隐私空间，哪个人没有一点如此这般需要带到坟墓里去的隐私呢？

当秦若梅这三个字猛然跳进脑海时，韩晓冷不丁想到，他明天就要结束在省厅的任务，返回北京了。他这次回去，第一要务就是与秦若梅复合。看来，对于眼下这种令他丝丝甜美的感觉，他只能浅尝辄止了。

韩晓停下脚步，带着些许不舍与惋惜，委婉地对凌小云说：

“今天我说彦儿想出人头地的事儿，你千万别告诉他。这种事情，仅限我们两人知道，好吗？”

凌小云望着韩晓，思忖片刻，点点头。

也不知道凌小云是否听懂了韩晓的弦外之音，但韩晓确信，只要凌小云不“外泄”有关他对端木彦的“看法”，她就绝对不会说出在这个迷人的夜色中她挽着自己胳膊漫步于古城的事情，因为这两件事情紧密相连。

韩晓凭直觉认为，凌小云不是那种“事儿妈”型的女孩子，除非她别有用心。

端木彦走进申曼住宅的时候还有些魂不守舍，一副提不起精神的样子。但他甫一坐在沙发上，就看到硕大的飘窗窗台上竟然摆放着一排美女樱盆栽，格外吸引眼球。端木彦有些吃惊，怎么会这么巧合？因为在他那套“宿办一体”的酒店公寓的长条形花架上，摆放的也正是盆栽的美女樱。

申曼住的这套房子，当初是端木彦帮助租下的，与她之前租住的房子同在亚运村公寓。原本那套房子续租即可，但端木彦希望申曼与以往生活做个了断，重新租房带有象征意义。这与申曼企盼重新开始的意愿不谋而合。

端木彦一开始想得过于简单，以为既然他们在以前的房子里有过肌肤相亲的经历，那么在这套由他租下的住房中，他更加可以随心所欲。哪承想端木彦仅仅来过一次，从此再未踏足此屋。正是那次，申曼委婉地拒绝了端木彦企望再度温存的要求。

当时的端木彦虽然沮丧，却并未恼怒。因为自从他在申曼身上获得了“腾云驾雾”般的感受，就开始品味他们之间的关系。对端木彦来说，品味的过程肯定伴随着惯性、本能，最重要的伴随着“琢磨”。

也就是从那天起，端木彦意识到，申曼不是他“泡”的对象，而是在他内心占有特殊位置的女人。他与申曼交往与合作数年，两人坚守着彼此不去对方“私人领地”的默契。端木彦当然知道，两人如果没有这种默契，他们随时可以撞出火花——就是那种他感到酣畅快慰，申曼感到依恋不舍的火花。假如那样，他们或许持续不到今天。

向小明和他交流过“泡”的经验与感受——绷住不“泡”，感觉美妙，一旦“泡”过，泡泡戳破。

这种事例多得不胜枚举。向小明他们在这方面经历得最多。他们出身豪门，未曾吃苦，环境刚开始活泛的年月，便步入商道。别人还在为几十上百块钱的工资精打细算过日子的时候，万把块钱的收入已经很难入他们的法眼。说他们饱暖思淫欲并不精准，钱不缺，上杆子的漂亮小姑娘自然也不缺，休闲消遣时难免做出些风流营谋。十多年前向小明就夸口自己为

“泡”界高手，歌厅、舞场、酒吧，甚至和谈买卖相关的饭局，都留下他们流连的足迹。

那时候端木彦刚刚搭上来西安淘金的向小明一干公子哥，为了显示自己作为“土著”对声色犬马场所的熟稔，便主动要带他们出去玩，豪气十足地说：

“走，带你们挂眠去！”

“干吗去？”向小明一脸懵懂。

“挂眠呀？”端木彦依然兴致勃勃地说。

“挂眠”是703那一带的泡妞术语，端木彦原以为这词儿有咳珠唾玉之妙——挂乃钩挂，眠为睡眠，乍一看没啥，细琢磨就是勾引女人上床的意思。向小明他们费了好大劲才听明白，然后就对他好一通嘲弄——

“什么呀什么呀，一点儿段位也没有，土得掉渣！”

后来每每想到这段历史，端木彦都臊得无地自容。

这一切都催促着端木彦奋起直追。

从秦岭脚下的703到省城西安，再从西安到北京，端木彦学得挺快，尤其是对于此类专用术语的掌握，大有跨越式转型升级的态势。满嘴京片子的端木彦实际上就是这么诞生的。

当然，端木彦后来把“拍婆子”“嗅蜜”“磕蜜”这样一些他以为时尚的术语挂在嘴上的时候，又遭到向小明的“修理”。

向小明告诉他，真正的“拍婆子”都很纯洁，至多在黑暗处偷偷亲个嘴，最高境界是把拍来的婆子搁在自行车后座上，堂而皇之地满大街兜风，那叫一个风度。倘若两人发生了肉体关系，反而会被别人瞧不起，男的变成了流氓，女的则被视作“破鞋”，立时臭一大街。哪像后来他们的所有风流之举，用向小明的话来说，整个儿就是“瞎泡”。

端木彦茅塞顿开，原来他对高芹的所作所为才能唤作“拍婆子”，而其他的一切则统统归入“瞎泡”之行列。

端木彦想，除了拍婆子，“瞎泡”到头来都是竹篮打水一场空，白白耗费了精力，蹉跎了时光。

端木彦为收购之事，白天趁人家不营业去过一家歌舞厅看场地。没有夜晚斑驳陆离的灯光映衬，那场地看上去就像一个仓库，摆放了一堆沙发和小圆桌而已，哪有曼妙柔美的感觉？而回首过往那些灯红酒绿的场所，分明就剩下四个字：物是人非。

端木彦不敢细想，与申曼最初相识，不就是一次“瞎泡”的实操吗？看到人家有些姿色，不分青红皂白，上来就要搭讪。端木彦哪里会想到事情在后来发生了变化，主要是他的内心受到申曼“苦命”遭遇与真情迸发的触动，这种触动诱发了一直以来被他的努力遮掩住的真实欲求。

端木彦在骨子里开始认真对待申曼。他不希望自己与申曼的“浪漫”像每一次“瞎泡”那样成为过往。

这就是端木彦愿意如同申曼那般坚守着彼此的默契，隐忍着内心煎熬的重要原因。

自“可心”创立以来，端木彦和申曼聊过无数话题，却偏偏没有聊过美女樱。冥冥之中，他们原来还有一种不用言说的相同。

端木彦不自觉地挺起身子，头向窗台方向伸去，仔细端详起来。他暗自想，寻常女人爱花，大体围绕茉莉、玫瑰之类打转，稍微讲究一点的则是蝴蝶兰或者君子兰之类的兰花。端木彦常年泡在酒店公寓中，花工每周为房间更换盆花，他自然少不了问询与沟通，因而对花花草草的分类和特性并不陌生。

美女樱是草本花卉，貌似不算名贵，且不为常人所知。端木彦知道，有些人爱花纯属对色彩或者气味的喜欢，或鲜艳娇嫩，或气味芬芳，而有些人看重的则是花卉本身的寓意，例如红玫瑰之于爱情，紫罗兰之于永恒的美。端木彦认为，美女樱在自己那里两者皆有。这种花的花瓣碎小却密集，芳香明显而不浓烈，它的寓意鲜为人知，端木彦也从不相告于观花者——和睦家庭。

端木彦看出来了，他和申曼有一点些微的区别，申曼房间里的美女樱是白色的，与她客厅里的布艺沙发同色。而自己房间里的美女樱则是红色的。按照花语的细分解释，申曼渴求的是“请为我祈祷”，而自己却期盼“协力一致”。

正当端木彦观望美女樱陷入沉思的时候，申曼已经把休息的床铺收拾停当。她在铺床之前犹豫了一下，究竟让端木彦在她的卧室休息，还是在另一件卧房安顿?

最终申曼还是把那间平常空闲卧室的床铺拉开被角，关上窗帘，并打开床头灯。这间卧室位于申曼所住房间的对面，只有儿子小辉来时才使用。

申曼此刻的内心纷乱复杂，各种头绪交织在一起，真有点剪不断理还乱的味道。她既担心端木彦误以为她在刻意与他拉开距离，又害怕他在心力交瘁之刻不理解她的用意。最难办的是，申曼不知道应该先安慰端木彦，还是马上告诉他母亲从日本来信的消息。

“彦儿，不管怎么说，你先休息一下。我从没有要求过你什么，这次听我的，好吗？”申曼扶着端木彦的胳膊试图把他从沙发上拉起来。

端木彦实际上是自己站立起来的，但他借势握住了申曼的双手。他已经不像刚才那样魂魄游离，七捞八攘，完全恢复了正常。他把申曼拉到客厅中央，忽然用双手捧住申曼的双颊，望着她的眼睛，轻轻地说：

“曼儿，这会儿我只想抱抱你。你别说话，我也不说，让我们静静地待一会儿。”

申曼小鸟依人般顺从地靠了上去，伸出双臂，环抱住端木彦的脖子，将自己脸的一侧贴在他的脸颊上。端木彦则紧紧搂住申曼的腰肢。

相拥的两人默默无语地站在那儿。

申曼的心在怦怦跳动，她很久没有这种感觉了。事实上她仅仅和端木彦有过一次亲密接触，心理感觉上距现在似乎年深岁久了。在外人看来，他们只是合作伙伴，而在申曼心中，自己就是端木彦的恋人。几年来，这个男人从没有强迫过自己，对自己甚至连挑逗和诱惑的迹象都没有展示出来，却为自己默默地做了许多。她有些后悔，为什么自己如此执拗，不愿意在没有名分的情况下给他更多？再怎么说，他终究是个热血男人呀。自己不仅蹉跎了时光，似乎也更对不住端木彦。她渐渐地知道高芹在端木彦生活中扮演的角色，似乎也有些理解，为什么高芹“失常”后，端木彦情绪出现失控。

端木彦明显感受到申曼饱满的胸脯紧贴着自己，他知道只要此时将她抱起，她一定愿意再次沉醉在自己怀中。端木彦并没有克制自己，但他此刻却异常冷静，甚至没有冲动的欲念。他轻轻转过脸，贴着申曼耳边悄悄地说：

“曼儿，我要和你说一件事。”

第十章

枫叶红了的时候，赶巧司里在郊外召开各省厅局参加的业务培训会。培训地点不属于景区，但透过山的一角向远方眺望，能够看到层林尽染的景致。所以每天晚饭之前，参加培训的人员都愿意沿着培训中心的石砌小道走到尽头一处人工修建的空地，隔着山脚，欣赏远方的红色。如果赶上天气晴朗，落日的红霞映衬着山峦起伏中的红叶，赏心悦目是不言而喻的。

八成和从军经历相关，总有人因为受到景色感染而在小道上情不自禁地哼起“日落西山红霞飞”的军旅老歌，这首歌的内容与红叶形成的景致似乎挨得并不紧密，但挨着。哼歌者因联想而哼。联想常常这样，由此及彼。

一周的培训即将结束，韩晓仍然没有抽出时间踏上石砌小道。

综合处是负责业务培训的主责处室。在这个时段，韩晓总有做不完的工作。全处六七个人悉数出动，分别把守材料、会务、外联各个环节，每个人都忙得不可开交。所有环节遇到的问题都要汇总到韩晓处长那里，有时就会让他应接不暇。忙到极致时，不论旁边是否有人在场，韩晓索性就坐在那里发一会儿呆——眼睛看似睁着，实际并不聚焦，目中无物，自然也无人与事，脑子便陷入空白。这是伍司长当年教给韩晓的方法，可以使心神获得片刻歇息。

这时韩晓就会想起已经辞职两年并接替申曼在“可心”做老总的凌小云。她若是还在处里，那股麻利劲儿，肯定能帮助他化解许多繁杂事务。在机关做会务这类事体，有时学历高的人并不好使，反倒眼疾手快者干起来得心应手。

韩晓想起清代“高人”陈确的名言，“譬操觚家一味研穷休理，不轻下笔，终是眼高手低，鲜能入彀”。面对忙碌情形，韩晓便有些怨气，写材料不如我，干杂事不如凌小云，每每叫我奈何？

西安来的省厅老处长几次约韩晓一同散步，都未能兑现。这位老处长正是当年韩晓的老领导。那是一个让韩晓终生难忘的人，若不是他的刻意安排，韩晓怎么可能接待伍司长并与其相识相熟，最终又有机会调到北京？人的命运从来都是环环相扣的，很像排列有序的多米诺骨牌，哪一张骨牌出现问题，都不会圆满地抵达终点。

韩晓自认为不是那种事后假装记性不好的薄情之人，每次去西安出差或回703探亲，都会给老处长带些果脯之类的北京特产。况且父亲去世时，人家老处长还专程从省城赶到703参加了告别仪式。

第一天各地参训人报到，韩晓见到老处长时感到有些意外，觉得省厅领导挺人性化的，让一个行将退休的老处长参加培训，明眼人一看就知道带有照顾意味。谁都知道，寻常机关派员参训，都有明确目的，参训者回去后总要就这个专项任务干一段时间。韩晓推算，老处长回去不久差不多就“到点”了。再说，毕竟培训住的地方类似于酒店，食宿条件蛮不错，在这里待几天起码不像日常上班那样忙碌不堪，再说他以后恐怕没有机会以出差名义来北京了。

“李处，您来了！不容易呀！”韩晓谦恭地与老领导打了招呼，并暗含着省厅能派他来参加培训实属不易的意思。

“韩处，你也不容易呀，两个鬓角都有白头发了。”老领导没有领会韩晓的意思，以为是久别相逢的问候，竟然如此答话。

说者无意，听者有心。韩晓趁回客房上卫生间的工夫，照镜子一看，发现果然这般。虽然尚未达到两鬓斑白程度，但鬓角从上往下，白发由少渐多，由隐约到清晰。

韩晓坐在马桶上，压低声音给秦若梅打去电话——

“若梅，人家说我两鬓都白了。”

冷不丁接到这样的电话，秦若梅有些丈二和尚摸不着头脑，笑呵呵地说：“这个岁数鬓角有点白发很正常，又不是满头白头，你担心什么？”

韩晓说：“岁数大和职位高的人，有白发很正常。我不到五十，还是处长，竟然生了白发，咋回事？”韩晓最后一句“咋回事”用的是关中口音，他有时和秦若梅说话故意采用这种方式打趣儿。

秦若梅明明出生在西安，却不像生在东北、长在秦岭脚下的韩晓那样会说关中话。她父母那一拨人的生活习惯和说话口音始终保持着上海特点，至多讲带有上海口音的普通话。况且秦若梅从小就读的幼儿园、小学和中学都为父母所在大学所办，谓之附幼、附小和附中，与周边本地人并无更多交集，所以她和与她一起长大的人都不会说关中话，偶尔蹦出一两句，也很别扭，但他们听本地方言毫无障碍，并深谙其中机趣。

秦若梅仍然笑着说："六八阳气衰竭之上，面焦，发鬓斑白。"

韩晓有些惊讶，说："我老婆学问做大了，出自何处？"

秦若梅笑出了声，说："《黄帝内经》呀！你接近四十八岁，虽然面色没有变得焦黑，但鬓角出现白发，不是很正常吗？"

韩晓问："你说我要不要染一下？"

秦若梅笑声更大了："染发剂大都含铅，伤头皮。我都没染。"

韩晓吃了一惊，说："老婆也有白发了？"

秦若梅带着嗔怪的口吻说："六七三阳脉衰于上，面皆焦，发始白。《黄帝内经》说女人四十二岁就开始白发。看你一天到晚忙的，自己和老婆两鬓飘雪，竟然浑然不觉。"

按照培训计划，明天上午是结业式。部里分管领导要来讲话，之后参训者便可离会。韩晓抓紧时间在房间里修改部领导刚刚反馈回来的讲话稿。

传真回来的讲话稿上画着许多以示重要的双横道，空白处不时还标明需要修改的提示性文字以及需要推敲却又无法判定如何修改的问号，通过"改正""删除""增补"等特殊符号连接到文稿上。韩晓知道，这些内容都属"朱批"，就是用红笔画的或写的，只不过经过传真机的"转手"，一律又变成与文稿一样的黑色。

如何消化与完善领导的修改意见，算是韩晓的绝活儿。和其他业务能力相比，写材料的优势在韩晓那里更突出一些。按说，诸如“此处需深入阐述”“语气可再重一点”或者“酌情调整”之类的“指示”，表面上看与文稿呈现的文字本身并无直接关联，但韩晓就是可以凭借自己的经验和悟性将其融入文中。

所谓绝活儿就是韩晓独有的拿手本领，司里许多人对此甚是服气。

不过，韩晓顶讨厌有人私底下说他是“材料篓子”，仿佛干这种事情是匠人之事，没什么了不得的，他便暗自愤愤不平：“你写写试试？”他甚至因此而觉得大学不设“材料撰写”专业是一大缺憾。那么多高才生分到机关来工作，说起来头头是道，滔滔不绝，动不动还诗情大发，而一旦动笔写起机关需要的文稿，完全找不到北。

韩晓为“材料”写作之事与他的大学同学打过嘴官司。

有一次同学聚会，酒过三巡，有位在大学当教授的同学就显出喝高的迹象，讲起话来明显少了儒雅外貌而多出一些平常被压抑住的本性，仗着自己喜欢创作，发表过些许散文作品，硬着舌头开始嘲笑韩晓平素在机关所写东西多为形式主义八股文——

“什么呀，动不动就一二三四的！”

“屁话！你们学校召开年终总结大会，你写一篇散文让领导读，你敢吗？能吗？要不你试试看？无论你感情多么充沛和热烈，哪怕你再加上‘啊’‘啊’两声感慨，结果必然是哄堂大笑。笑堂你该知道啥意思吧？说不定也能收获掌声，但肯定是鼓倒掌！”韩晓也借着酒劲立刻回击道。“屁话”两字能从斯文如是的韩晓嘴中蹦出，几若爆了粗口。

其实，每次写稿子，无论典型材料还是总结报告，韩晓都很注意文风的活泛。他并不像那位当教授的大学同学想象的那样，僵化而强行地分列几个问题，干巴巴地论述一番。明天结业式上的讲话稿，完全摆脱了以往常规写法，不但没有出现一二三四简单的分段，而且将领导主观视角列入其中，诸如“在我看来”或者“我深切地感到”之类，显得真切而平和。

韩晓修改文稿时很投入，双手在电脑键盘上不停地敲击，嘴里时不时念念有词，自我检验一下是否符合口语习惯，以至于“嘭嘭嘭”的敲门声响了许久，他才听到。

他完全没有料到，站在门口的居然是陈司长。韩晓愣了一下神之后，方才闪开身子，把陈司长让进屋里。

和伍司长不同，继任者陈司长平素很少与韩晓交流，至多见面点点头，当副司长时就是这样。有时两人在楼道错身而过，常常因为步履匆匆，连笑容都来不及露出。伍司长在位时，韩晓并没有多想。陈司长上任后，韩晓有过隐隐忧虑，担心因为陈司长对自己不甚了解而暗揣成见。

“韩晓，明天部领导来，可能会抽空跟你谈话。”陈司长开门见山地说。

“部领导跟我谈话？”韩晓有点不相信自己的耳朵。

“是的。”陈司长露出了笑容。

“他对讲话稿不满意？”韩晓顿时有些紧张。

“怎么会？”陈司长笑出了声，说，“有关你任职的事情。”

陈司长轻松的表情与回答的内容让韩晓悬起的心立刻放了下来。

韩晓对自己经手的文字历来有“洁癖”感，不满意时绝不把文稿交出去。这种习惯的好处是“材料”成活率较高，往往稍加修改即可，但同时也带来了他在心理上对“意见”超级敏感的特殊反应。

“等部领导跟你谈完话，我再表示祝贺吧！”陈司长依旧笑容满面。

他把韩晓拉到客房写字台旁，又主动将座椅掉个儿面向床铺，按住韩晓肩膀让其坐下，自己则跨腿坐在床的一角，双手握拳撑扶着床面，床角正好从他的两腿下边伸了出来。

陈司长笑吟吟地说："希望今后我们能很好地配合，把司里工作做好。"

陈司长言语含蓄，话里话外没有透露任何"关键词"，但韩晓马上听懂了。

只是韩晓感到很奇怪，自己怎么一点也不兴奋呢？

他想起许多年前他和秦若梅在分居一年后去法院办理离婚手续的那天，各种事情接踵而来，像坐过山车一样，忽起忽落。先是坏事变好事，离婚之事出现逆转，秦若梅和他同时突然意识到，他们不仅不能离婚，而且必须马上结束分居的日子；接下来喜从天降，伍司长与他正式谈话，他升任综合处处长；最后，当双喜临门已成既定事实的时候，偏偏被秦若梅误撞到一个有口难辩的场景，好心情顿时跌落谷底。

好在时隔不久误会得以解除。

对韩晓来说，那一日就好像天上掉馅饼，人生几大幸事纷至沓来，居然一并落在他的头上——与秦若梅关系复合之于"洞房花烛夜"，喜获擢升之于"金榜题名时"，而伍司长对他的栽培难道不算"他乡遇故知"吗？

韩晓并没有因为听到与自己相关的重要讯息而兴奋，却将所有注意力都集中在陈司长的"表现"上。

他过去印象中的陈司长是不苟言笑的，怎么今日如此活跃且不拘小节，而且始终将"笑意写在脸上"？本来蛮正规的特别"告知"，陈司长居然采用了近似于"聊天"的方式——没有正襟危坐的郑重，没有语气审慎的严肃，甚至没有伍司长为他主动端茶倒水的那种领导特有的关怀。韩晓当然懂得，"关怀"只能来自上级或长辈，其实也是一种居高临下的姿态。

陈司长带着轻松的笑容，骑坐在床角的随意姿态，让他联想起自己带着兴奋而紧张的心情，贴着沙发边缘坐着聆听“指示”的情形。过大的反差令他对眼前出现的一切难以置信。虽说这次“告知”不能被归入任职流程中的一环，陈司长不过就是提前向他打个招呼而已，但韩晓知道，这种和人事任免相关的事情，即使在非正式的场合，也很容易被有些人做得神秘、严肃且煞有介事。

韩晓思忖，问题可能出在自己身上。

他对陈司长有偏见。偏见是由视角的预设偏差带来的错误感知。他是按照自己对伍司长的理解看待陈司长的。人家陈司长原本如此，自己没有发现而已。有一次，韩晓从伍司长办公室出来，恰巧在过道上迎面碰到当时的陈副司长。韩晓主动朝他点头致意，可他居然毫无反应。现在可以肯定，人家当时一定心中想事，没有看到罢了。这件事让韩晓“闹心”了好几天，现在回想起来甚为可笑。

工作中的人际关系，上下之间本应平视看待，但职责和权力的差异扭曲了人们的视角，时间一久，错误感知反过来铸就了人们的常态理解。不能总是埋怨别人，每一个“自己”都在其中扮演了不恰当的角色。比如，韩晓过去或许已经习惯了这一切——在这样的场合，他应该略感紧张，略显诚恐，应该在不安中表达出谢意，无论出于真心，还是做出样子。

陈司长没给他提供这样的机会。

韩晓深思之后意识到，对自己来说，陈司长今天的“表现”简直难能可贵。

变化，或许是成长的催化剂。韩晓想。

即将到来的职级变化竟然没有让韩晓感到丝毫兴奋，但他看着眼前的陈司长，内心里却涌出一股热流——他很感动。他觉得这样真好。

凌小云得知韩晓担任副司长的消息已经是一个月之后的事情了。

毕竟凌小云曾经在司里工作多年，虽说人已离开，但人际交往并未隔绝。只是刚辞职的头半年，凌小云貌似与司里熟人断了联系。那时，凌小云乍一接手申曼的工作，整日价奔波于演出市场，帮助端木彦清理资产，调整股权，忙得不亦乐乎，以至于她和那位前中学语文老师结婚，也没有如同之前想象与设计的那样去云游四方以完成旅行结婚的心愿。

诸事理顺之后，凌小云又恢复了往日的交际习惯。她竟然把曾经的许多同事发展成“可心”的会员，享受的待遇是，普通演出免费赠票一张，而价格偏高的“重要”演出则获半价优惠。

韩晓则直截了当地拒绝了被凌小云吸纳为会员的邀请，他的答复很干脆：“我不看演出，这你知道，除非秦腔。”

凌小云说：“秦腔适合西部地区演出，在京城商业化运作有困难。”

韩晓说：“那你发展若梅嫂子为会员吧，她爱看歌剧和舞剧。”

凌小云说：“韩处，你们家都是古董级别的人物。今后我一定设法安排一次‘活态’出土文物演出，专门邀请您和嫂子出席观看。”

韩晓说：“申曼当老总时就比你这丫头强，怎么着还知道安排梆子戏演出，你倒好，各种明星演唱会，绵延不绝。”

凌小云说：“韩处，我们可是自负盈亏呀！票房就是需求的反馈。”

韩晓说：“我就不相信只有通俗演唱会才能卖出好票房。”

凌小云说：“我有实操经验，更有发言权。”

韩晓说：“要不这样，你在大栅栏庆乐园请我看一场京剧，我就入会！”

凌小云说：“韩处，你讨厌——”凌小云的尾音拖得很长，在嗔怒的同时，分明带有撒娇意味。

凌小云巧舌如簧和伶牙俐齿的能力不仅仅因为对胡同语言的熟稔，还因为悟性甚好，听得懂话里话外。凌小云知道韩晓在调侃自己。

始建于清末民初的庆乐园剧场曾经在前门一带声名显赫，京剧与梆子戏的各路名角轮番在此亮相，与广和楼、广德楼、三庆园并称为戏楼中的四大名园，只是早已改作他用，不再演出。

韩晓实际上暗示庆乐园剧场与凌小云娘家韩家胡同近在咫尺，而八大胡同是凌小云一直以来顶讨厌提及的话题。有时，哪壶不开提哪壶，在特定的“语言场”中会产生某种特殊效果。韩晓深谙此道，他之所以愿意跟凌小云以这种方式“逗贫”，是因为凌小云能够听懂，而且并不真正抵触。

望着“可心”老总办公室大班台上自己与申曼在演出场馆前的合影照片，凌小云暗自感慨，时光如梭，申曼去日本都快两年了，这意味着自己来“可心”超过了两年时间。申曼以这间办公室为轴心，手把手地帮带自己一个月的情景如在昨日。

凌小云记得十分清楚，机场分别时，申曼哭得很伤心，紧紧抱着自己不撒手，以至于站在一旁的儿子小辉有些担心，不停地拽着妈妈的衣襟。儿子小辉的身高几乎赶上申曼。那个场面显得十分奇特：两个女人拥抱在一起，身边站着一个大小伙子。身边匆匆经过的旅客，都觉得好奇，不时有人扭过脸来朝着她们张望。在机场或者火车站，此种情景多为年轻情侣演绎，何以两个女人会如此这般呢？

凌小云心知肚明，申曼抱着自己哭泣，当然有对自己的不舍，更多的则是对“可心”的不舍。虽说这家文化演出公司由端木彦创立，但没有任何人比申曼付出的精力与心血更多。还有，那或许是更重要的，申曼舍不得端木彦。

临走前一夜，申曼约凌小云来到她在亚运村的家，在跟凌小云千叮咛万嘱咐交代完“可心”的各种事情后，坦诚地说：

“小云，彦儿不仅是我的老板，也是我的恩人，其实，他是这几年我一直深爱的人。”

申曼的开场白让凌小云大吃一惊。

老板和自己的职业经理人还有这层关系？这是不是一个非常老套的故事呢？她实际上偶尔也听说过写字楼里大大小小的公司里传出的这类故事——有钱的老板喜欢上某个漂亮的女白领，因为老板娘的霸气，浪漫爱情的最终结局，往往就像看上去鲜亮饱满的气球被针扎了眼，很快泄气瘪掉。

凌小云仔细回顾了与他们相识的过程，甚至想到那年韩晓带她去西安出差，第一次与他们在“太白酒肆”吃夜宵的情景，她怎么一直没看出来这两人的特殊关系呢？

申曼开始低头啜泣。她沉默了许久之后，终于抬起头来，抽泣着把自己和端木彦“故事”的来龙去脉悉数讲给了凌小云。听到最后，受到感染的凌小云也跟着泪眼婆娑起来。她连忙拿出一包纸巾，抽出一张递给申曼，自己也不停地用纸巾擦拭泪水。

从哈尔滨赶来的儿子小辉早早就被申曼打发入睡。申曼托人帮助儿子办完了各种手续，这次将随自己一起去日本，与那个原来叫张淑芝现在叫松野淑子的姥姥会合。

申曼指着小辉住的那间屋子，对凌小云说：

“高姐刚住院的那几天，我让彦儿住在这间屋子。我很矛盾，我不知道自己做得对不对。但我现在很后悔。”

如果申曼不说，没人知道高芹刚刚住院的头几天，端木彦就住在这里。凌小云当时帮助挑选护工的时候还想过，端木彦如果每天从交道口来这家医院，恐怕颇费周折，路远且堵车。她甚至想提出为端木彦在附近找一家酒店的建议，只是她觉得自己更像局外人，没好意思张口。申曼的住地倒是距医院近了许多。只不过关门闭户之后，一对成年男女如何在两间卧室中择居，确实容易给人提供遐想空间。

凌小云自己的准则非常清晰，男女处朋友阶段，吃饭喝茶逛大街，搂肩拉手秀恩爱，这都没问题，再想进一步——接吻摸胸滚床单，门儿都没有！凌小云并非守旧，激情相撞的过程中她亦有欲望萌生，但她懂得，两个交往中的男女尚未定性，好奇与欲望又占据主导，假如不加节制，女孩子很可能在没有结果的相处中，沦为被占便宜的对象。

凌小云觉得申曼和端木彦之间的关系太特殊了，没人能想明白他们应该如何摆位。她隐约记得在“太白酒肆”喝酒时，韩晓似乎话里话外说过端木彦早年是泡妞高手，而申曼在啜泣中讲述了端木彦最初企图结识她的方式——非常优雅地递上名片——申曼讲得很美好，但凌小云有自己的理解，那明明就是肆无忌惮的勾引呀。

真正让凌小云感动的是，端木彦“得手”后反倒变得拘谨起来，是什么力量能够让他如此这般？他们既不是男女朋友，又不是那种不管不顾的情人或者互有所图的傍尖儿。后来的过程说明，他们只是心心相印，甚至默默相爱。或许，正是因为有一份难以割舍的爱，才让他们纠结与缠绵。

一个哭着说，另一个哭着听。最终，两个人的眼睛哭成了四只桃子。凌小云也深陷不解之迷思，这又不是梁山伯与祝英台的时代，生活中怎么还会出现如此让人揪心的结局？

端木彦没有来机场送行。

申曼告诉凌小云，这是她和端木彦商量好的。最后时刻，决绝一些，或许不至于让两人伤心过度。

只有凌小云独自一人送别申曼。

韩晓和秦若梅没有来送行的原因，是因为在此关头，他们夫妻俩要须臾不离地陪着端木彦。他们担心端木彦的情绪再度“崩溃”。秦若梅专门给凌小云打了电话，说明了原因，并叮嘱凌小云务必转告申曼。秦若梅原本想直接告诉申曼，但她觉得有些残酷，说不定会影响申曼离去的决心。

搭乘国际航班的进港时间需要提前，申曼知道不能再拖延了。她拉住凌小云的双手，呜咽地说：

“小云，‘可心’交给你，我绝对放心。我唯一不放心的就是彦儿。今后若出现任何事情——我说的是万一有大的变故，你一定要告诉我，我随时可以赶回来。”

凌小云是聪明且敏感的女人，马上听懂了申曼话中包含的潜台词。这种话需要心领神会，不能明说，回答时也不能挑明。凌小云知道这其中这里面包含着申曼的期盼，但绝无任何恶意指向。

凌小云反复确认了司里闺蜜告知韩晓升职的消息后，决定与韩晓一起去看望端木彦。她觉得，虽然端木彦情绪消沉已成生活常态，与高芹生病之前相比，已然判若两人，但没准听到这个消息，还能高兴一下。这个时间不宜过迟，因为端木彦前几天发来短信告知，他的生活会有一些变化。

凌小云无法判断这则短信的真正含义。

难道端木彦如梦初醒，打算从眼前毫无希望的生活中摆脱出来？这可并不是一件简单事情。高芹患有特殊疾病，除了端木彦，家中再无合适监护人。解除这样的婚姻关系，无论诉诸法律还是通过协议，都不具备条件。

万一果真如此，申曼还会回来吗？

可以肯定的是，端木彦话中暗含的，与公司业务无关，与端木彦之前的所有产业无关。申曼走后不久，也就是凌小云接手“可心”不久，端木彦就彻底转让了煤矿股权，调整了“可心”的股份结构。在不得变卖的前提下，端木彦将“可心”大部分股权无偿划转到凌小云名下。这使得凌小云在一天之内成为“富翁”。换句话说，端木彦非常果断地把自己“剥离”出去了。从法律上说，凌小云之后时常去端木彦那里探望，尽管也会偶尔提及“可心”之事，但已经与请示无关。

凌小云知道，韩晓与端木彦是铁杆儿发小，无论端木彦的生活出现什么变化，他们之间的联系不会中断。但凌小云估计，韩晓担负新的职务后，尚未抽出空来。凌小云猜测，端木彦能向她透露这样的消息，韩晓也一定知道。

结婚以后，身材矮小的凌小云已将长发盘起，原来在司里工作时经常换穿的各种裙装被职业西装所取代。她最喜欢穿那套藏青色西装，“V”字形领口里露着纯白色翻领衬衣，最上面的扣子始终扣得很严实，显得衬衣翻领大气而匀称，看上去活脱脱一个精干的职场女性。

原本出于喜欢，但自从干上演出这个行当，凌小云发现自己竟然完全没有整块的时间看演出了。与演出场馆洽谈年度租赁时段，与经纪人公司交涉歌手出场费用，与票务公司商议票房分配比例，这些业务占据了凌小云大部分时间。让凌小云倍觉压力的是，歌星演唱会属于大型活动，演出的安全顺利成为“可心”与她的头等大事。每次演出，她都得一步不离地“盯”

在现场，丝毫不能麻痹大意。

周六的这场演唱会散场后，凌小云猛然意识到还有几份合同需要签字，明天合作方要派人来取。而如果邀约韩晓明天一起去看望端木彦，便没有了签字的时间。于是，凌小云驾驶着那辆原来专属端木彦使用的德式加长豪车，朝“可心”公司驶去。

凌小云想，白天去公司是上班，晚上演出是“可心”公司的“正差儿”，自然也是上班，这会儿去办公室，当然还是上班。“可心”哪有“加班”一说？自己做饭自己吃，天经地义。已经成为夫婿的前中学语文老师虽有怨言，但也不好发作，谁让你比我年长十多岁呢？你喜欢我，我喜欢这份事业，你包容我，我嫁给你，这也算是般配。

韩晓担任副司长后，工作上与之前最大的变化是开会次数显著增加。差不多每天都要开会，既有韩晓主持的会，也有他参加听会的，常常数个会议连轴开。在办公楼内参加各种会议倒也罢了，大不了从这个会议室转到另一个会议室，楼上楼下串个场而已，麻烦的是外出开会亦很频繁，每次外出需要考虑交通堵车问题而打出提前量。这使得韩晓深感时间不够用。

又到了周末，韩晓依旧在办公室加班，处理因开会而延宕未办的各类文电。他抬头看了一眼台历，掐着指头一算，自己上任竟然“满月”了。韩晓便想，应该为光阴似箭这个术语找到对称的词汇，来形容自己目前的状态——风尘仆仆？紧锣密鼓？争分夺秒？似乎都不准确。韩晓很执拗，即使这种一闪念的事情，他依旧琢磨的是别出现用词不当的情形。

韩晓记得非常清楚，刚上初一那年，他和一帮浑浑噩噩的半大小子混入一个婚礼现场“蹭吃”奶糖和瓜子。新郎是技校毕业的 703 职工，三十郎当岁，刚刚刮过胡子的脸上露出青色印记。或许因为这个年龄找到媳妇不易，在代表新婚夫妇讲话时，新郎激动万分，语调颤抖："成家以后，我要安心本职工作，大干快上，多做贡献。"底下顿时笑声一片，这给韩晓留下深刻印象。直到长大成人，韩晓才懂得人们因何而笑，什么都没有什么，主要是用词不当。

"行色匆匆！"韩晓很晚跨进家门的一刹那，忽然想到了这个词汇。他觉得这个词汇能够准确反映自己现在的状态。"行色匆匆"意味着他无法在一个地方逗留许久，像个行者一般，忙碌地奔走于家、办公室、会场以及其他需要去的地方。譬如，他已经好几天没有与老妈一起吃饭了，每天着家时分，老妈已经就寝。听秦若梅说，老妈几天前还念叨，"和他爸当年很像，整天见不到人影"。还有端木彦，两年之前，每隔一段时间，他们总会去簋街喝一次小酒。高芹住院后，端木彦居然戒了酒。当然，没见面的原因并非因为端木彦不喝酒，而是自己近一段时间没能抽身……

或许连日奔波缘故，韩晓感到劳顿困乏，简单与秦若梅交谈数语，便洗漱一番，上床躺下。他本来背对着秦若梅侧身而睡，想到秦若梅一直以来看重的夫妻"礼节"，就转过头来与老婆道声晚安，结果发现秦若梅正斜靠在床头看书。她那一侧的床头灯柔和地照过来，映得她的脸部轮廓格外鲜明，鼻梁与嘴唇都被"衬托"出来，显得十分饱满，很像一幅版画的剪影。

韩晓心里咯噔一下，浑身马上有些燥热。他暗自想，还真是的，有日子没有与秦若梅亲热了，没想到从这个角度看去，老婆还这样迷人，便不由自主地将手伸了过去。

这个岁数的夫妻，激情多半逊于年轻人，但默契程度却有着明显优长。

韩晓刚刚把手搭在秦若梅身上，她便心领神会地笑笑，放下手中书本，顺手关闭了台灯。

“关灯干吗？侧影那么好看，我正在审美呢！”韩晓说着，伸手将自己这一侧的台灯打开。

“好烦人哟！多大岁数了，还这么撩骚？”秦若梅说。

“好不容易等到男女平等的时机，我主动撩骚一下，有何不可？”韩晓越发张扬起来。他知道自己所说的男女平等，秦若梅能够理解。尽管带有玩笑之意，但从心理上说，韩晓内心原来或多或少一直存在的少许“阴影”此刻已经烟消云散了。

“我们家韩晓可真够闷骚的。”秦若梅笑着轻轻拍了一下韩晓的头，然后主动吻了一下韩晓的前额。知妻莫若夫，秦若梅每每亲吻他的额头，就暗含着她愿意“迎合”丈夫的行动。

但是韩晓第一次发现自己身神两道，力不从心，无论他如何翻手作云覆手为雨，窸窸有声窣窣作响，终不能事遂人愿。这让韩晓不仅吃惊，更觉意外。在他记忆中，自己长大成人以来，尤其与秦若梅结婚以后，身体并无此类障碍，始终好像汉乐府诗描写的“青青园中葵，朝露待日晞”那般，处于“召之即来”状态。尽管秦若梅偶尔埋怨他不善于表达情感，缺少浪漫格调，端木彦也曾嘲讽他接触女人时故作矜持，分明有水仙不开花——装蒜之嫌，但每每最终的结果让他颇为自信。

此时的秦若梅非但没出怨言，反倒心疼地抚摩着韩晓的面庞，说：“老公真的是累了。上任初始，杂务缠身，难免疲劳。凡事不要强撑，懂得劳逸结合才好。”

韩晓翻过身来，四仰八叉地平躺在床上，长长地吁了一口气，心想：“今天真是活见鬼了！”想想当初自己宽慰端木彦时的情景，韩晓此刻惭愧不已。那时，果真是事不关己，高高挂起，面对苦恼万分的端木彦跟他说起心有余而力不足的感受，他竟然摆出一副城府样子，说：“关键时刻，精神尽量放松，注意力集中，不要胡思乱想。”

韩晓现在意识到，他当时那样讲话，分明属于站着说话不腰疼。

韩晓有些出神，念念有词地自言自语道：“原来是这样。”

秦若梅马上接话道：“唠叨什么呢？赶紧休息吧！”

困乏伴随着不爽与郁闷，韩晓一时不知如何是好，偏偏这时，韩晓的手机响起了铃声。韩晓拿起手机一看，屏幕上显示出“凌小云办”。这个号码其实过去申曼一直使用，但韩晓从未记在电话簿中，反倒是秦若梅记过。凌小云接任“可心”老总后，因偶有来电，韩晓便记了下来。所以，同一个号码，秦若梅手机中显示的是“申曼办”，而韩晓手机却会显出“凌小云办”的字样。

韩晓对秦若梅说：“是凌小云的电话。”

秦若梅说：“赶紧接吧，这个时候打来，没准儿有急事呢！”

韩晓接通了电话。

“韩处，哦，不不，韩司，给您道喜啦！”

“你可真够贫的，小云！你两年前当上老板兼老总我还没道喜呢。”

“瞧您说的，我算什么呀？您可是姆们处的骄傲呀！据我所知，咱们处历史上从来没产生过司领导。”

“果然士别三日，当刮目相看。小云学会夸人啦！我不需要夸，我需要能干活的帮手。上个月的培训把咱们处的人累惨了。”

话说至此，韩晓不由自主地扭头看了秦若梅一眼，然后接着说：“你若在，那可是一个顶俩的干将，我还能省点儿心省点儿力呀！”

“幸好我不在处里。我若在，您跟我也不是一个处的。您是分管姆们处的司领导。”

“小云，这么晚了，打电话就为了逗贫呀？”

“韩司，我想约您明天看望端木总。他说有重要事情告诉我，您知道什么事儿吗？”

韩晓一愣，难道端木彦真的下决心了？

端木彦最终也没能够将自己的小家搬进那套装修一新的豪华别墅。高芹住在医院，保姆王彩凤带着难难依然栖居四合院，而端木彦为了照看高芹方便，独自在北郊医院附近租住一套两居室，从那里步行到医院不过十分钟时间。

有道是不是一家人，不进一家门。端木彦一家正好相反，生生的一家人无法住进一处现成的豪宅，但也无奈。

等待来北京参加乔迁之喜活动的赵萍萍打过数次电话，端木彦没接，也没法接——接了说什么呀？后来，赵萍萍代表 703 受邀的几名同学给端木彦发来短信，问询究竟何时能够成行，主要牵涉给随行的孩子请假。

端木彦也没回复。

赵萍萍很执拗，不知从何处踅摸到韩晓的手机号码，便直接打了过来。电话接通后，赵萍萍不问青红皂白，劈头盖脸就是一阵连珠炮似的抱怨：

“彦儿他什么意思呀？说得好好的，天花乱坠似的，突然就没了消息。打电话不接，发短信不回，就是不搭理我们啦！怎么说咱们也是同学。别以为在北京当了大老板就可以拿我们这些山脚下的人要着玩！有什么了不起的！”

虽说韩晓是端木彦的哥们儿，但终究不是自家之事，赵萍萍上来冲他一阵嚷嚷，好像他做了什么不妥之事似的，便觉着有些撮火。不过韩晓转念一想，端木彦毕竟遇到了难题，而且不是广告词说的那种“难言之隐，一洗了之”式的简单难题，几句话解释一下即可。自己帮助“搪”一下，也算理所应当。况且，赵萍萍小时候跟自己坐过同桌，对自己还产生过青春发育期特有的爱慕情愫。不看僧面看佛面，得让人处且让人，所以，韩晓耐着性子回答道：

“彦儿的身体近来欠好，搬家之事推迟了。我估计一时半会儿进行不了。啥时候能进行，他会告诉你的。”

韩晓留了个心眼，把高芹生病说成端木彦身体欠好。

别看韩晓话语简单，却包含了两层意思。

其一，“欠好”的说法很含糊，体现不出病情的轻重，这相当于预留了任由想象的很大空间，感冒咳嗽和跑肚拉稀都属于欠好。病情说重了，容易在703同学中引起轩然大波，一旦人家进一步核实，反倒露出马脚。说轻了，“乔迁之喜”音讯全无的理由不成立——拉肚子或者咳嗽不就是几天的事情吗？

其二，张冠李戴。至少得让赵萍萍知道，生病这件事情与高芹无关。第二个意思十分重要，当初端木彦带着新娘子高芹在703厂区嘚瑟显摆地“招摇过市”的时候，多少引起一些女同学的嫉妒。二十来年过去了，小丫头们都变成了准大妈，嫉妒心肯定早已烟消云散，但保不住会有“幸灾乐祸”的心理。这么一说，起码避免了赵萍萍饭后茶余将此事演绎成八卦故事的可能。

韩晓确信，自己守口如瓶绝对正确。万一赵萍萍得知真情，说不定真会将此事迅速“传播”出去。说话的时候，韩晓脑海中浮现出如此想象的画面：赵萍萍跟一帮当年的同学说，“你们知道吗？彦儿娶的那个高干女儿这儿得了病！”她边说边用手指指着自己脑袋。

“哟，彦儿生病了？怪不得不接电话。要不，给他寄些药过去？咱这儿中药材贼多，羊角参、夏枯草、菊三七啥的都有。韩晓你知道的，咱这儿有个说法，叫作秦地无闲草。疗效都挺好的。”

“不用。彦儿那么大老板，啥药整不到？”韩晓一边说，一边想，这人真行，连什么病都不甚清楚，羊角参、夏枯草和菊三七之类的，竟然推荐上了。

但是，韩晓突然觉得，是不是自己离别已久，对他们的感情有些疏离？说起来，端木彦平素与他们尚有互动，电话或短信问候始终未曾中断，而自己却很少与他们联系。为何自己会这样？“官职在身”？自命清高？你算多大的官呀？你有多大的学问呀？赵萍萍斥责端木彦的“有什么了不起的”，恐怕搁在自己身上更为合适。

仔细想想，703的那些同学蛮朴实的。像赵萍萍这样的人，可能不善言辞，见识少，喜欢较真儿，甚至执拗到“杠精”的程度，但为人简单，心地善良。

自从高芹住院，端木彦再也没有去过那家酒店式公寓，而是像上班族一样每日从租住地准时去医院陪同高芹。

一开始，端木彦只能按照医院规定，每周一、三、五下午和休息日上午探望。其余时间他就坐在医院附近的一家茶楼喝茶，透过那家茶楼二层包间的窗户可以看见医院住院部大楼。端木彦感觉，如此这般，相当于未曾离开高芹身边。

韩晓陪着端木彦多次在这个包间里喝过茶。以至于韩晓每次看望端木彦，并不用提前告知，租房处未见人时，总能在这里寻到。最后一次饮茶毕，韩晓便说不能长久这样。

“高芹的治疗和你的生活并行不悖。除去正常探望，你还应该在其他时间做些事情。总在这里，帮不上高芹，对你也无益。”

韩晓的劝慰，虽然不如之前那般有效，但总能对端木彦起到一点作用。端木彦嘴上没有马上答应韩晓，但从此果真再未踏进这家茶楼的大门。

茶楼老板发现自己原来那个固定客户突然不见了踪影，原来每天能够照面，现在连续几日那个固定留给他的包间都空置无人。老板很清楚，这位客户办了一张面额很大的储值消费卡，是他们茶楼多年遇不到的“上帝”。无论如何，老板都要设法挽回或找到这位大客户。按照前台提供的消费记录，这张消费卡连一小半的费用都没有花完。于是茶馆老板根据客户留下的电话，多次发短信了解情况。老板很会说话，他在短信中反复强调，自己主要担心茶品质量下降或者服务环节出现问题。

端木彦没有回复。

最后一次，端木彦有些不厌其烦，短信回复道：“所剩费用，权作对贵茶楼的赞助。”

端木彦设法搞定了北郊医院住院部负责人，弄了一张长期有效的进出通行证，除了上午医生查房时间，以及晚饭之后，他都可以随时进入病房。

端木彦与生俱来的情商和在经商时练就的社交能力，在医院陪护的两年期间转化成顽强的忍耐力。他必须能够把一切非常态的情形当作常态来对待。包括在医院过道上行走的时候，会有人突然在后面拍一下他的肩膀，他一回头，发现原来是一位身穿病号服的患者。

高芹能够与端木彦交流，但非同常态。她会提出很多奇怪的要求，比如吃饭时突然嚷嚷着要在米饭中加一勺白糖。

“白糖具有平稳情绪的作用，彦儿你不知道吗？”高芹会对端木彦的婉拒据理力争。

同病房一位病员的陪护家属是个身材不高的中年男人，偏瘦，却长得白白净净，像高芹的主治大夫一样戴着深度近视眼镜，一副知识分子模样。端木彦给高芹喂饭的时候，他无所事事地在一旁观看，听到高芹讲话，觉得她思路清楚，能讲道理而且貌似很有逻辑，便说：“你爱人恢复得挺好的！”

若在以往，端木彦必定会当面斥责对方，但他现在历练得能够忍住不说，只是沉着脸瞪了那人一眼，暗自想：你丫的吃米饭加一勺白糖试试！看上去挺有文化的人，基本常识都没有。且不说那是一种令人难以下咽的口味，谁不知道长期吃糖会导致酸性体质，而酸性体质恰恰不利于情绪稳定。

主治医生告诉端木彦，高芹的病情有所缓和，狂躁期已经过去，但并没有真正好转。大约有百分之十五的患者终身无法治愈，虽然从检查指标上看，高芹不属于这百分之十五的范围，却很接近。从专业角度说，“滑入百分之十五范围”的风险还是蛮大的。

“药物治疗若能与环境相结合，对于患者平稳、健康地生活更有好处。”中年女医生对端木彦说。

端木彦相信女医生的话。

端木彦对女医生的信任是在医院之外建立起来的。

有一次，端木彦喂完高芹晚饭，按照医院规定离开病房。正巧在医院大门外碰到刚刚下班的女医生。端木彦便执意邀请女医生吃饭。端木彦以为这是天赐良机。寻常医生下班，脱掉白大褂，摘去口罩，简直判若两人，一般人无法辨认。偏偏端木彦看女人的眼光有独到犀利之处。他很早就在病房发现，这位女医生右眼角下方有一颗小小的黑痣，尽管有眼镜遮挡，还是被端木彦看见了。

女医生稍微推脱了一下，便答应了。

吃饭时自然以端木彦问询高芹病情为主，但话语往来之间，端木彦对女医生的情况就掌握了大概。女医生父母在外地，而且目前单身，并无家庭拖累。她一直挺同情端木彦的遭遇，这么高大帅气的“成功人士”，偏巧妻子患上这种疾病。更让她敬佩的是，他居然放弃了自己的产业，一门心思照看妻子。女医生甚至悄悄地想，我若能找到这样的夫君，那就三生有幸了。

所以，这顿饭在没有后顾之忧的情况下吃得很久。

端木彦下决心将别墅转让出手。

端木彦总算没有爽约，在别墅转让合同签字之前，以房主的身份带着韩晓去了一趟别墅。其时，高芹住院已经两年，而他与女医生“私聊”正是在一个月之前，当时韩晓在郊外紧锣密鼓地举办各省厅局的业务培训。

为了买这套别墅，端木彦三年之前就交了首笔预付款。签完购房合同的当天晚上，端木彦唤韩晓出来喝酒，喜笑颜开地告诉了他这个消息。韩晓当时就想，彦儿这家伙总是领风尚之先，啥事情都走在前面，我这边刚刚分房，他那里居然买了别墅。他在物质上过的和我们不是一个时代的生活。

“啥时带我去看看，让我开开眼？”韩晓说。

“那是期房，正在盖。全部整好了，肯定先请你去巡视。还指望你给命名呢。向小明给自己别墅起的名字叫远馨阁，给他打电话，问他在哪儿，他就很跩地回答，在远馨阁呢！他一个做生意的，整得好像很有文化似的。我可不能比他差呀！”

“他是他，你是你，早就和向小明分开单干了，还总是拿人家做比较，有意思吗？”

“咋没意思？和向小明比，我混得还行吧？和过去比，咱现在是不是过得更好了？和 703 比，北京的条件是不是好得多？和你比，我不是觉着还得多些书吗，要不怎么跟你聊天？你不比，你干事儿的动力都没有。”端木彦说。

“瞧你说的，和你比，我是不是还得想方设法多挣点儿钱呀？”

韩晓隐约觉得端木彦会有非同寻常之举，但压根儿没想到他会下决心把别墅卖掉。

韩晓对别墅没有概念。

他从小住楼房长大，是那种单位的家属院中才有的楼房，好多幢布排在一个区域，形成楼群，颇有些壮观的气势。他小时候坐车去西安玩，途中看到路边孤零零一座楼房，上面有人家居住，阳台上晒着被子和衣服，还纳闷儿这样的楼房算怎么一回事？在韩晓印象中，楼房的区别只是楼层高低和房间间数多少。703 家属楼住房间数几乎一样，大多数都是两居室，只有少量三居室归厂长和总工程师级别的人居住。

韩晓到京后长时间住秦若梅单位的房子。那间房子虽然帮助他们两口子解决了无处安身的燃眉之急，但终究面积太小。秦若梅搞科研，不能没有书房，而韩晓自认为一介书生，也亟须在家中安放一张书桌。

刚刚当上处长不久，韩晓恰好赶上部里最后一次福利分房的机会，他便与秦若梅商议，放弃研究所的住房待遇，转而参加司里分房排队。刚刚搬进分配给他的三居室时，韩晓兴奋得夜不能寐。夜里数度起床，起初，他只是打开台灯，左顾右盼地看看主卧室，最后一次起床后索性打开房灯，到几个房间瞎转悠，东摸摸，西看看，最终落座在客厅沙发上，居然倒了一小杯“太白酒”，嗞儿嗞儿地喝了起来，惹得秦若梅直嚷嚷：“魔怔了，不睡觉啦？”

韩晓压根儿没想到这辈子能住上和703厂长住房间数一样的房子，而且面积比703大许多。

韩晓看到端木彦的别墅，立刻变得目瞪口呆。

外观上雕梁画栋和错落有致且不说，院落竟然显出曲径通幽的风格。走进大门，客厅如此宽敞，挑空至少六七米之高，抬头可见半空处围合着扶栏——那是二楼与客厅上下呼应的廊道。别墅地上两层，还有地下室。

韩晓一时半会儿硬是没有记住这幢豪宅里到底有几间房子。

端木彦站在客厅没动窝，充满好奇心的韩晓自己逐层逐间地看了一圈。韩晓知道，若是早些时日，也就是高芹尚未发病之时，端木彦肯定会陪着他参观，而且眉飞色舞地“白唬”。

一直沉默无语的端木彦最后把韩晓引进一层客厅旁边的一间卧室，对韩晓说：

“别墅一楼的卧室都叫老人房。这间屋子原来就是给高芹他们家老太太准备的。可惜我买房时，老太太已经过世了。但我还是按照老人房的特点布置的。”

韩晓看见，老人房的墙壁上挂着一幅照片。照片上是一位身穿55式军装且佩戴大校军衔的军人，目光炯炯有神。

韩晓猜想，那一定是端木彦未曾谋面的岳父。

让韩晓没有想到的是，端木彦请来了厨师和小工，在从未使用过的餐厅桌上摆好了酒菜。

“韩晓，我已经两年没喝酒了。今儿个想借着喝酒，跟你说些过心的话。”端木彦说。

韩晓发现，端木彦的情绪虽然变得越来越低落，但办事说话却越来越走心，因为餐桌上摆放着一瓶“太白酒”。

韩晓知道，除了在簋街吃夜宵时喝啤酒以外，端木彦通常只喝高档洋酒，起码也得喝西南省份出产的那几款高端白酒。韩晓意识到自己低估了端木彦对他人的理解程度，“太白酒”甚或“秦川大曲”包含着自己成长过程中难以消解和释放的情怀。他居然把自己内心深处的某种东西看得很透。

“说吧，咱们有什么话不可言说？”

端木彦麻利地扭开酒瓶盖，分别将两只不算很小的酒杯斟满酒，然后与韩晓碰了一下酒杯，自己首先一饮而尽。韩晓看了一眼皱着眉头吞咽酒的端木彦，也跟随着干了杯。

“我和高芹从认识、结婚，到现在也有二十多年了。我知道，他们家老太太在骨子里瞧不起我。我不就是个工人的后代吗？我不就是没上过大学吗？我怎么啦？我干得比谁差了吗？我不是一直在努力吗？韩晓，你说说，在咱们那帮同学中，我是不是最努力、付出最多的？”端木彦说着，用手背擦了一下眼泪。

韩晓心头也不由得一热，眼睛也湿润了。

“老太太不是接受你了吗？对你一直挺好。我们都看到的。再说，老太太已经作古，没必要再计较那些事情了。”韩晓说。

“这对我的心理伤害太大。我始终觉得低人一头。我拼命挣钱，拼命做事，就是想着有朝一日把头抬起来。”端木彦又擦了一把眼泪，自己独自干了一杯酒。

“这辈子最享受的感觉就是与申曼的交往。”端木彦没等韩晓说话，接着又说，“不累！啥也不用多说，一个眼神就都有了。虽然少了不少男欢女爱的体验，但那种相知的感觉更加难能可贵。我知道，只要我吭一下气，申曼指定会留在我身边。”

“这点我也很难理解。你我都不再是小孩子了，这个年纪，遇到真情不容易。我认为最终总会找到解决的办法。”韩晓说。

“申曼是个好女人，我真的对不住她。”端木彦说着，任由泪水流淌，并没有随手擦拭。

韩晓回想起申曼离开北京那天，他和秦若梅陪着几近绝望的端木彦。那一天，端木彦几乎一言未发。

“可我不甘心呀！韩晓，我一辈子都在努力向高芹证明，我配得上她。我把她丢失了，我不是白干了吗？我打算带高芹回703去，带她回到我父母跟前，她还是他们的儿媳妇。离咱们703不远的村子，就在山脚下，我在那儿租了一个农家院，已经托人重新修缮和装修好了。医生说，只要按时服药，加上安静的环境和清爽的空气，高芹的病情还有希望转好。我会把父母接过去，一起住。在村子里再找个帮工，我们一起伺候高芹。万一有那么一天，高芹恢复了常态，她一定会认可我做过的一切。”端木彦哽咽着说。

韩晓忽然想到了自己的父母，虽然母亲随他来到北京生活，但他的父亲却安葬在秦岭脚下。那里修建了一处陵园，安葬着许多当年703的老人。他们当中绝大多数都是三线建设高潮时从东北过来的。那个陵园的墓碑方向很特别，一律朝向东北。

韩晓的眼睛再次湿润，他觉得自己应该在来年清明节回703一趟，为父亲扫墓。

凌小云和韩晓并没有于次日探望端木彦，因为他们知道了端木彦的计划。

几天之后，端木彦接高芹出院。端木彦接受了女医生的建议，为了稳妥起见，不影响他人，他决定带高芹乘坐汽车前往703。端木彦提前租来一辆豪华中巴，并对车内座椅做了改装，安放了床铺。

韩晓、秦若梅、凌小云以及“可心”公司的许多员工都等候在北郊医院门口。王彩凤带着难难也来了，孩子虽然有些胆怯，但非常渴望见到妈妈。

那次在别墅聚会，端木彦就与韩晓商量妥当，孩子留在北京上学，韩晓夫妇负责照顾孩子的生活。端木彦提前做好了功课，下学期难难将在郊区寄宿学校上学。每逢周末和节假日，韩晓和秦若梅会以家长身份把孩子接回自己家中。

韩晓母亲听说了如此安排，显得非常高兴，老人一直觉得自己身边应该有个“小孙子”。

在端木彦和护工的搀扶下，高芹从医院大门走了出来。她的脸色略显苍白，但情绪安定，脸上竟然还挂着一丝笑容。

懂事的难难知道妈妈的病情，并没有哭闹，而是慢慢走到高芹的身边，抬起头，拉住她的手，怯怯地说：

“妈，我是难难。”

两年没有见到难难的高芹有些吃惊，似乎在想着什么。她睁大眼睛，迟疑地打量了难难一番，然后微笑着摸了摸孩子的头。

端木彦挥了挥手，让王彩凤把孩子带到一旁。

端木彦和护工把高芹扶上中巴车。护工将随车一同前往，她答应继续照顾高芹。端木彦转身下了车，他和韩晓紧紧地拥抱。秦若梅和凌小云在一旁悄悄地抹着眼泪。身穿白大褂的女医生静静地目睹着这一切。

韩晓说：“彦儿，现在是深秋，半年以后就是清明节，我会回 703 给父亲扫墓。到时候我们再聚。别忘记提前跟赵萍萍这帮同学打招呼。我挺想念他们的。”

在场所有人都听到，韩晓说的是“回 703”。

端木彦说：“好，希望你有空常回 703 看看。那里毕竟是我们半个故乡。”

京城近日一直阴霾满天，雾蒙蒙的，韩晓还担心长途行车影响司机视线。巧合的是，昨夜刮了一场大风，眼见得太阳在晴朗的天空下洒下一片光彩……